Regine Kölpin
Krähenflüstern

LEDA

Regine Kölpin
Krähenflüstern
Ostfrieslandkrimi

1. Auflage 2007
ISBN 13: 978-3-934927-95-7

Leda-Verlag, Kolonistenweg 24, D-26789 Leer
info@leda-verlag.de
www.leda-verlag.de

Satz: Heike Gerdes
Lektorat: Maeve Carels
Titelillustrationen: Carsten Tiemeßen
Druck und Gesamtherstellung: Aalexx Druck GmbH, Großburgwedel

Regine Kölpin

Krähenflüstern

OstFrieslandkrimi

LEDA

Freitag, 10.2.

Elfriede Lambacher legte sich eine Decke über die Beine. Es zog. Dieser stürmische Ostwind fegte nicht nur lautstark über den Jadebusen, er drang auch durch die feinsten Poren der Wände in die Häuser. Elfriede rührte in ihrer Tasse und sah auf die Uhr. Gleich musste Hubert kommen, wie jeden Tag.

Sie trank den Nachmittagstee stets zusammen mit ihrem Sohn und nahm ihn nicht mit den anderen Heimbewohnern im Speisesaal ein. Ihre Mitmenschen gingen ihr auf die Nerven, deshalb hatte sie auch keinen engeren Kontakt zu irgendjemandem.

Elfriede sah ungeduldig auf die Uhr. Hubert hätte längst hier sein müssen, er kam immer auf die Minute pünktlich. Der Löffel klirrte überlaut, als sie ihn auf die Untertasse zurücklegte. Sie würde den Tee nicht trinken. Nicht allein.

Ungehalten rollte sie mit dem Rollstuhl zentimeterweise hin und her. Hubert gehörte einfach des Nachmittags an ihre Seite. Es war gut, dass er es normalerweise auch so sah. Sie hatten schließlich viel Zeit nachzuholen. Und sie hatten nur sich.

Elfriede kurvte zu der überdimensionalen Fensterfront. Die bescherte ihr zwar eine erstklassige Sicht auf den Jadebusen, aber ließ im Sommer auch die Sonne aufdringlich ins Zimmer scheinen. Jetzt vermittelte sie ihr das Gefühl, inmitten dieses Sturmes zu sitzen, der selbst die vorwitzigen Silbermöwen aus der Bahn warf.

Der Jadebusen war weiß von der aufgewühlten Gischt und die Wellen donnerten bedrohlich ans Ufer. Sie leckten teilweise schon an dem Betonweg, auf dem sie sonst mit Hubert spazieren fuhr.

Elfriede verzog das Gesicht. Laufen konnte sie seit drei Jahren nicht mehr. Seitdem sie ihr die Beine oberhalb des Knies abgenommen und sie zu einem hilflosen Krüppel gemacht hatten. Wie gern wäre sie nur noch einmal auf eigenen Füßen dort entlangspaziert. Nur ein einziges Mal. Eine Windböe donnerte gegen die Scheibe. Elfriede sackte ergeben in ihrem Rollstuhl zusammen.

Im Heim war es heute außergewöhnlich ruhig. Keine Schritte auf dem Flur, kein Geschirrklappern störte. Vielleicht hatte ihr Donnerwetter, das sie in der letzten Woche beim Geschäftsführer abgelassen hatte, ja doch Wirkung gezeigt.

Das einzige Geräusch war dieses Windgetöse, das jetzt von dem lauten Klingeln des Telefons zerhackt wurde. Elfriede rollte zum Tisch. Dort stand ein altmodisches Gerät, überzogen mit rot-samtigem Stoff. „Ja?“, sagte sie unwirsch.

„Hallo, Mutter! Mein Auto ist kaputt. Ein Reifen zerstochen. Ich komme heute nicht“, sagte Hubert.

Elfriede ließ den Hörer kommentarlos auf die Gabel sinken.

Er könnte den Bus nehmen, dachte sie. Aber er tut es nicht. Er tut es einfach nicht.

Es war das erste Mal, dass er nicht kam. Resigniert rollte sie zum Fenster zurück und verfolgte weiter das Spiel des Windes mit den Wellen, bis das Hinausschauen durch die aufkommende Dunkelheit zu anstrengend wurde.

Der Tee stand schal, mit einer feinen, dünnen Haut bedeckt, auf dem Tischchen. Das Marmeladentöpfchen der Zwischenmahlzeit war unberührt.

Elfriede wusste, dass es wegen ihres Diabetes nicht gut war, das Brot stehen zu lassen, zumal sie schon das Mittagessen kaum angerührt hatte. Es war völlig versalzen gewesen, aber anscheinend hatte nur sie das gemerkt; den anderen schmeckte es. Elfriede war bekannt für ihr ständiges Genörgel, wurde nicht mehr ernst genommen.

Sie starrte stumpf gegen die Scheibe, die noch immer leise unter den Windböen ächzte, dann nickte sie ein.

Nach einer Weile schreckte Elfriede hoch, das Zimmer lag völlig im Dunkeln. Sie merkte, dass ihre Hände leicht zitterten und ihre Bluse feucht war. Sie musste die Schwester rufen.

Gerade als Elfriede zum Lichtschalter rollen wollte, klackte die Tür. Nur leise – sicher hatte die Pflegerin schon ein schlechtes Gewissen, weil sie sich so lange nicht hatte blicken lassen.

Aber wahrscheinlich dachte sie, dass Hubert bei ihr sei. Wie jeden Nachmittag.

„Schwester, Sie waren lange nicht da und mir geht es nicht gut. Mein Sohn ist nämlich gar nicht gekommen!“, sagte Elfriede in schneidendem Ton. Das ging immer, egal wie sie sich fühlte. Sie zählte es zu ihren Aufgaben, das Personal frühzeitig auf seine Fehler aufmerksam zu machen, damit keine Luscherei einsetzte. So hatte sie das stets gehalten und sich Respekt verschafft.

Die Tür klackte ein zweites Mal, aber der erwartete Lichtschein blieb aus.

Offenbar war die Schwester gar nicht erst ins Zimmer gekommen, hatte nur kurz hereingeschaut und war wieder gegangen. Es war eine Schande, wie Elfriede heute behandelt wurde. Das würde Ärger geben, da konnte sich das Personal sicher sein. Nun musste sie klingeln und sich um etwas zu essen kümmern, denn das Zittern der Hände hatte zugenommen. Die Müdigkeit umklammerte ihre Oberschenkel wie ein Schraubstock.

Doch als sie ihre Hand an den Bügel des Rollstuhlrades legte, hielt sie inne. Ein leichtes Atemgeräusch wehte zu ihr herüber. Es war doch jemand im Zimmer.

„Hubert?“, flüsterte sie. „Bist du es?“

Das leise Atmen setzte für einen Moment aus.

Elfriede versuchte den Rollstuhl zu drehen, um die rettende Klingel zu erreichen, aber sie rutschte mit ihren schweißnassen Händen ab. Sie fiel vornüber und konnte sich gerade noch ausbalancieren.

Dann wurde sie von hinten gepackt und fest in den Rollstuhl gezogen.

Der Stich durch die Perlonstrumpfhose in den Oberschenkel kam gezielt. Einen Moment klammerte sich Elfriede an die Hoffnung, es möge doch einfach nur die Schwester sein, die ihr heute das Insulin eigenhändig verabreichte, weil sie selbst häufig recht nachlässig damit umging.

„Sie müssen erst den Zucker messen, ich habe kaum gegessen“, flüsterte sie. „Seit heute …“

Elfriede hörte am Klacken, dass es einer ihrer Pens war, der in ihrem Fleisch steckte. Sie hatte beide stets auf der Kommode am Eingang in einer Schale liegen.

„Ich habe …", versuchte sie es wieder und wollte sich aus dem Griff befreien.

Aber gerade, als sie schreien wollte, wurde die Nadel aus ihrem Bein gezogen. Ein Lederhandschuh legte sich über ihren Mund. Sie hörte ein ersticktes Glucksen, das sie erst kurze Zeit später sich selbst zuordnete. Ihre Minuten liefen ab. Elfriede konnte die Sekunden auf der beleuchteten Zifferntafel des Weckers verfolgen. Sie lauschte dem monotonen Klacken, und ihr wurde bewusst, dass dieses Ticken wohl das Letzte war, was sie in ihrem Leben hören würde.

Irgendwann, der große Zeiger war ein gutes Stück weitergekommen, ließ die Hand Elfriede los. Ein schwarzer Schleier legte sich auf die alte Frau, unter dem sie nun rasch verschwand.

***

Thiemo Hanken steckte den Stecker der Baulampe in das Aggregat. Kaltes Licht durchflutete den Neubau.

„Wie ungemütlich!" Linda griff nach seiner Hand. Bei dem kalten und stürmischen Wetter war sie froh, sich im Inneren des Hauses aufhalten zu können, obwohl sich der Wind seinen Weg auch hier hinein suchte. Ihre Körper warfen große Schatten an die Wände. Linda konnte der Versuchung nicht widerstehen, mit Zeige- und Ringfinger ein Häschen an die Wand zu werfen.

„Lass das!" Thiemo fuhr sich mit der Hand durch sein dunkles, akkurat geschnittenes Haar. „Laurin ist doch gar nicht da!"

Er küsste seine Frau, dass die bunte Norwegermütze, die sie über ihre blonden Haare gezogen hatte, zur Seite rutschte.

„Nun zeig, was du mir zeigen wolltest", sagte Linda. Sie schob ihn vorsichtig weg, als er begann, ihre Jacke zu öffnen. „Nicht! Es ist hier einfach … zu kalt, keine Atmosphäre …" Linda zuckte mit den Schultern und rümpfte die Nase. „Geht halt nicht. Noch nicht."

Es war zur Zeit weder im Haus selbst noch außen herum besonders schön. Die Straße konnte man kaum als solche bezeichnen. Tiefe, mit Wasser gefüllte Schlaglöcher wechselten sich mit schlammüberzogenem Asphalt ab und die Grundstücke ringsum waren noch lehmige Graswüsten. Ihr Haus war erst das dritte, das im letzten Teil des Neubaugebietes in Neustadtgödens gebaut wurde.

Das Grundstück neben ihnen war aber bereits ausgebaggert, nur lag es wegen des Frostes brach. Ein Grundstück weiter stand das Haus von Sinje und Hanno Probst.

Linda hatte die beiden in der letzten Zeit nicht oft zu Gesicht bekommen, es hatte sich einfach nicht ergeben. Aber das würde sich bestimmt bald ändern. Sie waren Freunde von Thiemo. Linda war erst wenige Male dabeigewesen, wenn sie zusammengesessen hatten, aber sie waren gut miteinander klargekommen.

„Bin froh, wenn wir erst tapezieren und schöne Fußböden drin haben", sagte Linda. „Dann ist das schon anders hier." Ihre Stimme weckte ein Echo in den kahlen Räumen. Noch hatte sie keine Beziehung zu dem Haus.

Linda zog die Schultern fröstelnd zusammen. Die Räume wirkten gedrungen und düster. Der graue Putz der Wände und die Leiter, die an Stelle einer Treppe den Zugang zum oberen Stockwerk ermöglichte, ließen nicht einen Moment vergessen, dass sie sich auf einer Baustelle befanden. Dazu kam das schreckliche Wetter draußen.

„Lass uns gleich noch etwas zu Abend bei dir essen", sagte Linda. „Ich bin total hungrig und Laurin wird bei seiner Tagesmutter gegessen haben."

„Gute Idee. Ich habe Ravioli im Angebot. Und eingeschweißte Tortellini." Thiemo streichelte Linda am Hals. „Wir werden hier glücklich sein. Bestimmt."

Er wirkte völlig entspannt, ein normaler Zustand bei Thiemo. Es gab nur wenige Augenblicke, in denen er nicht locker durchs Leben ging. Linda war da etwas anders gestrickt, dachte komplizierter. Bislang hatte es sich jedoch optimal ergänzt.

Das Haus war für Thiemo so etwas wie der Höhepunkt seines Lebens. Jedenfalls schien es Linda so. Thiemo war seit zwei Jahren Leiter eines großen Seniorenpflegezentrums. In seiner beruflichen Position hatte man einfach ein Haus und eine Familie, das machte sich gut.

Linda kam sich trotzdem nicht benutzt vor, dazu liebten sie sich zu sehr. Im Prinzip freute sie sich ja auch auf das Haus. Für sie war jetzt nur die Umstellung etwas schwierig. Sie war erst vor eineinhalb Jahren Hals über Kopf von Köln nach Norddeutschland zurückgekehrt, hatte dann allein in Jever gelebt. Und nun zog sie in dieses kleine Dorf, wo sie außer Sinje und Hanno niemanden kannte. Thiemo dagegen kam aus Sande, dem Nachbarort. Für ihn war es kein Problem.

„Ich glaube auch … – hoffe einfach, dass wir glücklich werden", sagte Linda.

Sie versuchte, ihre kritischen Gedanken zu verdrängen, indem sie sich überlegte, wo sie die alte Kommode am besten hinstellen könnte. Alte Sachen brauchten einen ehrwürdigen Rahmen. Sie durften nicht wahllos irgendwo platziert werden.

„Wollen wir los?" Thiemo griff nach Lindas Hand und zog sie rasch an sich. Er hatte sein spezielles Rasierwasser aufgelegt. Linda legte ihr Gesicht in seine Halsbeuge und sog den Geruch auf. Thiemo umschlang sie mit seinen kräftigen Armen. Es war gut, so wie es war.

„Hallo? Seid ihr da?" Sinje und Hanno traten in den Flur. „Wir kommen gerade von der Arbeit und dachten, wir sagen mal Guten Tag. Sind doch ein bisschen neugierig! Dürfen wir?"

„Klar, kommt rein!" Thiemo ließ Linda los. „Wenn ihr mit der Baulampe genug seht!" Er zupfte seinen grell getupften Schlips zurecht, prüfte mit der Hand seine Frisur und machte eine einladende Handbewegung. „Voilà!"

Sinje grinste. „Hallo? Du bist nicht auf der Arbeit! Du sollst uns das Haus nur zeigen, keinen Heimplatz verkaufen! Wir sind schon untergebracht!"

Linda sah, dass Thiemo sich ärgerte, von Sinje zurechtgewiesen zu werden. Aber er sagte nichts, sondern hielt an seinem gewinnenden Lächeln fest. Eben locker bleiben. Linda grinste in sich hinein.

„Das ist ja wie ein Schattenkabinett hier“, sagte Sinje und schaute ins Wohnzimmer. „Aber es wird schön, das sieht man trotzdem. Es sieht schon jetzt so ... Yin-und-Yang-mäßig aus.“

Linda lachte. „Woran siehst du denn das auf dieser schrecklichen Baustelle?“

„An Thiemos Augen und seinem Chi. – Nee, im Ernst, Linda, Thiemo hat von deiner esoterischen Ader erzählt. War nur ein Witz!“ Sie lachte so warm und herzlich, dass Linda mit einstimmte. „Hat Thiemo heute direkt mal pünktlich Feierabend gemacht, was?“, fragte Sinje.

Linda nickte. Es kam nicht oft vor, dass er rechtzeitig zu Hause war.

„Ich will Hanno kurz was zeigen“, sagte Thiemo. „Oben habe ich eine Leuchte mit Batterien, müsste gehen. Komm, Hanno!“

„Beeil dich aber“, sagte Linda. „Das First-Class-Menü wartet auf uns.“ Sie wandte sich an Sinje. „Was er *mir* zeigen wollte, hat er augenscheinlich vergessen.“

Hanno drehte sich am Fuß der Leiter um und lächelte Linda zu, bevor er nach oben kletterte.

Es war schon seltsam, dass sie es ausgerechnet Thiemos Fußballkumpel zu verdanken hatten, dass sie nun verheiratet waren. Denn er war es gewesen, der Thiemo im letzten Winter mit in die *Marktschenke* in Jever geschleppt hatte, wo Linda abends als Aushilfe am Tresen bediente, um ihr schmales Budget aufzubessern.

Hanno war ihr erst nicht gerade sympathisch gewesen, aber als sie ihn dann näher kennen lernte, revidierte sie ihre ursprüngliche Meinung. Inzwischen erschien es Linda wie ein Wink des Schicksals, dass er dort eines Abends am Tresen gesessen und sie mit Thiemo bekannt gemacht hatte.

Danach war alles so schnell gegangen. Die Hochzeit, ganz heimlich, ohne Aufsehen, ohne Feier. Schließlich dieser Hausbau, den sie spontan entschieden hatten, verliebt wie sie waren.

Thiemo war immer die treibende Kraft gewesen. Er hatte sie ganz schnell in sein Leben integriert und sie war einfach nur froh gewesen, endlich irgendwo angekommen zu sein.

Jetzt konnte sie Laurin, ihrem Sohn, alle Sicherheit geben, die er brauchte und so vermisst hatte. Linda hoffte einfach, dass aus Thiemo jetzt, wo sie ihr Leben zusammen verbringen konnten, ein guter Ersatzvater werden würde. Bei seinem Charme zweifelte sie eigentlich nicht daran.

„Ich hoffe, ich bekomme es so schön hin, wie ihr es habt", sagte Linda. Bei Sinje und Hanno wirkte alles perfekt. Selbst der Rasen hatte sich im letzten Herbst noch mit großer Energie durch den kleihaltigen Boden gebohrt. Vor den Fenstern hingen bunte Baumwollgardinen und die Fensterbänke schmückten kleine Tonfiguren.

„Das wird, keine Sorge. Dauert eben."

„Ihr seid schon so weit; als würdet ihr seit Jahren drüben wohnen."

Sinje lachte und schüttelte ihre langen tiefroten Locken in den Nacken. „Hanno ist halt ein Pedant. Ihm kann es immer nicht schnell genug gehen, alles muss sofort fertig sein. Und wehe, ein Grashalm wächst schief! Ist manchmal ganz schön anstrengend."

Ihre Nachbarin hatte etwas Faszinierendes, was sicher an den schönen, grünen Katzenaugen, aber auch an der dunklen und rauchigen Stimme lag. „Warte erst mal ab, bis du Hanno richtig kennen lernst. Vielleicht denkst du dann anders! Nicht, dass der bei dir noch Unkraut rupft, damit es nicht zu uns weht."

„Ich hätte nichts dagegen", sagte Linda lachend. „Mit der Gartenarbeit kenne ich mich nämlich gar nicht aus. Ich zupfe wahrscheinlich ständig das Falsche aus der Erde."

Die Stufen der Leiter knarrten, als die beiden Männer wieder nach unten kletterten. „Nun dauert es nicht mehr lange und wir beiden spielen mit Laurin die perfekte Familie", sagte Thiemo.

„Perfekt soll es ja gar nicht sein, aber einfach … gut", lächelte Linda. Da Thiemo mit der Leitung seines Pflegezentrums *Sanfte Wellen* in Wilhelmshaven viel zu tun hatte, würde Linda ihren Job als Kassiererin aufgeben und zunächst bei

Laurin zu Hause bleiben. Wenigstens so lange, bis sich das Leben zu dritt eingependelt hatte.

Thiemo sah auf die Uhr. „Seid nicht böse, aber wir müssen los. Kurz was essen und dann muss Linda zu Laurin."

„Kein Problem. Wie ich Hanno kenne, gibt es im Haus bestimmt noch was zu tun", meinte Sinje. „Bevor er nachher zum Training verschwindet."

„Ich schaffe es heute bestimmt nicht zu kommen", sagte Thiemo.

„Ich entschuldige dich. Bau ist Bau, kenne ich." Hanno legte die Hand auf Thiemos Schulter, fixierte dabei aber Linda lächelnd. Er hatte eigentümlich helle Augen, die gar nicht so recht zu seinem Gesicht passten.

1968

„Du musst verstehen, dass du nicht bleiben kannst, hörst du?" Die Stimme ist weich, streichelt ihn mit den Vokalen. Die Hand gleitet über seine dunklen Haare. Als sie damit aufhört, greift sie ohne zu zögern in seinen Schrank, zieht die Sachen heraus und packt den Koffer. „Ich gebe dir etwas von mir mit", sagt sie und reicht ihm eine durchsichtige Tüte mit einer kleinen blonden Haarsträhne. „Ich werde immer an dich denken, aber jetzt kann ich nicht mehr bei dir sein. Später werde ich dich wieder holen. Ganz bestimmt. Verlass dich drauf!"

Sie schließt den abgeschabten Koffer, der dabei ein leises Ächzen von sich gibt. Zur Befestigung zurrt sie einen Gürtel darum. Der Junge freut sich ein bisschen auf die große Reise, aber er hätte es schöner gefunden, wenn sie mitgekommen wäre.

Angst hat er nicht, denn ihre Stimme klingt recht fröhlich und sie plappert munter weiter. „Du kommst zu netten Leuten. Leute, die fest an Gott glauben und gut auf dich aufpassen werden."

Er kennt die Leute aus der Kirche. Sonntags gehen sie immer dorthin. Es ist warm und hinterher gibt es Kekse und Tee.

Er nickt. Alles ist halb so wild. Sie würde ihn wieder zu sich holen, ganz bestimmt. Sie hat es gesagt.

„Du musst lange fahren", plaudert sie weiter und steckt ihm ein Malbuch ein. „Damit es nicht langweilig wird." Ihre Stimme klingt jetzt doch komisch. Als ob sie weinen würde, wenn sie weiterredet. Und so sagt sie nichts mehr, schaut nur immer wieder aus dem Fenster.

Als der weiße VW-Bus mit der roten Schrift auf den Hof rollt, nimmt sie ihn in den Arm und versinkt mit ihrer Nase ganz in seinem Haar. „Es ist nur für kurz, mein Kleiner. Bestimmt. Nur für kurz. Bis ich es hier im Griff habe. Vertrau mir!"

Sie winkt ihm hinterher, bis er um die Ecke gefahren ist. Er starrt aus dem Fenster, wo die Bäume an ihm vorbeisurren.

Der Mann am Steuer hat noch nichts zu ihm gesagt. Der Junge nimmt seinen Plüschhasen und zieht ihn vor das Gesicht. Der Hase ist der Einzige, der merken darf, dass er doch weint.

Sie würde ihn holen, hat sie gesagt. Ihre blonden Haare würden sich mit seinen vermischen, so wie es immer gewesen ist.

Montag, 13.2.

„Herr Hanken?"

Thiemo blickte von seinem Schreibtisch auf. Selbst sein Lächeln gelang ihm heute nicht so recht, er hatte das Gefühl, als falle es schief aus. Er war so müde. Die Arbeit auf dem Bau, die sich am Wochenende arg in die Länge gezogen hatte, und die Renovierungsarbeiten in seiner alten Wohnung forderten langsam ihren Tribut. Die letzten Nächte hatte er bei Linda in der kleinen Wohnung in der Anton-Günther-Straße in Jever verbracht, aber es war für zwei Erwachsene und ein Kind einfach zu eng dort. Laurin war zwar ein netter Kerl, aber eben fünf Jahre alt. Thiemo war Kinder nun mal nicht gewohnt. So hatte er verdammt schlecht geschlafen. Schließlich war er auf das Sofa ausgewichen, weil Laurin partout bei Linda im Bett bleiben wollte und er die nackten Kinderfüße an seinen behaarten Beinen nicht mehr ertragen konnte.

„Was kann ich für Sie tun?", fragte Thiemo. Er versuchte, sich auf den grauen Mann ihm gegenüber zu konzentrieren.

„KripoWilhelmshaven, Rothko, guten Tag."

Thiemo setzte sich auf. Die Kripo hatte er noch nicht im Haus gehabt.

„Am Freitag ist bei Ihnen Elfriede Lambacher verstorben", sagte der Mann. Thiemo fiel auf, dass er noch nie so kleine Augen gesehen hatte. Nicht, dass sie in irgendwelchen Fettpolstern verschwanden. Der Mann war eher hager, aber die Augen wirkten rund und winzig, viel zu eng zusammengestellt. „Schweinsaugen", dachte Thiemo und bemühte sich, konzentriert auszusehen, was ihm aber nicht gelang. Er strich sich über den Kopf, gab sein Passwort ein und rief am PC die Patientendaten auf, um etwas Zeit zu gewinnen. Thiemo kannte die Bewohner meist nur flüchtig, da er nur noch für die Organisation und den Ablauf zuständig war. Aber bei Frau Lambacher war das anders. Sie hatte sich so oft über das Haus, das Personal oder sonstige Dinge beschwert, dass selbst er über diese Frau voll informiert war.

Thiemo überflog die Akte. „Ja, Elfriede Lambacher ist am Freitagabend in ihrem Zimmer aufgefunden worden. Sie saß reglos im Rollstuhl. Das Pflegepersonal hat alle notwendigen Maßnahmen eingeleitet, aber wir konnten nichts mehr für sie tun. Frau Lambacher verstarb an einem hypoglykämischen Schock, also Unterzuckerung. Alles dokumentiert und vom Hausarzt so abgezeichnet. Da sind wir sehr genau mit der Erfassung, wissen Sie." Thiemo wies auf den Bildschirm. Es war alles in Ordnung. Gut, dass er konsequent auf korrekten Eintragungen beharrte, dafür hatte er extra ein digitales System eingeführt.

„Wir haben einen anonymen Hinweis bekommen, dass es kein natürlicher Tod war."

„Frau Lambacher war Diabetikerin und eine undisziplinierte dazu", sagte Thiemo. „Sie können die Einträge in den Akten verfolgen. Eigentlich hätte sie mit ihrer Krankheit selbstständig sein sollen, aber immer wieder kam es zu Entgleisungen, sowohl nach oben als auch nach unten. Frau Lambacher kontrollierte ihren Blutzucker selbst und hatte zwei Insulinpens mit Plan zur Verfügung. Nur pflegte sie sich nicht an die verordneten Einheiten zu halten, sondern spritzte so, wie es ihr passte. Vielleicht hat sie auch am Freitag wieder ihr Ding gemacht. Sie wusste immer alles besser! Fragen Sie ihren Sohn, der kann das bestätigen."

Thiemo war zu müde, um sich jetzt mit dem Tod dieses alten Drachen herumzuärgern. Nicht nur von Frau Lambacher waren Klagen bei ihm eingegangen, nein, auch das Personal hatte sich ständig über sie beschwert. Diese Frau hatte stets nur das getan, was sie selbst für richtig hielt, und ihre Pflegerinnen gemaßregelt, wo sie nur konnte.

Der schweinsäugige Kommissar drehte den Bildschirm zu sich herum und studierte die Einträge. Er grunzte hin und wieder. Dann nickte er. „Sie sind aber modern mit Ihrer Digitalisierung."

Thiemo wusste nicht, ob das ein Kompliment oder eine Kritik sein sollte, und schwieg. Der Kommissar las noch immer. Schließlich lehnte er sich zurück und sagte: „So weit stimmen

Ihre Angaben. Ich denke, es war ein schlechter Scherz mit dem Anruf. Die Leute sind ja ganz irre wegen der Prozesse gegen die Todesschwestern und so."

„Für mein Personal kann ich garantieren, Herr Rothko. Wir sind da sehr eigen." Selbstgefällig lehnte Thiemo sich in seinem Sessel zurück. Sein Pflegeheim war sauber. Daran würde auch der Kommissar nicht rütteln können.

Er hoffte, der Mann würde seinen Besuch endlich beenden. Frau Lambacher war mit ihren siebzig Jahren zwar noch recht jung gewesen, aber sie hatte ja auch nicht gerade zur Verbesserung ihrer Situation beigetragen. Ihre amputierten Beine waren nun mal das Ergebnis eines seit Jahren schlecht eingestellten Diabetes. Da kam es, so traurig es war, eben vor, dass solch ein Mensch an einer Entgleisung starb.

Rothko griff nach einem herumliegenden Kugelschreiber und tippte mit dem Ende gegen sein Kinn. „Warum", setzte er langsam an, „warum hat Ihr Personal eigentlich nicht rechtzeitig etwas gemerkt?"

Thiemo spannte unmerklich den Rücken an und holte tief Luft. Dabei bemühte er sich, gelassen zu wirken. Er griff ebenfalls nach einem Stift und klopfte ihn leicht auf die Schreibtischunterlage, als mache er eine Zigarre zum Anzünden klar. Er wollte Zeit gewinnen, denn das war genau die Frage, die er liebend gern vermieden hätte. Es war der einzige heikle Punkt, denn Frau Lambachers Unterzuckerung hätte vielleicht schneller entdeckt werden können.

Thiemos gewohntes Lächeln kämpfte sich unaufhaltsam durch die müden Gesichtszüge und seine Stimme klang ruhig und bestimmt, als er den Stift beiseite legte. „Die zuständige Schwester ist davon ausgegangen, dass der Sohn da war, wie jeden Nachmittag. Wir haben über den Türen Leuchten. Grün heißt, dass die Schwester im Zimmer ist, bei Rot ertönt eine Klingel. Bei Frau Lambacher war es so, dass sie auf dem Brennen der grünen Lampe bestand, wenn der Sohn zu Besuch war. Dann sollte keiner das Zimmer betreten, sie wollten nicht in ihrer Privatsphäre gestört werden. Und die Leuchte war den ganzen Nachmittag an."

„Aber Herr Lambacher war gar nicht da, oder?"

„Nein. Aber er war sonst jeden Nachmittag hier. Wirklich jeden. Immer zur gleichen Zeit. Ein dummer Zufall, dass die Schwester ausgerechnet an diesem Tag vergessen hatte, das Licht auszumachen. Ein wirklich dummer Zufall."

„Ein menschlicher Fehler, nicht ungewöhnlich", sagte Rothko.

„Sie waren schon komisch, die beiden. Der Sohn und die Mutter, so – zusammen", rutschte es Thiemo heraus. Er hatte das immer wieder bei den Personalgesprächen mitbekommen: Die Beziehung von Herrn Lambacher zu seiner Mutter hatte eindeutig etwas Pathologisches gehabt.

Der Kommissar reagierte nicht auf Thiemos Bemerkung, vielleicht hatte er sie einfach auch nur zu leise ausgesprochen. „Das wäre es erst mal. Ist eine unangenehme Geschichte. Wir melden uns!" Er drehte den Bildschirm in die Ausgangsposition zurück und stand auf. Thiemo hatte den Eindruck, dass auch der Kripobeamte sehr müde war, und was sollte man von zwei so müden Menschen an Hochleistung heute erwarten …

***

Hubert Lambacher hatte das Gefühl, dass seine Finger am Lenkrad festfroren. Er stand vor dem Eingang des pompösen Seniorenpflegezentrums *Sanfte Wellen* und konnte den Blick von keinem der Menschen lassen, die das Gebäude betraten oder verließen.

Einer von ihnen hatte seine Mutter auf dem Gewissen, einer von ihnen hatte sie getötet, er war ganz sicher. Von allein war sie bestimmt nicht gestorben.

Der Kommissar war kurz bei ihm gewesen, hatte ihn nach seiner Mutter gefragt, wegen der Zuckerkrankheit. Hubert war zu dem Zeitpunkt noch nicht ganz Herr seiner Sinne gewesen, zu sehr hatte ihn der Schmerz über den Verlust aus der Bahn gefegt. Er fühlte sich wie ein Blatt, das vom Baum gefallen war und nun willenlos vom Wind durch die Welt getragen wurde.

Drei Nächte hatte er nicht geschlafen. Zuerst war er unter

dem Strom der Tränen erstickt und dann hatte er versucht, einen Sinn in dem Ganzen zu finden. Ein Mal, ein einziges Mal war er nicht bei seiner Mutter gewesen und schon passierte so etwas. Hubert fühlte sich entsetzlich schuldig, konnte die kalten Blicke seiner Mutter fühlen, wusste, was sie in ihren letzten Minuten gedacht hatte. Sie war böse gewesen, hätte ihn bestraft, wenn er das nächste Mal gekommen wäre.

Stockend hatte Hubert dem Kommissar von seiner Anbetung für sie und von ihrer Krankheit erzählt. Doch der Mann mit den kleinen, stechenden Augen hatte gar nicht richtig hingehört, war so schnell wieder weg gewesen, dass Hubert ihm in all seiner Trauer nichts von den zerstochenen Reifen gesagt hatte. Das war ihm erst später eingefallen, als er nicht mehr von den ständigen Weinkrämpfen geschüttelt wurde.

Hubert hatte dann bei der Polizei angerufen, aber da war Rothko unterwegs gewesen. Ein seltsamer Typ. Allein der Name war lächerlich. Aber wenigstens hatte er zurückgerufen.

Dabei war der Kerl aber wieder die Unfreundlichkeit in Person gewesen. Ganz klein und dumm hatte Hubert sich gefühlt, als er vergeblich versucht hatte, ihm von den Todesschwestern zu erzählen, die überall auf der Welt nur darauf warteten, ihre Patienten zu töten.

„Es ist aber ein eindeutiger Fall. Ihre Mutter war hoffnungslos unterzuckert“, hatte der Kommissar ihn gleich unterbrochen. „Sie war einfach undiszipliniert. Es tut mir leid!“

Dieser Ton ließ Hubert verstummen, obwohl er sich vorher die Worte zurechtgelegt hatte. Das höhnische Tuten, das ihm dann der Hörer entgegenspuckte, war einfach nur brutal.

Er hatte das mit den kaputten Reifen wieder nicht sagen können. Der Kommissar hätte ihn ja ausgelacht. Der hatte seine Wahrheit schon festgelegt, da war kein Platz mehr für die Theorien eines unglücklichen Sohnes. Seine Worte wären schon im Vorfeld klar gewesen. Der Mann war wie seine Mutter und die hatte auch immer recht gehabt. *Herr Lambacher! Sie sind Mathelehrer an einem Gymnasium. Da können Sie sich doch ausrechnen, wer so etwas macht. Erstatten Sie Anzeige und wir nehmen den Schaden auf.*

Und so war Huberts Verdacht, dass die Reifen etwas mit dem Tod seiner Mutter zu tun haben könnten, unausgesprochen durch sein Denken gekrochen, bis er sich irgendwann festgesetzt hatte und Stück für Stück seine Hirnwindungen zermarterte. Am Ende war ein brennender Kopfschmerz entstanden, den er mit nichts löschen konnte.

Es gab einen Menschen in diesem Heim, der seine Mutter getötet hatte. Er konnte es nur nicht beweisen.

Bestimmt war sie einer der Altenpflegerinnen auf den Schlips getreten. Und die war dann zum Todesengel geworden, wie die ganzen anderen Schwestern und Pfleger, die ihre Patienten getötet hatten. Hubert hatte alle Berichte, die er finden konnte, in den Nächten verschlungen.

Er betrachtete wieder seine weißen Fingerkuppen, die am Lenkrad klebten und sich nicht lösen konnten, wischte mit der Wange über die Schultern und merkte, dass er dabei feuchte Spuren auf seiner Jacke hinterließ.

Die zerstochenen Reifen könnten der Schlüssel sein. Aber nichts im Leben machte Hubert bei irgendeiner Sache wirklich sicher. Alle Gedanken, alle Ideen waren immer nur vage und auf Hypothesen ausgelegt, einzig die mathematischen Formeln folgten einer unumstößlichen Logik, um die er sein ganzes Leben formierte.

Hubert glaubte aber einfach nicht, dass einer seiner Schüler die Reifen zerstochen hatte. Zum einen hatte er nie jemanden durchfallen lassen und zum anderen wohnte er in Wilhelmshaven, unterrichtete aber an dem zwanzig Kilometer entfernten Schlossgymnasium, einer privaten höheren Schule in Jever. Und wenn er ehrlich war: Den Schülern war er zu unwichtig.

Sie nannten ihn Weichei und Muttersöhnchen, hatten herausgefunden, wie sehr er an seiner Mutter hing. Er war sicher nicht beliebt, eher die Witzfigur der Schule, weil er mit seiner Hornbrille und dem kurzgeschorenen Haar den klassischen Mathelehrer verkörperte. Außerdem war er Junggeselle, da kam es schon mal zu Sprüchen, wie: „Der sollte mal so richtig … dann ist er auch ein echter Kerl.“

Nur, dazu brauchte Hubert keine Ehefrau, es gab in Wilhelmshaven und Umgebung genug Etablissements, die diesen Zweig seiner Männlichkeit befriedigten – und von ihm keine weiteren Verpflichtungen forderten.

Mit diesen banalen Dingen des Lebens musste er sich nicht befassen, daher hatte er genug Zeit für seine Mutter gehabt. Sie hatten nicht ihr ganzes Leben miteinander verbringen können, zu viel Zeit war schon verschwendet worden. Da wollte er nun ausschließlich für sie da sein. Und jetzt war er allein. Ganz allein, ohne sie.

Hubert löste eine Hand vom Lenkrad und wischte mit dem Jackenärmel über die beschlagene Scheibe, weil ihm am Seiteneingang eine Bewegung auffiel.

Thiemo Hanken trat aus dem Haus. Er sah übernächtigt aus, vielleicht machte ihm die Geschichte doch mehr zu schaffen, als er zugeben wollte. Obwohl wahrscheinlich so oft ältere Herrschaften verschieden, dass er sich normalerweise bestimmt keine Gedanken darüber machte.

Hubert wusste nicht, wie lange er hier noch mit dem Auto vor dem Gebäude stehen wollte, er wusste nicht einmal, was es bringen sollte. Zu Hause lag noch der Stapel mit den Leistungskursklausuren, die dringend zu bearbeiten waren. Aber irgendetwas sagte ihm, dass er hier, vor der Tür der Seniorenanlage, das finden würde, das ihn weiterbringen musste.

Es dämmerte, als er die Pflegerin aus dem Haus gehen sah, die seine Mutter am Freitagnachmittag hätte betreuen sollen – wenn sie nicht diesem irrsinnigen Licht aufgesessen wäre und gedacht hätte, er sei anwesend. Es wäre trotzdem ihre Pflicht gewesen, reinzuschauen. Egal, was seine Mutter angeordnet hatte. Sie war schließlich verantwortlich. Hubert Lambacher ließ den Motor an und folgte der blonden Frau.

***

Als Thiemo in Jever ankam, war es bereits dunkel. Linda hatte Erbsensuppe gekocht und war gerade dabei, Laurin aus der Wanne zu lotsen, als er in den kleinen beengten Flur trat.

Laurin kreischte, wollte noch sein Schiffchen fahren lassen. Heute ging es Thiemo wirklich auf die Nerven. Am liebsten wäre er auf dem Absatz umgedreht, sofort wieder in seine Wohnung nach Sande gefahren und hätte die Beine auf den Tisch gelegt. Heute Abend kam die Live-Übertragung des Spieles Werder gegen Wolfsburg. Das hätte er sich gern in Ruhe angesehen. Aber seine Wohnung war eine Baustelle. Die Jahre des Junggesellendaseins hatten mehr Spuren hinterlassen, als Thiemo vermutet hatte. Deshalb hatte er jetzt begonnen, zu renovieren. So konnte er die Wohnung schließlich keinem Nachfolger hinterlassen. Aber er wollte nicht zwischen Kleister und Tapetentisch hausen. Das wäre vermutlich noch grausamer als das Gekreische aus dem Badezimmer.

Vielleicht hätte er sich mit Hanno zum Fußballgucken verabreden sollen, aber davon wäre Sinje wahrscheinlich nicht begeistert gewesen. Ihr schienen Hannos zwei Trainingsabende und die Wochenendspiele schon völlig zu reichen. So langsam schwante Thiemo, dass es ihm mit Linda bald nicht anders ergehen würde.

Er fläzte sich an den Küchentisch, sagte Linda noch nicht, dass er da war. Noch ein bisschen abspannen, ausruhen, vielleicht schlief der Knirps ja gleich. Thiemo hätte gern einen Abend Ruhe gehabt. Und vielleicht auch Linda mal wieder für sich allein ... Das brächte etwas Ablenkung.

Der Besuch des schweinsäugigen Kommissars hatte ihm doch zugesetzt. Er musste morgen unbedingt noch einmal mit der zuständigen Schwester reden. Heute war er einfach zu müde gewesen. Thiemo gähnte und hoffte, dass die Geschichte im Sande verlaufen würde. Mord! Das war doch absurd. Trotzdem hätte die Schwester mal reinschauen sollen.

Thiemo zuckte mit den Schultern. Irgendwie hatte die Lambacher mit ihrer Lampenaktion das Ganze ja selbst heraufbeschworen. Sie hatten lange diskutiert, ob sie sich daran halten sollten. Aber weil diese Giftspritze nur noch zeterte, hatte er grünes Licht gegeben.

Eigentlich schade, dass die Frau so unangenehm gewesen war. Sie hatte trotz ihrer Behinderung nicht viel älter gewirkt als ihr vierzigjähriger Sohn. Dem Aussehen nach hätte er fast der etwas jüngere Ehemann sein können.

Thiemo dachte, dass Elfriede Lambacher früher mit Sicherheit Format gehabt hatte. Das Blond ihrer Haare war zwar längst einem glänzenden Silbergrau gewichen, aber man konnte durchaus noch erkennen, was für ein Kaliber die Lambacher zu ihren besseren Zeiten gewesen war. Dafür hatte Thiemo einen Blick.

„Hallo! Du bist schon da?“ Linda umschlang ihn mit ihren Armen.

„Ja, war ein dummer Tag“, sagte er.

Linda blickte erstaunt. Es kam selten vor, dass er Schwierigkeiten zugab. Sie sagte aber nichts, sondern holte ihm ein Bier aus dem Kühlschrank. „Willst du etwas essen? Die Suppe ist noch warm. Laurin hat schon ein Brot gehabt, ich bringe ihn gleich zu Bett.“

Bevor Thiemo antworten konnte, raste ihr Sohn um die Ecke. „Ich geh nicht in mein Bett, ich schlaf bei Mama!“ Dabei sah er Thiemo herausfordernd an. Der nickte wortlos und nahm von Linda den Teller Suppe entgegen. Er würde also wieder auf dem Sofa schlafen.

Als Laurin endlich im Bett lag, nahm sich Linda auch ein Bier und setzte sich zu Thiemo auf die Couch. „Was war denn los, dass dein Tag so schrecklich war?“, fragte sie, während sie den Flaschenöffner ansetzte. Der Deckel löste sich mit einem Zischen.

„Gib mir auch noch ein Bier!“, lenkte Thiemo ab. Er nahm die Fernbedienung und begann sich durch die Programme zu zappen.

„Nimm von mir was, ich trink es sowieso nicht ganz.“ Linda reichte ihm die Flasche. Die Melodie von *Hinter Gittern* ergoss sich in den Raum.

„Kannst du das nicht ausschalten? Ich habe dich nämlich was gefragt“, sagte Linda.

Thiemo hielt die Fernbedienung zwischen beiden Händen, als fürchte er, Linda könnte sie ihm entreißen, wenn er sie auch nur für eine Zehntelsekunde losließ.

„Hallo? Erde an Thiemo!“

Er stellte den Fernseher etwas leiser.

„Ist nichts Gravierendes", sagte er leichthin. „Nur ärgerlich."

„Ich weiß nicht. So klang das vorhin nicht." Linda nahm einen Schluck Bier.

Thiemo wischte ihr vorsichtig mit der Seite des Zeigefingers den Schaum ab. „Ein anonymer Anruf. Bei uns soll eine ältere Dame getötet worden sein."

„Oh." Linda setzte sich auf. „Ist denn an der Anschuldigung was dran?"

„Ach was. Aber es ist einfach ... blöd." Thiemo wollte den Film wieder lauter stellen, aber Linda legte ihre Hand auf seine.

„Das könnte doch ... Ich meine, du bist verantwortlich, oder?"

Thiemo schüttelte den Kopf. „Es stimmt nicht, überhaupt nicht und kann auch nicht sein."

Erleichtert atmete Linda aus. Jetzt griff sie nach der Fernbedienung und *Hinter Gittern* verschwand hinter der schwarzen Blende. Linda schnappte mit den Lippen nach Thiemos Zeigefinger und er spürte ihre Zunge daran. Die Hände wanderten zu seiner Hose und krochen Finger für Finger in den Bund. Mit der anderen Hand löste Linda Knopf und Reißverschluss.

1968

Der Bus surrt durch das flache Land. Als der Junge erwacht, sieht er ein dunkelrotes Backsteingebäude mit weißen Fenstern. Im umzäunten Garten steht ein Spielgerüst.

Er muss Hausschuhe anziehen und wird in einen großen Speisesaal geführt. Es ist, trotz der vielen Kinder hier, äußerst leise. Er wird verstohlen gemustert. Seine Gruppe hat die Nummer zwei. Dort muss er auf einem harten Holzstuhl sitzen. Es sind auch ein paar Ältere dabei. „Die helfen mit und sorgen für Ordnung", hat die Frau mit dem schwarzen Mantel gesagt. Sie hat eine dicke Nase. Der Junge bekommt warme Milch und ein Stück Brot mit Schmierkäse.

Sie holt mich bald wieder ab. Vielleicht schon morgen, denkt der Junge, als er einen Tritt gegen das Schienbein bekommt.

„Hier kommste nicht mehr so schnell weg", sagt der Treter. Er ist einer von den Älteren. Einer von denen, die für Ordnung sorgen. „Manchmal kommen welche und nehmen jemanden mit. Du bist noch jung genug. Vielleicht haste Glück!"

„Meine Mutter kommt wieder und holt mich ab", flüstert der Junge.

„Wer's glaubt! Die hat dich doch abgehakt, sonst wärst du nicht hier."

Der Junge schüttelt so heftig den Kopf, dass der ganze Körper vibriert und dabei die Milch umfällt. Ein harter Griff fasst seinen Oberarm und zerrt ihn in die Ecke des Speisesaales.

Erst als alle fertig mit dem Essen sind, darf er von dort weg. Sein Magen knurrt die ganze Nacht und sein Kissen hat einen nassen Fleck.

Mittwoch, 1.3.

Thiemo bahnte sich einen Weg durch die Stadt. Es war eine elendige Gurkerei von Jever zur Südstadt Wilhelmshavens. Bald konnte er von Neustadtgödens aus fahren. Wenn er die Strecke über Mariensiel wählte, ging es schnell, weil er die großen Straßen komplett vermeiden konnte.

Thiemo war jetzt ganz zu Linda gezogen, nachdem sich spontan jemand für seine Bude in Sande interessiert hatte und er sie mit all dem Abstand, den er gezahlt haben wollte, losgeworden war.

Die restlichen Möbel hatte er verschrottet. Sie würden eine neue Küche bekommen, auch das Wohnzimmer hatten sie schon bestellt. Die anderen Sachen wollten sie von Linda nehmen. Sie waren Laurin vertraut, darauf legte Linda Wert. Außerdem hatte sie so ihre Vorstellungen, wie ein Möbelstück beschaffen sein musste, um keine schlechte Aura auszustrahlen. Was verstand er denn schon von diesem Spinnerkram. Aber es war ihm egal, schön waren die Möbel von Linda ja. Wenigstens stand sie nicht auf Schnörkel und Troddeln.

Mit dem Kleinen lief es auch etwas besser. Hin und wieder schlief er jetzt sogar in seinem Bett. Thiemo hatte die vage Hoffnung, dass Laurin ihn langsam akzeptierte.

Das Pflegeheim lag, von der Sonne angestrahlt, im Morgenlicht. Thiemo war froh, sich für die Leitung dieses Heimes entschieden zu haben. Es war zwar eine große Verantwortung, allein schon wegen der Größe des Hauses und der Anzahl der Mitarbeiter. Doch es war einfach schön hier und er konnte seine Vorstellungen von optimaler Altenbetreuung durchsetzen, auch wenn er an der Pflege selbst nicht mehr beteiligt war.

Die Sache Lambacher schien wohl im Sande zu verlaufen. Gut, dass er das nicht an die große Glocke gehängt hatte, obwohl es durchaus zum Personal durchgesickert war. Aber nachdem der Kommissar noch einmal da gewesen war und ihm mitgeteilt hatte, dass die Anschuldigungen offensichtlich haltlos waren, kehrte in den Abteilungen wieder Ruhe ein.

Thiemo grinste. Linda, die gar nichts damit zu tun hatte, war besonders erleichtert gewesen. Sie hatte die Sache als ganz böses Omen gesehen. Linda dachte so. Thiemo fand, dass sie sich zu sehr mit Schicksal, Aura und solchen Dingen beschäftigte und hoffte, sie würde in der neuen Umgebung damit aufhören. Es war ihm etwas unheimlich. Er wusste, dass sie damals in ihrer Zeit in Köln damit begonnen hatte. Wahrscheinlich war sie in ihrer Gutgläubigkeit diesem Spinner aufgesessen, hatte sich nicht nur das Kind machen, sondern auch noch das Hirn vergiften lassen. Es würde hier in ihrer alten Heimat sicher bald besser werden. Er war da, also brauchte sie solche Sachen nicht mehr.

Thiemo schaute optimistisch in die Zukunft. Er hatte alles im Griff.

Der Tod des Drachen war weiß Gott kein böses Omen für ihre Zukunft. Hätte Linda die Lambacher gekannt, würde sie so etwas mit Sicherheit nicht denken.

Thiemo und die zuständigen Schwestern waren pflichtbewusst zur Beerdigung erschienen und hatten Hubert Lambacher ihr ehrliches Beileid ausgesprochen. Es war ein sonniger Wintertag gewesen, der eher gute Laune als Trauerstimmung ausdrückte. Während sich die Sonne funkelnd in den Raureifkristallen brach, wurde der Sarg in die Erde gelassen. Die Trauergemeinde war denkbar klein gewesen, die Lambachers hatten kaum Familie und scheinbar keine Freunde gehabt. Die paar Gesichter waren wahrscheinlich Kollegen von Hubert Lambacher, die sich verpflichtet gefühlt hatten, ihm beizustehen.

Der Mann war jetzt ganz allein. Thiemo fragte sich, was Lambacher nun mit seiner vielen Freizeit anfangen würde. „Wahrscheinlich denkt er sich jetzt so richtig fiese Mathearbeiten aus", dachte er und parkte sein Mercedes-Cabrio elegant in der für ihn vorgesehenen Lücke.

***

Tanja Wildbruch hatte gerade eine Führung durch die Salzwiese gemacht. Ihre blonden Haare hatte sie unter ein buntes Tuch gezwängt, und sie scherzte mit einem Mann, der neben ihr die Straße herunterlief. Der Rest der Gruppe folgte in kurzem Abstand.

Vor Tanjas Wohnung, die in einem Haus gleich unterhalb des Deichfußes lag, blieben sie und der Mann stehen. Er gab ihr die Hand, hielt sie einen Augenblick länger fest, als es nötig war. Dann beugte er sich nach vorn, flüsterte ihr etwas ins Ohr. Es musste ein guter Witz gewesen sein, beide lachten lauthals los.

Hubert Lambacher stand nicht zum ersten Mal mit seinem schwarzen Golf auf dem Parkplatz am Fußballplatz in Cäciliengroden und beobachtete die Altenpflegerin.

„Naturführungen", dachte er. „Dabei hat sie wahrscheinlich den Mord an meiner Mutter geplant."

Hubert Lambacher hatte nachgeforscht. Tanja Wildbruch hatte an dem besagten Nachmittag Dienst gehabt und war für seine Mutter zuständig gewesen. Und die hatte sich oft über diese impertinente Pflegerin beklagt. Tanja sei arrogant und unverschämt, ihr fehle jeglicher Funke von Anstand. Hubert solle doch mal mit ihr reden. Das hatte er dann versucht, aber als die schöne Frau vor ihm gestanden hatte, war Hubert sich nicht mehr sicher gewesen, ob die Anschuldigungen seiner Mutter vielleicht nicht doch ungerechtfertigt waren. So hatte er Tanja nur um eine zusätzliche Tasse gebeten, die sie ihm – sichtlich genervt, weil er sie von der Arbeit abhielt – in die Hand gedrückt hatte.

Tanja zupfte sich jetzt das rote Tuch vom Kopf und ihr Pferdeschwanz wackelte dabei hin und her. Diese Frau war zwar schön, aber sie konnte ihn jetzt nicht mehr einlullen. Hinter ihrem Gesicht schlummerte die teuflische Fratze des Todes.

Ihr Chef, Thiemo Hanken, glaubte ihr wahrscheinlich alles, wenn sie mit ihren blauen Augen rollte und lächelnd die kleinen, ebenmäßigen Zähne freigab. Hubert Lambacher dachte, dass sie wahrscheinlich mit ihm schlief. Doch wie immer sagte er sich, auch das sei nur eine Hypothese. Denn zusammen gesehen hatte er sie nie. Aber die Frau hatte diesen gewissen Blick, das erkannte er sofort. Hubert verachtete solche Frauen. Sie nahmen sich die Männer, vergnügten sich und warfen sie dann weg wie faules Obst, das nicht mehr schmeckte. Er wusste schon, warum er zu den Professionellen ging. Oder die Liebespaare belauschte, die es in der freien Natur oder auf den Parkplätzen trieben. Davon gab es schließlich genug und er konnte so tun, als sei er dabei. Nicht, dass ihn diese Frauen weniger abstießen, aber er musste kein Gefühl investieren und wenn er nicht so konnte, wie er wollte, lachte keiner darüber.

Die Teilnehmer der Führung begannen sich zu zerstreuen. Nur Tanja unterhielt sich noch immer mit dem Typen. Sie würde ihn bestimmt mitnehmen in ihre Wohnung und dort ... Hubert Lambacher merkte, dass ihn dieser Gedanke nicht kalt ließ.

Aber dann winkte der Mann Tanja zu und ging zu seinem Wagen. Sie verschwand rasch in ihrem Haus. Hubert Lambacher wartete noch und stellte sich vor, was sie jetzt in ihrer Wohnung tat. Wahrscheinlich stand sie unter der Dusche. Die Wassertropfen perlten an ihr ab, verloren sich erst in der Spur zwischen ihren prallen kleinen Brüsten und glitten dann zielstrebig in die dunkle Tiefe zwischen ihren Beinen. Ihre geschlossenen Lider zuckten unter der Wohltat des heißen Wassers und der Mund war leicht geöffnet, während ihre Hände den Schaum des Duschbades mit dem Wasser vereinten.

Hubert wandte sich ab. In Tanja Wildbruch schlummerte ein Hass, der sich unter ihrer Vollkommenheit verbarg, nur heimlich aus den Poren herausleckte, sich aber dann schnell zu einem tödlichen Fluss auswachsen konnte. Sie war eine Mörderin, eine Hexe! Nur er würde ihr widerstehen, sich nicht einwickeln lassen. Niemals. Huberts Hände zitterten, die Kapillare gehorchten nicht mehr und verfärbten seine Fingerkuppen binnen kürzester Zeit in ein gelbliches Weiß. Er rieb die schmerzenden Spitzen, bis er wieder Gefühl bekam, startete dann den Motor und fuhr aus dem Dorf hinaus.

1968

In der Nacht wacht er auf, weil seine Hose nass ist. Er traut sich nicht, nach der dicknasigen, schwarzen Frau zu rufen. Sie ist ihm unheimlich in dem schwarzen Mantel, der sogar das Haar bedeckt. In seiner Kirche haben die Frauen anders ausgesehen. Die, die ihm die Kekse gegeben haben.

Ganz vorsichtig schlüpft er ins Bad, zieht sich die Hose aus und klettert mit einem Handtuch wieder ins Bett. Aus Furcht, die anderen zu wecken, traut er sich nicht, etwas Trockenes aus dem Schrank zu holen, weil die Tür so quietscht. Die nasse Hose versteckt er am Fußende unter dem Laken, spürt die ganze Nacht das verräterische Knäuel. Es ist nicht gemütlich mit dem kratzenden Handtuch um den Po. Der Junge wälzt sich unruhig im Bett hin und her.

Schließlich schläft er doch wieder ein. Als er morgens aufwacht, liegt die Decke auf dem Boden. Die anderen Jungen stehen um sein Bett herum.

Sie lachen und ziehen das Handtuch weg. „Bettnässer! Der Neue ist ein Bettnässer!“

Der Junge ist froh, dass sie seinen Namen nicht sagen. So kann er sich einbilden, dass gar nicht er gemeint sei.

„Bettnässer, Bettnässer ...“ Die Töne gleiten wie Wellen auf und nieder, erst hoch, dann abschwellend und wieder ansteigend. Tückisch tragen sie dieses böse Wort, mit dem der Junge in der Mitte getroffen und verletzt werden soll. Weil er neu und angreifbar ist.

Der Junge schließt die Augen, taucht in den monotonen Gesang ein. Er flüstert leise die Worte seiner Mutter. „Ich komme und ich hole dich! Bald.“

Von dem Krach angelockt, kommt die schwarze Frau. Sie sieht den nackten Jungen im Bett. „Hast du an dir gespielt?“ Der Junge schüttelt heftig den Kopf. „Du bist vier Jahre alt und so verdorben!“ Die Frau zerrt ihn aus dem Bett und stellt ihn unter die kalte Dusche. Das helle Lachen der Jungen, der Hohn und Spott ihrer Stimmen, schicken ihn in einen schützenden Tunnel. Nur noch entfernt kommen die gesungenen Worte bei ihm an. „Bettnässer, Bettnässer …"

Das kalte Wasser schlägt Risse in die schützende Hülle. Der Gesang hat aufgehört, einzig die Wassertropfen klatschen auf seinen Körper. Der Junge beginnt zu zittern.

Schließlich kommt eine andere Frau, die nach Pfefferminz riecht. Sie umwickelt ihn mit einem Handtuch und schließt ihn in die Arme.

Freitag 10.3.

„Gib mir mal den Kleister, ich muss hier noch etwas nachschmieren." Thiemo hielt Linda die Hand auffordernd hin.

Sie merkte, dass seine Laune zum Schneiden schlecht war. Seine Bewegungen, die normalerweise ruhig und ausgeglichen, immer ein bisschen selbstgefällig waren, wirkten abgehackt und fahrig. Dazu stand sein Haar widerspenstig vom Kopf ab. Thiemo musste sich mehrfach mit der Kleisterhand hindurchgefahren sein.

Sie wollten in zwei Wochen einziehen und es war nicht sicher, ob sie es schafften, bis dahin mit jedem Zimmer fertig zu werden. Thiemo kam ständig so spät von der Arbeit, dass Linda ihn, außer auf der Baustelle, fast nur noch schlafend zu Gesicht bekam. Und die Wochenenden verbrachten sie zur Zeit mit irgendwelchen Malerarbeiten oder anderem Kleinkram. Meist bekamen sie sich irgendwann in die Wolle und Thiemo rannte vor die Tür, um sich zu beruhigen.

Linda reichte ihm den Quast und er verschmierte damit den Kleister an der Rückseite der Tapete.

„Wir sollten den Maler kommen lassen", sagte Thiemo. Er riss wütend die ganze Bahn ab, weil sie sich oben schon wieder löste. „Mir fehlt einfach die Ruhe."

„Ich glaub auch", sagte Linda. „Ein Cappuccino wäre jetzt wohl nicht verkehrt!" Sie flüchtete in den Raum, der einmal die Küche werden sollte.

Es lief überhaupt nicht mehr gut in den letzten Wochen. Thiemo wurde unruhiger, je näher der Einzug rückte. Sie konnte nicht genau ausmachen, ob seine Nervosität mit der Baustelle an sich oder eher mit der unterschwelligen Furcht vor dem Freiheitsverlust zusammenhing. Er äußerte ein bisschen zu oft, dass sich in Zukunft doch einiges für ihn ändere. Dazu kam, dass es zwischen Laurin und Thiemo immer mehr Spannungen gab. Es war nicht gerade die große Freundschaft, so wie Linda es erhofft hatte. Sie waren oft eifersüchtig aufeinander. Ständig hatte sie das Gefühl, keinem der beiden wirklich gerecht zu werden. Dadurch wurde sie täglich fahriger, ließ bei Laurin viel zu viel durchgehen. Ständig war sie dabei, die schlechte Laune von Thiemo abzufangen und so zu drehen, dass kein Streit daraus hervorbrach. Immer wieder sagte sie sich, es sei nur für kurz, wenn sie erst eingezogen waren, würden sie alles irgendwie in den Griff bekommen.

Linda sah auf die Uhr. Es war bald Zeit, Laurin von der Tagesmutter abzuholen. Sie gähnte. Der Kaffee würde ihr gut tun. Sie stellte den Wasserkocher an und setzte sich für einen Augenblick auf ein Brett, das sie als Bank auf ein paar Kalksandsteine gelegt hatte.

Sie war so müde. Jede Nacht erwachte sie davon, dass Thiemo aufstand, um ein Glas Wasser zu trinken. Danach schlief er zwar wieder ein, wälzte sich aber unruhig im Bett hin und her. Sie lag dann den Rest der Nacht grübelnd neben ihm und lauschte seinem unruhigen Atem. Oft merkte Linda, dass er die Decke anstarrte, als bekäme er von dort eine Antwort auf all die Fragen, die sie nicht kannte.

„Ich denke, wir werden dort glücklich und es läuft besser", hatte Thiemo eines Nachts flüsternd gesagt. Eher zu sich selbst als zu Linda, von der er annahm, sie schliefe.

Damit hatte er wohl seine ureigensten Gedanken das erste Mal in Worte gefasst, aber der Blick seiner Augen war weiter düster und schwer. Er wirkte gehetzt, eine Regung, die Linda an ihm nicht kannte und sie das erste Mal darüber nachdenken ließ, dass sie von ihrem Mann eigentlich nur wenig wusste.

Er sprach nicht viel über sich. Thiemos Vater führte als Steuerberater eine Kanzlei und seine Mutter, eine rundliche Frau, verblasste hinter der Dominanz ihres Mannes. Sie trat nur in Form von gebackenem Apfelkuchen in den Vordergrund, verschwand aber ebenso schnell, wie dieser gegessen wurde.

Thiemo schien nichts dabei zu finden. Er kannte es auch nicht anders, aber Linda kam es immer recht armselig vor. Seine Mutter war für sie das beste Argument, sich doch recht schnell wieder Arbeit zu suchen, damit sie sich nicht unter Zimtschnecken und Schweinebraten als die Frau an Thiemos Seite verlor.

Irgendwann stand sie in solchen Nächten dann meistens auf und sah nach Laurin, der sich inzwischen, trotz Thiemos Anwesenheit, dazu bequemt hatte, in sein eigenes Zimmer zu ziehen, statt in ihrem Bett zu übernachten. Erst sein gleichmäßiger Atem, der beruhigend durch den Raum zog, ließ Lindas Lider wieder schwerer werden. Danach konnte sie dann neben Thiemo endlich einschlafen.

Ein lautes Ratschen nebenan verriet, dass Thiemo eine weitere Tapetenbahn wieder von der Wand gerissen hatte. Er war einfach kein Handwerker.

Das Wasser für den Cappuccino blubberte gerade vor sich hin, als es klingelte.

„Hallo!" Sinje hielt Linda einen Korb mit Tassen und Tellern entgegen. Sie rümpfte die Nase. „Mensch, stinkt das hier nach nassen Tapeten und Kleister." Sie schüttelte sich. „Brr, bin ich froh, dass wir das hinter uns haben."

„Wir wollten euch mal was Gutes tun und haben frischen Kaffee und Butterkuchen mitgebracht", sagte Hanno. Er stand etwas linkisch hinter ihr und trug eine Thermoskanne und eine Kuchenplatte. Das war typisch für die beiden: spontan aufkreuzen und Hilfe anbieten.

„Super! Wir wollten nämlich gerade einen Cappuccino trinken." Linda trat beiseite, um Hanno und Sinje hereinzulassen.

„So ein Mist!", hörten sie aus dem Wohnzimmer.

„Ist dein Gatte etwas ungeduldig heute?" Sinje stellte den Korb auf den Boden. Die Tassen schepperten leise. „Habt ihr kein Radio? Ein bisschen Musik würde seine Stimmung vielleicht etwas heben." Sie ging zum Fenster, das vor Feuchtigkeit beschlagen war. Mit dem Zeigefinger malte sie das ‚Haus vom Nikolaus'. „Kannst du das auch?", fragte sie.

Linda nickte. „Von früher, klar. Ich fange aber immer unten links an."

Hanno feixte und stellte die Kuchenplatte aufs Brett. „Wo ist Thiemo?"

Linda deutete mit dem Kopf in Richtung Wohnzimmer.

„Ich helfe ihm mal."

Sinje baute mit Hilfe zweier Kartons und eines herumliegenden Brettes einen Tisch. „Ich weiß, wie anstrengend die Endphase ist. Nichts kann schnell genug gehen und die Männer sind dann einfach ... seltsam.“ Sie öffnete die Thermoskanne und goss etwas Kaffee in die Tassen. Dann hob sie den Deckel der Kuchenplatte. Der Geruch frisch gebackenen Butterkuchens wehte ihnen entgegen. „Schon besser als der Baustellengeruch!“, sagte sie zufrieden.

„Wann hast du denn den gebacken?“, staunte Linda. „Du hast doch den ganzen Tag gearbeitet!“

Sinje winkte ab. „Organisation ist alles“, strahlte sie. „Hatte am Morgen schon alles vorbereitet, der Backofen ist programmierbar ...“

Von nebenan hörte man Thiemo wieder fluchen.

„Ich kenne ihn so gar nicht. So schlecht gelaunt.“ Linda runzelte die Stirn.

„Im Augenblick ist nix mit Sunnyboy, was?“ Sinje schnitt ein Stück Kuchen ab und reichte es Linda. „Komm, iss! Lass die beiden das mal machen. Seine Laune wird schon wieder besser, wenn der Spaß hier vorbei ist.“ Sie nahm sich selbst auch ein Stück. „Hanno ist jetzt in seinem Element“, sagte Sinje kauend. „Es gibt einfach nichts, was er lieber tut, als den Retter zu spielen. – Ganz schön nervig manchmal.“

„Musst du heute nicht mehr arbeiten?“, fragte Linda.

„Nein, habe frei. Und Hanno hat Schlechtwetter!“ Sinje kaute bereits am nächsten Stück Kuchen.

„Haben die Männer denn bei solch einem Wetter nachher überhaupt Training?“ Linda sah auf die Uhr. Freitagabends nahm es Laurins Tagesmutter immer sehr genau.

„Die trainieren immer. Fußballer eben“ sagte Sinje. „Solange sie nur trainieren ...“

Linda sah auf und entdeckte in Sinjes Gesicht zum ersten Mal etwas Nachdenkliches, das so gar nicht zu ihrem fröhlichen Gemüt passte. „Wie meinst du das?“

„Ach, nichts. Männer eben.“

„Du meinst, Bier trinken in der Kneipe und so?“

Sinje nickte schnell und Linda dachte für den Hauch des Moments, dass ihre Nachbarin vielleicht auch noch etwas anderes für möglich halten könnte. Doch sie wehrte die Vermutung ab. Sinjes Andeutung sollte sich nicht in ihrem Gehirn einnisten wie eine Schlange und womöglich, wann immer es ihr beliebte, wieder zum Vorschein kommen, um das Vertrauen, das Linda in ihren Mann hatte, zu vergiften.

„Wenn Hanno Thiemo jetzt ohnehin noch die halbe Stunde hilft, bis sie zum Fußball müssen, kann ich ja ohne schlechtes Gewissen losfahren, oder?“ Linda zuckte mit den Schultern. „Ist immer viel Organisation mit einem Kind.“

„Sei froh, dass du eins hast“, sagte Sinje und verschlang ein weiteres Stück Butterkuchen.

Sie ist nicht zurückgekommen. Der Treter hat gesagt, wahrscheinlich sei sie eine Nutte, die dürften ihre Kinder nicht behalten. Seine Mutter sei auch so eine. Bumst mit jedem für viel Geld. Er sei ein Wechselbalg von irgendeinem idiotischen Freier, der die Gummibarriere durchbrochen hat. „Du bist eben ein Nichts in so einem Spiel", sagt er.

Der Junge nickt. Er hat keine Ahnung, was eine Nutte ist, aber der Treter hat sicher recht. Er weiß alles.

Manchmal macht er mit den Jungen seltsame Sachen auf dem Klo. Der Junge hat Angst, vor allem, als der Treter meint, demnächst sei er dran. So ein fünfjähriger Hintern hätte was.

Er ist aber nie dran, weil er Schmiere stehen muss. Dabei hört er komische Geräusche, manchmal ein leises Weinen. Dann wird der Treter wütend, schlägt zu. Der Junge legt seine Hände an die Ohren und hält die Klappe. Es ist besser, still zu tun, was der Treter sagt. Einfach nicht auffallen, das machen, was ihm befohlen wird. Der Treter ist schon vierzehn und der Älteste hier. Er sorgt für Ordnung, hat die schwarze Frau gesagt.

„Irgendwann schnapp ich mir eine der Nonnen, irgendwann", lacht der Treter, nachdem er mit zwei von den kleineren Jungs im Klo gewesen ist. Sie wischen sich verstohlen die rotgeränderten Augen, verschwinden schnell und lautlos, als seien sie nie da gewesen.

„Du machst deine Sache gut, heißt von jetzt an *Schmierlapp*." Der Treter klopft dem Jungen leicht auf die Schulter. „Schmierlapp. Von Schmiere stehen."

Der ist glücklich. Bislang ist er wie ein Chamäleon durch die Räume geschlichen, hat versucht, vor allem dem Treter nicht aufzufallen, aber jetzt ist er wer, hat eine Identität. Er hat einen Namen. Jeder, der hier jemand ist, hat einen Namen. Nicht den, den die Schwestern und Pfleger benutzen, sondern einen besonderen, einen, der die Jungen erst dazugehören lässt. Und den der Treter erfunden hat.

Es ist die erste Nacht, in der der Junge nicht ins Bett macht und durchschläft.

Montag, 20.3

Der letzte Möbelpacker hatte soeben das Haus verlassen. Linda ließ sich auf eine der Umzugskisten fallen und sah sich um. Es würde dauern, bis sie in dem neu gebauten Haus so etwas wie Atmosphäre geschaffen hatte. Noch gehörte es nicht wirklich zu ihnen. Sie würde es heimlich nach ihren Vorstellungen polen, aufpassen, dass alle positive Energie gut fließen konnte. Leicht würde es nicht werden, das vor Thiemo geheim zu halten. Wenn er mitbekam, dass sie das Haus unter diesen gewissen Gesichtspunkten einrichtete, würde er vermutlich sauer werden, wie immer, wenn es um das Thema ging. Er hatte einfach kein Verständnis dafür. Es war der einzige Punkt, an dem sie jedes Mal richtig aneinandergerieten. Linda konnte sich auch nicht erklären, weshalb. So schlimm war es ja nun nicht.

Für Thiemo gab es nun mal kein „Dahinter" im Leben. Dabei war es so wichtig, in einer guten Atmosphäre zu leben. Linda seufzte leise und dachte dann an das kurze Gespräch, das sie nach langer Zeit mal wieder mit ihrem Vater geführt hatte.

„Das dauert, bis ein Haus richtig zu einem gehört, Linda", hatte er am Telefon gesagt. „Ich weiß noch, wie es bei uns damals war, als wir eingezogen waren. Mit dir als Säugling." Dann hatte er geschwiegen und kurz danach aufgelegt. Weil ihn die Erinnerung an Lindas Mutter übermannt hatte und er deshalb nicht mehr sprechen konnte. So endeten ihre Gespräche immer.

Sie hatte immer schon das Gefühl gehabt, sie sei für ihren Vater eine Konkurrenz um die Gunst der Mutter. Er hatte Linda oft in ihr Zimmer geschickt, wenn sie sich nach seiner Ansicht zu lange miteinander beschäftigt hatten. Das war ein Grund für sie gewesen, nach Köln zu gehen. Sie wollte weg von ihm und seinen Eifersüchteleien. Von allein wäre sie niemals wieder zurückgekommen. Auch nicht nach Mutters Tod.

Denn in Köln hatte es aufgehört, dieses seltsame Gefühl, anders zu sein. Etwas zu vermissen und gleichzeitig in Panik zu geraten, weil sie dachte, jemand sei hinter ihr her. Martin, Laurins Vater, hatte damals gemeint, es läge sicher daran, dass sie mit ihrem Vater in solcher Konkurrenz gelebt hatte. Linda wusste nicht, ob es stimmte, aber die Distanz zu ihrem Vater hatte ihr mehr als gut getan. Dank Martin hatte sie gelernt, mit Ängsten umzugehen. Sie hatte ein gesundes Bauchgefühl entwickelt, gelernt, positive Energie für sich zu nutzen. Die Zeit in Köln war zu Anfang ganz leicht, ganz einfach gewesen. Gemeinsam hatte sie mit Martin die Schwangerschaft erlebt, die Geburt von Laurin und seine ersten drei Jahre.

Aber dann hatte Martin eine andere gehabt, eine Göttin, wie er sich ausdrückte. Von da ab kannte er Linda und Laurin nicht mehr. Ein großer Freundeskreis existierte nicht, sie hatte zu eng in Martins Radius gelebt.

So war sie doch nach Jever zurückgekehrt, wo sie ihren verbitterten Vater vorgefunden hatte, der ein Nichts ohne ihre Mutter war. Seit ihrem Tod brachte er das Gespräch immer wieder auf sie und verharrte mit seinen Gedanken genau dort, wo er vor drei Jahren stehen geblieben war: an ihrem offenen Grab.

Linda schaute auf die Uhr und hoffte, dass Thiemo gleich kommen würde, um sie beim Auspacken zu unterstützen. Es war nicht gut, wenn sie grübelte. Aber das kam halt, wenn man so viel allein war. Thiemo war noch immer angespannt und gereizt. Vielleicht war es wirklich besser, wenn sie das größte Chaos erst allein bewältigte. Obwohl es schon seltsam war, dass Thiemo sich am Tag des Umzuges nicht frei genommen hatte.

Wenn sie nur trainieren … Linda war für einen Augenblick wütend auf Sinje, die mit diesem einen unbedachten Satz Misstrauen gesät hatte, wo Linda vorher keins gekannt hatte. Aber Sinje war so, das hatte Linda schon festgestellt. Sie liebte es, vage Andeutungen zu machen, die in der Regel haltlos waren. Ansonsten kam Linda mit ihr gut aus. Immer, wenn es Schwierigkeiten gab, waren Sinje und Hanno zur Stelle, nahmen ihr Laurin ab oder packten ohne Worte mit an.

Trotzdem wünschte sich Linda jetzt Thiemo an ihre Seite.

„Es wird später heute“, hatte er vorhin gesagt. „Viel Ärger hier, aber ich will tun, was ich kann.“

Linda stand auf und versuchte in der Küche etwas Essbares zu zaubern. Das war mit einem jammernden Fünfjährigen am Bein gar nicht so einfach.

In der elektrischen Kühlbox fand sie etwas Käse und in der einen Küchenkiste eine Flasche Dornfelder, etwas Apfelsaft und ein Baguette zum Aufbacken. Klang gut, nur wurde der Backofen erst morgen angeschlossen. So hatte sie die Wahl, entweder pappweiches Baguette zu essen oder Sinje schon wieder um einen Gefallen zu bitten.

Es klingelte. Laut und schrill. An diese Klingel musste sie sich erst noch gewöhnen. In Jever hatte sie einen Gong gehabt, der weich und dezent darauf hinwies, dass sich Besuch ankündigte. Sie hätte darauf achten sollen, hier auch so einen zu bekommen; nun war es zu spät.

„Willkommen im neuen Zuhause!“ Die Nachbarfamilien standen vor der Tür. Sie waren dabei, einen Kranz aufzuhängen, und überreichten ihr ein kleines Säckchen Salz und etwas hartes Brot.

„Das ist ja toll, aber … ich kann euch gar nichts anbieten!“ Linda zuckte mit den Schultern und lächelte die Meute verlegen an. „Ich könnte jetzt den Pizzaservice anrufen und ihn bitten, eine Flasche Grappa mitzubringen …“

Die Frauen der Nachbarn hoben abwehrend die Hände.

„Aber ich glaube, da hier noch das totale Chaos herrscht, dass ich mich jetzt einfach bedanke und …“

In dem Augenblick quetschte Laurin seinen blonden Kopf zwischen die Knie seiner Mutter: „Was wollen die Leute?“, plapperte er. „Wir haben gar nix zu essen. Nur Pappebrot!“

Linda zuckte mit den Schultern. „Sag ich doch!“

„Macht nichts“, grinste Hanno. „Ich glaube, wir hätten euch vorwarnen sollen, aber ich dachte, Thiemo wüsste, dass am ersten Abend die Nachbarn mit einem Kranz kommen.“

„Thiemo ist gar nicht da“, sagte Linda. Nach dem betretenen Schweigen, das sie damit auslöste, wurde ihr die Absurdität ihrer Lage erst richtig bewusst. Ihr Ehemann wusste um die Sitten des Dorfes, sagte aber nichts und kreuzte an dem entscheidenden Einzugstag gar nicht erst auf.

„Er hat einfach so viel um die Ohren in der letzten Zeit", versuchte Linda ihn in Schutz zu nehmen. Sie merkte selbst, wie hilflos und unehrlich ihre Worte rüberkamen.

„Ich bin übrigens Linda … wer mich noch nicht kennt …" Sie lachte, es klang schrill und sie wünschte sich eine dunkle Stimme, wie Sinje sie hatte. „Ich lade euch alle ein, wenn wir hier fertig sind. Versprochen."

„Das ist doch ein Wort!", rettete Hanno die Situation. Er schaute aufmunternd in die Runde. „Da können wir heute wohl verzichten, was?"

„Ich wusste echt nicht, dass ihr kommt. Ich habe nicht mal Schnaps hier – leider!"

„Macht wirklich nichts. Wenn du es nachholst! Wir wünschen noch einen schönen Abend!"

Linda schloss die Tür. „Thiemo hätte mich vorwarnen müssen!", schimpfte sie leise. Dann hätte sie etwas dagehabt und sich nicht schon am ersten Tag vor den Nachbarn blamiert.

Linda ging zurück in die Küche und befand, dass das ganze Haus grässlich neu roch. Da half nur eines: Es musste in Besitz genommen werden, und zwar schnell. Obwohl sie zweifelte, dass sie diese stur in weiß gehaltenen Räume jemals als gemütlich empfinden würde. Sie hatte ein zartes Terracotta für die Wohnzimmerwand vorgeschlagen, aber Thiemo meinte, er wolle schließlich nicht in einem Tontopf wohnen. Diese warmen Farben hätte er schon den ganzen Tag auf der Arbeit um sich.

Nachdem Linda noch drei andere Variationen vorgeschlagen hatte und er ihr jedes Mal so dumm gekommen war, hatte sie sich dem Weiß gefügt und fühlte sich so manches Mal wie in einem ausgekleideten Sarg. Aber wenigstens hatte sie beim Aufstellen der Möbel freie Hand und konnte so eine gelungene Atmosphäre schaffen.

Linda räumte die Kiste mit den Tellern leer und stapelte sie in den Küchenschrank, als Laurin zu maulen anfing, weil er Hunger hatte und kein Pappbrot essen wollte. Das Baguette lag in Folie eingeschweißt vor ihr. Als sie es auspackte, war es biegsam wie Gummi.

„Pass auf, Laurin“, seufzte Linda. „Wir gehen zu Sinje und fragen, ob sie uns das Brot aufbackt.“

„Ich bleibe hier!“

„Kannst du das denn schon? Allein bleiben?“

Laurin nickte eifrig. „Bin doch schon groß!“

Linda schlüpfte in ihren blauen Blouson und stapfte durch die Baustraße.

Der Rohbau auf dem Nachbargrundstück war verwaist. Er wirkte trutzig und klobig. Vielleicht, weil die Vorderfront nur eine senkrechte Reihe kleiner Fenster über der Haustür hatte, die bislang außerdem nur dunkle Löcher in der Klinkerwand waren.

„Da kann später keiner reinschauen“, dachte Linda und warf einen Blick zurück. Laurin balancierte gerade über die Umzugskisten in der Stube.

Sinjes und Hannos gemütliches Haus war ein krasser Kontrast zu dem hohläugigen Bau nebenan, der in Linda immer ein leichtes Frösteln hervorrief. Sie hatte von den Menschen, die es bauten, noch nie etwas gesehen.

Hannos und Sinjes Garten war vollständig gezähmt. Noch hatte hier nicht der Alltag die Zügel in der Hand, der die zunächst akkurat und penibel angelegten Gärten meist doch recht bald in gemütlich angewilderte Gefilde übergehen ließ. Aber bei Hannos Pedanterie war das sicher nicht zu befürchten.

Probst stand auf dem Keramik-Klingelschild, das an der rotgeklinkerten Hauswand angebracht war. Darunter wanden sich in einem riesigen Blumenkübel Efeuranken zwischen blühenden Primeln. Später würde sich die untergehende Sonne rötlich in den Sprossenfenstern spiegeln.

Sinje und Hanno hatten es wirklich perfekt, aber sie waren auch kinderlos und mussten sich neben ihrem Beruf nicht um das Wohlergehen eines Fünfjährigen kümmern.

Als Linda die Klingel betätigte, ertönte ein angenehmes Summen.

Sinje öffnete. „Scheinst ja wirklich Sehnsucht nach uns zu

haben. Wir haben uns doch eben erst gesehen. Habe leider nicht viel Zeit, muss gleich noch einkaufen." Sie zuckte mit den Schultern und lachte. „Ebbe im Kühlschrank. Bei euch gab's ja nichts!"

„Ich wusste ja nicht …"

„War ein Spaß. Was brauchst du denn?"

„Ich wollte eigentlich nur …" Linda trat einen Schritt zurück, aber von der Auffahrt aus war es ihr unmöglich, in eines ihrer Fenster zu blicken.

„Ich seh schon." Sinje hatte das Paket mit dem Brot unter Lindas Arm entdeckt. „Na, gib schon her!", sagte sie und griff danach. „Das mit dem Pappbrot hat Laurin ja laut genug verkündet. Ich backe es euch auf, kein Ding."

„Danke." Linda renkte sich noch immer den Hals aus, um nach ihrem Sohn zu sehen. „Ich komme gleich wieder und hole es mir, weil … Laurin ist allein und …"

„Hier in Neustadtgödens kommt keiner weg. Hier kennt jeder jeden und so klein ist er doch nicht mehr. Wenn du aus dem Erkerfenster im Wohnzimmer siehst, kannst du übrigens in eure Küche gucken."

Linda atmete auf. Sie machte sich wirklich immer viel zu viele Sorgen um Laurin.

Sinje hielt ihre langen Locken mit der einen Hand nach hinten, als sie das Brot in den Backofen schob, der jetzt leise vor sich hin summte. Sie richtete sich auf und warf das Haar noch einmal mit einer kräftigen Handbewegung zurück. „Nimmst es nachher einfach raus und ziehst die Haustür hinter dir zu, okay?"

„Das ist echt total nett. Ich bin völlig aufgeschmissen wegen des Essens", sagte Linda.

„Brauchst du noch Wurst? Die habe ich nämlich da. Ich war vorhin noch beim Dorfschlachter und habe etwas geholt. Aber sonst … Wird Zeit, dass ich etwas besorge." Sinje griff nach einem Stapel Klappboxen. „Also, wenn du was Wurstiges brauchst …"

Linda schüttelte den Kopf. „Das Brot reicht, ich habe noch Käse."

Sinje schob ihr einen Stuhl hin. „Setz dich. Es dauert ja einen Moment, bis das Brot kross ist."

Linda ließ sich auf den Korbstuhl gleiten und sah sich um. Die Küche war im Landhausstil eingerichtet, ganz anders als ihre hypermoderne Küche in Lackweiß mit anthrazitfarbener Arbeitsplatte.

Sinje und Hanno hatten terracottafarbene Wände und Linda fand es gar nicht schlecht, in der Wärme des Tontopfes zu leben.

„Gut, dass ihr jetzt endlich einzieht, dann wird alles ruhiger", unterbrach Sinje Lindas Betrachtungen und zog ihre dunkle Winterjacke an. „Ich meine, Thiemo wird dann ruhiger. Der benimmt sich im Augenblick so gehetzt wie ein Hirsch bei der Treibjagd."

Linda grinste, der Vergleich war nicht schlecht. Aber dann stand sie auf, ging zum Erker und suchte das Küchenfenster ab. Von Laurin war nichts zu entdecken.

„Der kann das schon, keine Sorge!" Sinje strich Linda über den Arm. „Ich weiß echt nicht, wo Hanno vorhin, nach dem Kranzaufhängen, noch hingefahren ist, also erschrick nicht, wenn er hinten durch die Tür kommt. Zu dumm, dass er sich nie abmeldet. Männer eben!" Sie nahm den Autoschlüssel vom Brett und ging nach draußen.

Linda setzte sich wieder an den Küchentisch und wartete. Das Summen des Backofens lullte sie ein. Erst jetzt merkte sie, wie schläfrig sie war, wie sehr die letzten Wochen sie mitgenommen hatten. Fast war Linda versucht, den Kopf auf den Tisch zu legen und einfach abzutauchen. Dann siegte doch ihre innere Unruhe. Sie sprang auf. Am liebsten wäre sie kurz nach Hause gelaufen, wegen Laurin, aber Sinje hatte recht: Es wäre albern.

Sie sollte lieber den kurzen Moment der Ruhe und Entspannung genießen. Hektik hatte sie in den nächsten Tagen und Wochen noch genug. Linda warf einen Blick aus dem Fenster.

Die Sonne färbte das umliegende Brachland jetzt in einem schönen Rot. Es schien, als habe sich der Tontopf aus Sinjes und Hannos Haus über ganz Neustadtgödens gestülpt, um den Ort an der Gemütlichkeit dieses Hauses teilnehmen zu lassen. Aber genau das erweckte in Linda ein seltsames Gefühl des Eingesperrtseins, eine Unruhe, die sie nicht erklären konnte. Sie sollte wohl aufhören, sich mit ihren Rutengängen und den anderen Sachen zu befassen. Vielleicht hatte Thiemo recht, sie steigerte sich dadurch in irrationale Ängste. Sie war jetzt erwachsen. Niemand verfolgte sie mehr. Ihre Mutter war tot und sie war für ihren Vater jetzt eher Trost als Konkurrenz. Es war alles in Ordnung. Alles gut.

Linda begann ruhig zu atmen und entspannte sich wieder.

Sie stand auf, wollte nach dem Brot schauen und sah, dass Sinje die Backtemperatur nur auf 50 Grad gestellt hatte. Kein Wunder, dass das Baguette nicht fertig wurde.

Linda stellte die Temperatur um, ging ins Wohnzimmer und schaute erneut aus dem Erkerfenster. Laurin winkte ihr fröhlich zu.

Als das Brot fertig war, holte Linda es mit den neben dem Ofen liegenden Topfhandschuhen heraus und wickelte es in ein Geschirrhandtuch.

Linda trat vor die Tür. Alles war still. Das Rot der Sonne war von der Dämmerung abgelöst worden. Kein Mensch war mehr in den Straßen. Dieses Dorf schien mit der Sonne schlafen zu gehen. Es war noch nicht mal richtig dunkel und doch hatte die nächtliche Schwermut sich über die Häuser gelegt und das leise Summen der nicht weit entfernten Bundesstraße wirkte wie ein Schlafgesang. Linda sog die Luft ein, die hier klarer als in Jever zu sein schien, wo oft der Hopfengeruch der Brauerei durch die Straßen zog, den sie nicht mochte.

Sie hastete an dem Rohbau vorbei und empfand beim Anblick des grellen Lichtes, das Laurin in ihrem Haus eingeschaltet hatte, eine Kälte, die sich mit dem Begriff „Zuhause“ nicht vereinbaren ließ. Linda drückte das warme Brot an sich.

***

Die Sonne war noch am Himmel und das Geschrei der Möwen forderte Tanja Wildbruch auf, sich noch einmal vom Sofa zu erheben und nach draußen zu gehen. Es war ein zu schöner Abend, um ihn vor dem Fernseher zu verbringen. Das hatte auch später noch seinen Reiz.

Wenn Tanja frei hatte, machte sie oft so spät noch einen Spaziergang durch die Salzwiesen im Groden. Sie liebte die Nähe des Meeres, nur umgeben von den Seevögeln und den seltsamen Pflanzen, die es auf der ganzen Welt nur hier gab. Am liebsten hatte sie den Geruch des Strandwermutes, dessen Duft so einzigartig in der Nase brannte, wenn man eines der silbrigen Blätter zwischen den Fingern zerrieb. Und der Friedhof der Wattentiere unter der Strandsalzmelden war eben auch ein Geheimnis, das nicht jeder kannte.

Sie hatte es einmal mit ... – Tanja zuckte mit den Schultern. Nicht an ihn denken. Nie mehr. Es war vorbei und das war auch gut so. Sie hatte die Nase von männlichen Wesen seitdem gestrichen voll. Ihr Glaube an die große Liebe war von ihm zerstört worden. Am Ende hatte sie allein und völlig blamiert dagestanden. Sie hätte nie geglaubt, was für menschliche Abgründe dieser Mann barg. Zunächst war er der große Charmeur gewesen. Er hatte ihr jeden Wunsch von den Augen abgelesen. Aber je länger sie zusammen gewesen waren, desto stärker hatte er sich verändert. Manchmal hatte Tanja fast Angst vor ihm gehabt. Am Ende hatte er sie wie ein abgebranntes Streichholz fallen lassen und in den Boden getreten.

Aus lauter Panik, dass sie irgendwem von ihrem Verhältnis erzählen könnte, hatte er sie damals mit nächtlichen anonymen Anrufen bombardiert und auf der Arbeit so lange bedroht, bis sie nur noch ein Nervenbündel gewesen war.

Sie hatte sich verändert seitdem. Tanja war ängstlicher geworden und vorsichtiger. Sie hätte gleich weggehen sollen, damals. Einfach weg und vergessen. Aber es hatte gedauert, bis sie ihre Lähmung überwunden hatte und in der Lage war, sich mit der Zukunft und dem, was sie wirklich wollte, auseinanderzusetzen. Das Einzige, was sie sicher wusste, war, dass sie in jedem Fall an der See bleiben wollte; schon des Wattenmeeres wegen.

Tanja atmete durch. Sie hatte letzte Woche eine Zusage von einem Altenheim in Husum bekommen und ihren Job im Pflegezentrum gekündigt. Im Juni würde sie weggehen.

Sie flocht die blonden, langen Haare zu einem Zopf und

schlüpfte im Keller in ihre hohen Gummistiefel. Der Parka und das Fernglas hingen griffbereit am Haken. Als sie durch das Treppenhaus nach draußen ging, hörte sie in ihrer Wohnung das Telefon klingeln und blieb stehen.

Sie hatten vor ein paar Tagen wieder begonnen, diese Anrufe. Wie damals schellte das Telefon mitten in der Nacht. Wieder dieses lautlose Innehalten, als stünde die Welt für diesen einen Moment still – um nach dem Begreifen, dass sich am anderen Ende der Leitung ein Mensch an ihrer Angst ergötzte, ein erschreckendes Getöse in ihrem Inneren auszulösen.

Oft genügte eine unerwartete Bewegung hinter ihr, diesen Schrecken auszulösen. Zu der Angst kam dann noch der Ärger bei der Arbeit. Wenigstens hatte sich diese Anschuldigung wegen der alten Lambacher als haltlos herausgestellt.

Tanja atmete tief ein. Es war gut, dass sie sich endlich traute, neu anzufangen. Sie musste diesen Schlussstrich ziehen.

Bis sie fort konnte, zu einer neuen Arbeitsstelle, gaben ihr die Einsamkeit und die Ruhe am Saum des Meeres Halt. Hier konnte sie sich beweisen, dass alles normal war und seinen Gang ging. Hin und wieder machte sie auch Führungen. Anderen Menschen die Schönheit dieser Landschaft näherzubringen, war eine erfüllende Aufgabe neben ihrem Job.

Tanja sog die salzige Luft tief ein. Sie hatte jetzt eine ganze Woche frei, brauchte keine Windeln zu wechseln, niemandem das Essen anzureichen und sich nicht mit Angehörigen auseinanderzusetzen. Es war ein guter Auftakt, heute Abend noch einmal hinauszugehen.

Tanja lief über den Deich und kletterte über das Holzgerüst, um auf die Salzwiesen zu gelangen. Die Sicht war noch gut, mit der Flut würde Nebel aufkommen. Das erkannte Tanja am Horizont, der schon in milchigem Weiß verschwamm. Aber jetzt am Abend hatte sie große Chancen, ein paar Vögel mehr im Deichvorland beobachten zu können. Das war Freiheit, das war Glück.

Sie lief auf dem ausgewiesenen Pfad. Um diese Zeit begannen die ersten Vögel zu brüten, da war es fatal, wenn man die Wege verließ. Denn so geschickt wie die Bodenbrüter des

Wattenmeerraumes tarnte kaum ein Vogel sein Nest.

Tanja blieb stehen und nahm das Fernglas. Eine Schafstelze hob und senkte sich über der Rotschwingelwiese, flog dann weiter und ließ sich auf dem Zaun nieder. Es war friedlich hier. Um diese Zeit waren nur noch ein paar Hundebesitzer auf dem Deich, aber sie durften nicht hier herunter ins Naturschutzgebiet.

Tanja folgte dem Pfad. Sie hielt immer wieder an, um sich mit dem Fernglas umzusehen. In der Ferne gingen in Wilhelmshaven die Lichter an. Der Schornstein des Kohlekraftwerkes blinkte selbstgefällig über den Jadebusen.

Tanja ging weiter. Sie kam schließlich an den Wattsaum, wo sie mit den Stiefeln immer tiefer im Schlick versank. Es quatschte jedes Mal, wenn sie den Fuß anhob. Tanja suchte sich eine Quelleransammlung und stellte sich darauf. Noch schien das Wasser weit entfernt, aber schon bald würde es mit seiner ganzen ungezähmten Kraft durch die Priele schießen und das Watt überfluten. An der Kante der Salzwiesen würde die Nordsee heute aber nur lecken wie eine feuchte Zunge an einem süßen Eis. Tanja hatte es allerdings schon ein paar Mal erlebt, dass das Wasser bis an den Deich gekommen war, wenn der starke Wind die See in den Jadebusen gedrückt hatte. Die Kinder hier hatten die Auflage, sofort in den Schutz des Deiches zu kommen, wenn die Priele der Salzwiesen voll liefen. Denn dann würde es nicht lange dauern, bis das Meer die Wiese verschluckte. Aber heute war es windstill. Tanja sog noch einmal die klare Luft ein. Es tat gut, richtig tief durchzuatmen.

Eine Ansammlung von Kiebitzregenpfeifern war schon aus der Tundra eingetroffen und rannte am Wasser auf und ab. Daneben watschelten zwei Brandgänse und ein Rotschenkel bohrte seinen spitzen Schnabel immer wieder in das Watt.

Tanja schwenkte den Blick Richtung Eckwarden und war begeistert vom Bild der untergehenden Sonne, die im Nebel der Nordsee zu versinken schien. „Postkartenkitsch“, grinste sie.

Tanja harrte lange aus. Sie genoss die Rufe der Seevögel und das Alleinsein mit sich und dem Leben hier draußen.

Dann sah sie auf die Uhr. Es war spät geworden, sie musste sich auf den Rückweg machen. Wie immer hatte sie keine Taschenlampe dabei. Bei Einbruch der Dunkelheit war es nicht die wahre Wonne, durch das mit kleinen Gräben durchzogene Gebiet zurückzulaufen, weil der Weg dann nicht mehr gut zu erkennen war. Außerdem spürte sie schon die Feuchtigkeit, die sich durch alle Poren der Kleidung sog.

Das wehmütige „Tüüt", des Rotschenkels trieb Tanja zur Eile. „Tjü-dü-dü!" Er flog über sie hinweg. Mit diesem letzten Flöten schienen die Salzwiesen zu verstummen und sich mit dem Nebelschleier, der mit dem aufkommenden Wasser auf die Küste zuwaberte, zudecken zu wollen.

Tanja ging einen Schritt schneller. Sie stolperte über einen kleinen Priel, der sich durch die Wiese gefressen hatte. Es raschelte neben ihr, und in der Ferne sah sie im verblassenden Tageslicht die Sumpfohreule auf der Jagd nach Wühlmäusen. Die hatte sie hier noch nie gesehen, aber ihr kurzer Warnruf war unverkennbar.

Tanja rappelte sich auf und wischte die schlickige Hand an der Hose ab. Sie griff nach dem Fernglas und versuchte, noch einmal einen Blick auf die Eule zu erhaschen, aber irgendwie gelang ihr keine scharfe Einstellung.

Die Stille über dem Deichvorland hatte mit einem Mal nicht mehr den beruhigenden Charakter, der sie sonst wieder und wieder hierher zog. Kein Schaf durchschnitt die Abendluft mit seinem Blöken, der Deich endete verwaist im weißen Nichts.

Am Zaun stand eine Gestalt, es war aber schon zu dunkel, um Genaueres zu erkennen. Wahrscheinlich war es ein Hundehalter, der seinen Köter wieder nah am Zaun rennen ließ. Es war immer das Gleiche mit ihnen, Tanja hatte deswegen schon häufig Stress gehabt. Sie sah sich noch einmal in Richtung Meer um. Der Nebel hatte die Salzwiesen hinter ihr völlig überflutet. Ihre Beine bewegten sich unwillkürlich schneller. Es war so still, dass ihr hektischer Atem wie das Stampfen einer Lokomotive wirkte.

Tanja stolperte über den nächsten Priel. Ein stechender Schmerz schoss ihr durch den Fuß.

„So ein Mist!“ Sie war wütend. Warum hatte sie diese Furcht bloß zugelassen? Es war bescheuert, hier in der Dämmerung unkontrolliert loszurennen. Es geschah ihr ganz recht, dass sie sich nun verletzt hatte.

Bevor Tanja aufzustehen wagte, bemühte sie sich erst, ihren Atem und das laute Schlagen des Herzens unter Kontrolle zu bekommen.

Nach einer Weile wurde sie ruhiger. Es war still bis auf das gelegentliche Rascheln der Mäuse und das unermüdliche leise Quatschen des nassen Bodens.

Tanja rieb sich den Knöchel. „Jetzt ist es gut, Tanja Wildbruch. Auf nach Hause!“, sagte sie laut und war froh, dass ihre Stimme wieder fast normal klang. Es war wirklich nicht mehr weit bis zum Zaun, sie konnte die Umrisse schon erkennen. „Einfach aufstehen und dorthingehen, du alberne Gans!“, forderte sie sich selbst auf.

Aber als Tanja sich gerade erheben wollte, spürte sie eine Hand auf ihrer Schulter, die sie auf den Boden zurückdrückte.

***

Linda wurde unruhig. Und wütend. An ihrem ersten gemeinsamen Abend im neuen Haus saß sie allein zwischen den Umzugskisten. Laurin hatte drei Stücke des aufgebackenen Baguettes verdrückt, dazu ein dickes Stück Käse und war dann, nach einem Glas Apfelsaft, ohne Murren ins Nebenzimmer auf die Matratze verschwunden.

„Cool, Mama“, hatte er mit seiner heiseren Stimme gesagt, die schon fast nach Stimmbruch klang. „Ein Madratzenbett. Ist cooler als ein echtes Bett, weil nur die Madratze eben cool ist.“

Laurin liebte das Wort „cool“ und mit dem „T“ in der Matratze kam er nicht zurecht. Linda fand das Wort mit dem weichen „D“ gesprochen eigentlich auch viel netter.

Als sie wieder heruntergekommen war, sah sie im Licht der Außenleuchte, dass Sinje ihre Einkaufskisten durch den Hauswirtschaftsraum ins Haus schleppte. Sie winkte freudig herüber, als sie Lindas Silhouette im Fenster entdeckte.

Linda musste schlucken. Überall sah das Leben einfach, geradlinig aus, nirgendwo holperte etwas. Ein völliger Friede rings um sie herum. Nur bei ihr waren kleine Ecken und Kanten zu sehen, die immer schärfer und schärfer wurden.

Linda ließ sich auf einen Sessel fallen, der schon ohne Folie im Wohnzimmer stand. Wahrscheinlich sah sie einfach zu schwarz. Es war halt nicht leicht für Thiemo, die neue Familie und seinen verantwortungsvollen Beruf zu vereinbaren. Sie sollte etwas mehr Verständnis aufbringen. Wenn Thiemo in einer halben Stunde immer noch nicht hier war, würde sie ihn anrufen und dann sehen, dass wirklich nichts Außergewöhnliches passiert war.

„Wenn sie nur Fußball spielen …“, hatte Sinje gesagt. Linda fiel ein, dass auch Hanno mit dem Wagen losgefahren war und Sinje nicht gesagt hatte, wohin.

„Wo Hanno sich rumtreibt, weiß ich nicht“, sagte Linda laut. „Aber Thiemo ist bei der Arbeit.“ Sie nahm sich ein Glas Rotwein und machte es sich, so gut es ging, bequem. Draußen herrschte dichter Nebel, vielleicht konnte Thiemo auch einfach nicht so schnell fahren. Es war ein seltsames Wetter. Zuerst dieser blutrote Sonnenuntergang und dann diese dicke Suppe, die einen selbst im Haus fast ersticken ließ.

Linda musste eingeschlafen sein, denn sie fuhr erschrocken aus dem Schlaf, als sich eine Hand auf ihr Haar legte.

„Hallo, Spatz!“ Thiemo gab ihr einen Kuss. „Es tut mir leid, dass es später geworden ist. Ich wollte dir so gern helfen, aber …“ Er zuckte mit den Schultern.

Linda fand, dass er blass aussah. „Ärger?“, fragte sie und stand auf.

„Das Übliche, nichts Besonderes, aber es reichte halt, um nicht hier sein zu können. – Hast du noch was zu essen?“ Thiemo ging in die noch unfertige Küche und machte den Kühlschrank auf. „Ein Stück Käse, ein Glas Erdbeermarmelade und das war's. Lecker. Haben wir denn Brot?“

Linda nickte, stand auf und piekte mit dem Finger in die nun schon wieder weiche Kruste des Baguettes. „Pappbrot. War mal schön knusprig heute. Vor deiner Zeit.“

„Egal, ich habe nur noch Hunger."

„Morgen gehe ich als Erstes einkaufen", sagte Linda. „Kann ich ja hier im Ort machen. Es gibt hier ja eine Fleischerei und einen Bäcker."

„Nicht nur das", sagte Thiemo. „Es gibt auch einen kleinen Supermarkt, eine Bank und ein Porzellan- und Fahrradgeschäft."

„Dann kann uns ja nichts passieren", lachte Linda. „Zur Not kaufe ich ein Fahrrad."

„Okay. Vielleicht brauchst du das nach der ersten gemeinsamen Nacht in unserem Haus", grinste Thiemo. „Falls du damit entfliehen willst." Er holte sich einen Stuhl, den er mit der Lehne nach vorn stellte, und ließ sich rittlings darauf fallen. Dann goss er sich auch etwas von dem Rotwein ins Wasserglas und lümmelte seinen Oberkörper über die Stuhllehne.

„Wir hätten das alles besser timen sollen", sagte Linda, aber ihr war schon klar, dass auch das beste Timing nichts gebracht hätte, wenn Thiemo kurzfristig im Heim etwas erledigen musste.

„Wenn wir das Chaos hinter uns haben, dann werden wir schön mit dem Rad rumkurven und ich zeig dir alles", sagte Thiemo. „Nur morgen muss ich dich wieder den ganzen Tag allein lassen. Wir haben ein paar Umstrukturierungsmaßnahmen vor und das Personal ist nicht so begeistert. Wirklich schlechtes Timing!"

„Hauptsache, *wir* vertimen uns nicht", sagte Linda.

Thiemo zog sie zu sich heran und küsste sie auf den Mund.

Linda runzelte die Stirn. „Hast du getrunken?"

„Ja, den Wein hier", sagte er lachend, setzte sich richtig auf den Stuhl und riss Linda auf seinen Schoß. Es störte ihn nicht, dass jeder ins Haus blicken konnte.

Linda wand sich aus der Umklammerung. Sie war sich sicher, dass dieser Alkoholgeruch nicht von dem halben Glas herrühren konnte, das Thiemo gerade getrunken hatte.

„Thiemo!" Er senkte den Blick. Nur kurz, aber Linda bemerkte es doch. „Thiemo, wo warst du?"

„Eine Mitarbeiterin hatte Geburtstag. Wir haben ein bisschen

Sekt getrunken. Nach dem Dienst, natürlich. Im Dienst erlaube ich das ..."

Linda sprang auf. „Du feierst Geburtstag und ich muss allein den Umzug hinbekommen? Thiemo Hanken, das ist eine miese Nummer!"

Linda merkte selbst, dass sie kurz vor der Explosion stand. Sie kannte ihren Mann wirklich nicht gut. Das war etwas, das sie ihm nicht zugetraut hätte. Thiemo hatte auf ihren Ausbruch noch nicht reagiert, er saß ganz entspannt auf seinem Stuhl und nippte noch einmal am Wein. Linda musterte ihn von oben bis unten. Den Anzug hatte er erst vor kurzem gekauft, es war einer der lässigen, weiten Sorte. Dazu hatte er wieder einen schrillen Schlips erstanden. Selbst, wenn Thiemo so rücklings auf dem Stuhl lümmelte, sah er doch aus wie einer, der es geschafft hatte. Erst die Ausbildung, dann das Studium, schließlich das Pflegezentrum. Linda dagegen saß an der Kasse eines Supermarktes, wenn sie nicht gerade Hausfrau war. Sie bohrte ihre Fingernägel in die Handinnenfläche und biss die Zähne so fest zusammen, dass es bis zu den Ohren schmerzte.

Thiemo hatte wieder sein unbekümmertes Gesicht aufgesetzt. Sein Mund lächelte breit und zog sich dabei bis zu den Ohrläppchen. Er schien sich wirklich keiner Schuld bewusst zu sein. Seine blauen Augen leuchteten Linda spitzbübisch an. Normalerweise war das genau die Mimik, mit der er sie stets zum Einlenken brachte. Heute verfehlte er sein Ziel.

Thiemo merkte es und hob abwehrend die Hände. „Ich bin dort der Chef, da kann ich nicht als Erster gehen."

„Du kannst eine ganze Menge, Thiemo Hanken", sagte Linda kühl. „Eine ganze Menge." Sie drehte sich um und verließ die Küche.

1970

Er sieht, wie die böse Dicknasennonne den Treter mit sich schleift.

Er hätte es nicht tun sollen. Mit ihm. Dann hätte er weiter Schmiere gestanden, hätte aufpassen können. Und dem Treter wäre nichts passiert. Keiner hätte ihn je erwischen können.

Warum der Treter es doch mit ihm getan hat, versteht der Junge nicht. Aber er ist tapfer gewesen, hat weder geschrien noch geweint. Jedenfalls nicht dabei. Obwohl es so weh getan hat.

Er geht ihm danach aus dem Weg, sieht immer wieder dieses ekelige weiße Zeug, das der Treter irgendwann mit komischen Geräuschen auf den Boden gekleckert hat. Und er kann diesen scharfen Geruch nicht vergessen. Der sitzt fest in seiner Nase und verursacht noch immer einen starken Würgereiz.

Der Treter sucht seinen Schmierlapp überall, er soll weiter aufpassen, aber er kann jetzt nicht mehr ruhig vor dieser Tür stehen. Weil er nun weiß, was genau dahinter geschieht.

Der Treter wird sich an ihm rächen, wenn er zurückkommt. Ungehorsam bestraft er hart. Und der Junge ist nicht da gewesen, als er ihn brauchte.

Jetzt wird der Treter geschlagen werden, richtig doll. Weil die Nonne ihn zu dem bösen, schwarzen Mann gebracht hat. Da ist der Treter schon ein paar Mal gewesen. „Der macht noch ganz andere Sachen mit mir, das sage ich euch! Aber da stehe ich drüber“, hat er damals verächtlich gesagt. Seine Augen haben dabei komisch ausgesehen, der Mund ist schief gewesen. Die Stimme hat nicht zu dem gepasst, was er gesagt hat.

Das kann der Junge erkennen, so jung er noch ist. Der Treter tut ihm furchtbar leid, denn trotz allem mag er ihn. Er ist immer für ihn da, hat ihn vor den anderen beschützt. Vor denen, die ihn beschimpft haben. „Bettnässer, Bettnässer …“

Der Treter ist wie sein großer Bruder. Gewesen. Bis vor ein paar Tagen. Als er mit hinter die Tür musste.

Vielleicht kann der Junge das vergessen. Irgendwann. Er seufzt. Er hat hier doch keinen, außer dem Treter. Und vielleicht gehört der weiße Glibber auch zum Erwachsenwerden dazu. Hier muss es halt schneller gehen als draußen. Hier macht man große Sprünge und lässt gewisse Dinge aus. Weil sie hinderlich sind und nur denen zustehen, die eine Mutter und einen Vater, ein Zuhause haben.

„Du musst Federn unter den Beinen haben, um über die Köpfe der anderen zu springen und zur Not auf ihnen zu landen", hat der Treter zu dem Jungen gesagt und ihm übers dunkle Haar gestreichelt.

Der Junge merkt, dass eine Träne über seine Wange läuft. Hätte der Treter das doch alles gelassen. Alles wäre gut.

„Johannes kommt nicht mehr in eure Gruppe zurück. Er hat das Vertrauen missbraucht", heißt es dann und ein anderer nimmt seinen Platz ein.

Ein paar Tage später sieht der Junge den Treter wieder. Auf dem Hof, hinter der Hecke. Er ist mager geworden, seine Augen liegen in tiefen Höhlen. „Hallo, Schmierlapp, alte Verräterkröte", sagt er und blickt sich immer wieder um, damit niemand sieht, dass er mit ihm spricht. Das würde ihm erneut mächtig Ärger einbringen. „Hättest du danach nicht gekniffen und hättest weiter aufgepasst, wie ich es dir befohlen habe, wäre ich nicht hier."

Der Junge sagt nichts. Hat große Augen. Angst.

„So schlimm war das auf dem Klo ja nun auch nicht." Die Augen des Treters werden schmal. „Kennst du den alten Habicht?"

Der Junge nickt. Der alte Habicht ist Geschichtslehrer und stinkt angeblich aus dem Hals. „Der ist doch letzte Woche gestorben."

Der Treter nickt. „Und der stinkt tot noch mehr als lebendig, das sage ich dir. Und wem habe ich das zu verdanken?"

„Du … hast doch nicht … mit dem toten Habicht?"

Der Treter verzieht den Mund zu einem schiefen Grinsen. „Eine ganze Nacht, mein Lieber. Eine ganze … lange … dunkle Nacht …"

Dann geht der Treter. Der Junge denkt, er laufe wirklich nicht mehr ganz so gerade wie sonst.

Zwei Tage später ist der Treter tot. Der Junge sieht seinen Rücken. Wie er am Fensterkreuz hin- und herschaukelt, als wiege er sich selbst in den ewigen Schlaf.

Donnerstag, 23.3.

Heute spielte Bernie wirklich verrückt. Harm Klemmsen zog an der Leine, aber der Schäferhund ließ sich nicht beirren, sondern lief vom Deich hinunter an das Gatter, das in die Salzwiesen führte.

„Gehen Sie mit dem Hund da weg, das ist Naturschutzgebiet", wurde Klemmsen von einem anderen Spaziergänger angeblafft. Nachdem in den letzten Tagen erst dichter Nebel, dann sintflutartiger Regen die Luft mit so viel Feuchtigkeit geschwängert hatte, dass sie sich nicht nur äußerlich an die Kleidung dockte, sondern auch rasch in deren Poren verschwand, bahnten sich nun die Sonnenstrahlen ihren Weg und erwärmten die Luft merklich. Über den Salzwiesen lag noch immer eine Schicht von Tautropfen, die aber im Laufe des Tages sicher verschwinden würde.

Das gute Wetter hatte nicht nur Harm Klemmsen verlockt, mit seinem Hund am Deich spazieren zu gehen. Auch andere Frühaufsteher, vor allem Rentner wie er, hatten sich mit dem Fahrrad oder ihren Walkingstöcken auf den Weg gemacht.

„Ein Frühlingsmorgen am Deich!", dachte Klemmsen und atmete die Luft tief ein. Es wurde Zeit, dass sich der norddeutsche Einheitswinter endlich verabschiedete und die beiden Jahreszeiten begannen, die Friesland wirklich erblühen ließen.

Harm hatte heute viel vor. Nachdem er mit Bernie ein Stück in Richtung Flugplatz Mariensiel gelaufen war, wollte er sich sein Fahrrad schnappen und am Deichfuß entlang bis Petershörn und dann nach Dangast radeln, dort im Kurhaus essen und gemütlich zurückfahren. Das tat er bei günstiger Witterung immer. Man kannte ihn dort schon. Aber jetzt bockte Bernie.

„Bernie, komm! Ich will noch Fahrrad fahren! Könntest ja nachher mit, aber dazu bist du auch zu faul. Nun wirst du wohl wenigstens jetzt noch den Weg über den Deich schaffen."

Aber Bernie hockte sich hin. Er erhob das erste Mal in seinem zehnjährigen Hundedasein die Lefzen gegen seinen Herrn.

Klemmsen zog an der Leine, schubste seinen Hund hin und her. Er war ratlos. Immer wieder zog das Tier ihn zu dem Gatter und jaulte.

„Bernie, da nisten Vögel, das geht nicht!" Harm merkte, dass ihn immer mehr Leute beobachteten. Es war ihm peinlich, dass er seinen Hund augenscheinlich nicht im Griff hatte.

„Okay, Bernie. Ich binde dich hier an. Dann laufe ich ein Stück in die Wiese und schau, ob da was ist." Klemmsen band den Hund am Gatter fest. Er betrat die Salzwiesen.

Der Rotschwingel und die anderen Pflanzen waren noch immer feuchtigkeitsgetränkt. Harm fluchte, weil seine Hose immer nasser wurde. Gerade als er zu seinem jaulenden Hund zurückkehren wollte, sah er in einem der kleinen Priele ein paar Silbermöwen, die sich ärgerlich beschimpften. Er verließ den vorgegebenen Pfad. Dafür wurde er zusätzlich mit dem Geschrei eines Kiebitzes gestraft.

Harm näherte sich dem Priel vorsichtig. Im Wind flatterte der Zipfel eines roten Tuches. Ein Gummistiefel lag abseits im Gras und zwischen den Grashalmen leuchtete ein gelber Schal. Er trat einen Schritt näher. Die weißen Vögel flogen auf. Harm Klemmsen machte noch einen Schritt nach vorn. Dann übergab er sich, wie er sich noch nie in seinem Leben übergeben hatte.

***

Linda saß in Sinjes Küche. Die Sonne, die sich nach dem Nebelabend rar gemacht hatte, durchflutete die Küche jetzt hell. Linda rückte mit dem Stuhl ein Stück zur Seite, damit sie nicht zu sehr geblendet wurde. „Endlich habe ich die Vorhänge vor den Fenstern. Und Laurin ist nach oben in sein neues Zimmer gezogen. Thiemo hat es tatsächlich ganz schnell fertig gestrichen."

„Hat ein schlechtes Gewissen, oder?" Sinje zielte und warf ein Stück Würfelzucker in die Cappuccinotasse, dass es klatschte. Sie nickte zufrieden, weil sie getroffen hatte. „Ist ja auch beknackt, am Umzugstag nicht zu Hause zu sein!"

Linda nickte. „War blöd von ihm." Die ganze Wahrheit wollte sie Sinje aber jetzt nicht sagen. Sie zwirbelte eine ihrer blonden Haarsträhnen.

„Dein Haar glänzt schön", sagte Sinje in die Stille hinein. „Eine Mischung aus Honig und … hm, jetzt fällt mir zu den ganz hellen Strähnen kein Vergleich ein."

„Es ist so glatt, schnell durcheinander." Linda zupfte die Strähne in die Länge. „Deine Locken wären mir lieber. Ich bin erleichtert, dass Laurin dickeres Haar hat."

„Er hat ähnliches Haar wie Hanno."

Linda nickte. „Bin froh, dass er es von seinem Vater geerbt hat. – Laurin …!" Linda seufzte.

Sinje blickte sie erstaunt an. „Ist was mit ihm?"

„Wir hoffen, dass er in Zukunft in seinem Zimmer schläft. Thiemo war nicht begeistert davon, dass Laurin fast jede Nacht gewandert kam."

Sinje rührte jetzt die Tasse um. „Warum hat er das gemacht?"

„Laurin ist davon überzeugt, dass es bei uns spukt." Linda seufzte und nippte am Cappuccino. „Ich glaube aber eher, er sucht nach Gründen, damit er weiter bei uns im Bett schlafen und so Thiemo vertreiben kann. Sie sind beide eifersüchtig aufeinander."

„Das spielt sich bald ein. Warte nur, irgendwann begegnet deinem Laurin im Kindergarten die große Liebe und dann kannst du gar nicht so schnell gucken, wie er aus dem Schlafzimmer verschwunden ist."

Linda begann zu lachen. „Das hatte er in Jever schon mal. Da hat er sich mit einer kleinen Blonden verabredet und als sie dann in seinem Zimmer saß, kam er heulend zu mir in die Küche."

„Heulend?"

Linda gluckste laut auf. „Er wusste nicht, was er mit ihr anstellen sollte!"

„Der ist aber auch gut drauf, Mann oh Mann. Ich beneide dich, dass du ihn hast."

Für den Augenblick hatte es für Linda wieder den Anschein, als verdunkelten sich Sinjes Augen.

Aber ihre Nachbarin schloss kurz die Lider und versenkte ihre Lippen in den Schaum des Cappuccinos. „Einfach die Wonne, so ein Milchschaum. Stell dir den am ganzen Körper vor!", sagte sie. „Also, Hanno fände das bestimmt gut."

Linda grinste nur. Thiemo würde wahrscheinlich den Putzeimer für die Reinigungsaktion danach schon daneben stehen haben. Aber das wollte sie Sinje nun nicht auf die Nase binden. „Ist halt die Frage, wie man solche Mengen relativ spontan herstellt", überlegte sie.

„Hat doch was, die Cappuccinomaschine am Bett", sagte Sinje.

Linda krauste die Nase. „Würde aber ganz schön Lärm machen, oder?"

„Man könnte auch den Schaumschläger nehmen", grinste Sinje. „Der summt nur. Außerdem kann man den später ja noch für was anderes …"

„Schluss!" Linda war es einfach nicht gewohnt, über solche Dinge Witze zu machen. Aber es machte Spaß, einfach hier bei ihrer Freundin zu sitzen und sich über „nichts" zu unterhalten. Nur abhängen, den Gedanken Lauf lassen und herumalbern. Das hatte sie lange nicht mehr gehabt. Linda merkte selbst, wie verkrampft, wie kompliziert sie oft war.

„Noch einen Cappu?" Sinje stellte den Kaffeeautomaten noch einmal an und das laute Geräusch des Mahlwerkes rollte tösend über die lockeren Worte, stampfte sie ein und hinterließ eine aalglatte Stille.

„Wann ist Thiemo denn an eurem Umzugsabend eigentlich nach Hause gekommen?", fragte Sinje schließlich, nachdem sie den Löffel genüsslich im Schaum versinken lassen hatte. Aber dieses Mal entglitten ihr keine schlüpfrigen Witze.

„Spät", sagte Linda. „Und er hatte getrunken, roch komisch. Wir hatten richtig Streit."

„Wie konnte er das tun? Ihr seid eingezogen an dem Tag!"

Linda nickte und fühlte wieder dieses Brennen der Enttäuschung im Hals. Am nächsten Tag war Thiemo mit fünfzehn roten Rosen angekommen und hatte sie bekniet, nicht mehr sauer zu sein. Er war sogar mit Laurin zum Flugplatz nach

Mariensiel gefahren, um mit ihm die Flugzeuge anzusehen. Aber was er getan hatte, war ein Schnitt, der tief saß und den Linda nicht einfach so wegstecken konnte. „Sinje, was meintest du neulich mit: *Wenn sie nur Fußball spielen*?“, fragte Linda, obwohl sie die Antwort eigentlich gar nicht hören wollte.

Sinje schlürfte erst noch etwas von ihrem Kaffee, bevor sie antwortete. Diese kurze Pause erzeugte in Linda kleine Wellen, die sich stromlinienförmig über den ganzen Körper verteilten. Dann sagte Sinje ruhig, fast emotionslos: „Nichts, Linda. Ich meinte nichts. War nur so dahingesagt. Das Einzige, was blöd ist, ist ihre Sauferei, die sie hin und wieder durchziehen. Doch das ist schon viel weniger geworden. Thiemo kann sich das in seinem Job ja auch gar nicht leisten.“

„War er früher anders?“ Linda nahm sich einen Keks, an dem sie sofort zu knabbern begann, damit Sinje nicht bemerkte, dass ihre Hände zitterten. Wahrscheinlich weiß Sinje durch Hanno mehr von Thiemo als ich, dachte sie. Und dass diese Tatsache den Schnitt noch ein Stück vertiefte.

„Also, bevor er das Heim übernommen hat“, Sinje tunkte ihren eigenen Keks vorsichtig in den Cappuccino, „da war er schon, wie soll ich sagen, viel auf Tour. Mit Hanno. Aber das war ja vor deiner Zeit.“

Linda nickte. Diese Andeutungen hatte Thiemo zumindest schon gemacht. Sie hätte gern weiter nachgehakt, aber Sinje so direkt zu fragen, wäre eine Offenbarung ihrer Unwissenheit gewesen.

Sie wusste auch nicht, warum sie Thiemo vorwarf, dass er ihr so wenig erzählte. Von ihren Ängsten und ihren Problemen mit ihrem Vater wusste er ja auch nichts. Wahrscheinlich hatte er deshalb kein Verständnis für ihre ständige Suche nach unerklärlichen Dingen, nach der Tiefe einer jeden Sache. Für ihn war das Leben eine gerade Linie, die man nur verließ, wenn sich ein Hindernis in den Weg stellte. Danach hatte man sich aber auf schnellstem Wege wieder auf die Gerade zu bewegen. Immer dem nächsten Ziel entgegen. Wobei Linda zur Zeit ohnehin nicht so genau wusste, was ihr nächstes Ziel war.

Sie hatte Thiemo nur von den schönen Seiten ihrer Kindheit berichtet. Und dass Martin sie wegen einer anderen verlassen hatte. Welche Schmerzen sie durchlitten hatte, wusste er nicht. Manchmal war auch Linda noch arg überrascht, mit welcher Wucht sie hin und wieder von den Gefühlen überwältigt wurde. Es war nicht der Verlust von Martin, dem weinte sie keine Träne nach, es war mehr diese Demütigung, dieses Abgeschoben-worden-Sein, das immer wieder ihre Seele verätzte. Es erschien Linda wie ein Déjà-vu. Auch ihre Eltern hatten sich nie voll zu ihr bekennen können. Ihre Mutter nicht, weil sie wusste, dass ihr Vater dann glühend eifersüchtig wurde. Und ihr Vater nicht, weil seine große Liebe, ihre Mutter, immer noch einen Thron höher gesessen hatte. Es war eigentlich kein Wunder, dass sie Martin irgendwann nicht mehr genügt hatte. Ihr Charisma reichte augenscheinlich nicht, einen Menschen ganz an sich zu binden – wenn es ihr nicht einmal bei den eigenen Eltern geglückt war. Und so hoffte sie nur, dass Thiemo eine Zeit lang durchhielt, und dafür würde sie einiges tun.

Einzig bei Laurin hatte Linda das Gefühl, diese Liebe könne ewig währen.

Sinje war aufgestanden und schaute aus dem Fenster. „Wo ist Laurin denn jetzt eigentlich?“

„Er spielt mit Jannes, seinem neuen Freund.“

„Hast du nicht Lust, mittwochs mal mit zum Steppen zu kommen?“, fragte Sinje.

„Steppen? Das kann ich doch gar nicht.“

Sinje lachte ihr kehliges Lachen, das Linda immer wieder an ihr faszinierte. „Steppaerobic. Ganz easy. Musst du mal ausprobieren. Und die Truppe ist nett da.“

„Habe ich noch nicht gemacht“, sagte Linda. „Wenn wir den größten Berg erledigt haben … Warum nicht?“

„Also abgemacht!“ Sinje klopfte mit den Füßen einen Rhythmus.

Sie haben ihn mitgenommen. Finden ihn süß, und es ist schnell über die Bühne gegangen.

Der Treter ist damals einfach so verschwunden, niemand hat darüber geredet, wie er da gebaumelt hat. Er ist zur Schande des Heimes verkommen. Wahrscheinlich sind die Nonnen und Erzieher froh, dass er diesen Weg gewählt hat und nun keinen Ärger mehr macht.

Der Junge sitzt auf der Rückbank eines großen Autos. Sie haben ihm seinen Plüschhasen auf die Knie gelegt. Die Pfefferminznonne hat ihn zum Abschied in den Arm genommen. Der Junge hat sie gemocht. Der Abschied von ihr fällt ihm schwer. Sie fahren raus aus der Stadt, über die Autobahn.

„Wird eine lange Fahrt, Kleiner", sagt die Frau und er erinnert sich, das schon einmal gehört zu haben. „Wir wohnen in Sande", erzählt sie weiter. Der Junge mag ihre Stimme, die so klar und freundlich klingt wie das Läuten der Kapellenglocken von Sankt Ursula. Sankt Ursula ist die schöne Kapelle am Heim, wo es immer gut riecht. Er wird dorthin aber nicht mehr zurückkehren. Nie mehr.

„Du wirst dich wohlfühlen bei uns. Im Sommer kommst du in die Schule." Die Frau sitzt vorn auf dem Beifahrersitz, dreht sich aber immer wieder zu ihm um. Sie gibt sich Mühe, will nett sein.

Der Junge sagt nichts, ist vorsichtig. Für den Treter sind alle Erwachsenen schlimme Feinde gewesen. Auch die Eltern.

Der Junge greift in seinen kleinen Rucksack und fühlt die Tüte mit dem blonden Haarbüschel. Sie ist nicht wiedergekommen, wie sie es versprochen hat. Sie hat ihn vergessen, ihn nun an eine andere Familie abgetreten.

„Sie geben dich hier im Heim ab, vergessen dich und dann bist du ein Nichts in einem Universum aus Geiern und anderen Aasfressern. Denn was anderes gibt es nicht auf dieser Welt. Merk dir das!", hat der Treter gesagt. Und dass es besser sei, sein Leben lang über sich zu schweigen. „Denn Gerede über das, was du denkst und fühlst, das macht dich angreifbar. Und dann haben sie dich. Fest in der Falle. Geschnürt, gefesselt und dann gequält. Immer in die wunden Felder. So sind sie. Also halt die Klappe! Immer! Verstehst du?"

Das hat der Junge verstanden. Deshalb ist der Treter auch gegangen. Er wollte die Klappe halten. Über das, was mit ihm geschehen war. In der Nacht mit dem alten Habicht. Und vorher mit dem Mann in dem schwarzen Mantel. Klappe halten. Immer schön die Klappe halten. Über sich. Über alles.

Das Auto fährt auf einen großen Hof, der mit einem schmiedeeisernen Tor von der Straße getrennt ist. Das Haus wirkt wie von einem Park umgeben. Es hat ein geschwungenes Dach, das den Jungen an eine Welle erinnert.

„Dein Zuhause, Kleiner!", sagt die Frau. Der Junge saugt das süße Parfum in sich auf. Er schiebt seine Hand in die der Frau. Als sie ihm über den Kopf streichelt und ihn anlächelt, weiß er, dass er sie vielleicht lieben kann.

Montag, 27.3.

„Du siehst müde aus. Und fertig", sagte Hanno zu Thiemo, als sie nach dem Training duschten.

„War ein schrecklicher Tag heute. Die Tote war eine meiner Angestellten."

„Heavy!" Hanno schäumte seinen Körper kräftig ein.

Die Nachricht vom Tod der Altenpflegerin Tanja Wildbruch hatte auch in Neustadtgödens längst die Runde gemacht.

„Kenne ich sie?" Hanno griff erneut nach dem Duschgel.

Thiemo druckste herum.

„Was ist, kenne ich sie nun oder nicht?"

„Nicht direkt", wand Thiemo sich. „Sie war noch nicht so lange bei uns beschäftigt."

Der restliche Schaum perlte von Hannos durchtrainiertem Körper. „Dann eben nicht", gab er zunächst nach, stocherte dann aber weiter, während er seinen Kopf noch einmal mit geschlossenen Augen unter die Dusche hielt. „War sie denn echt so eine … Wilde? Erzählt man sich nämlich hier."

„Ich denke nicht. Hab sie in dem letzten halben Jahr nie mit einem Mann gesehen. Die hatte neben ihrer Arbeit doch nur das Wattenmeer und den Naturschutz im Kopf." Thiemo griff nach seinem Handtuch.

„Dann war das sicher so ein Ökofuzzi. Oder einer, dem ihr Umwelt-Engagement nicht gepasst hat", sagte Hanno. Er schüttelte sich wie ein nasser Hund das Wasser aus dem Haar. „Sah sie denn wenigstens gut aus?"

„Ja, sehr. Modelmäßig, weißt du."

„Also dann …" Hanno machte eine eindeutige Bewegung, aber Thiemo schüttelte den Kopf. Von einer Vergewaltigung hatte dieser Rothko nicht gesprochen, als er wegen der Mordsache Wildbruch in Thiemos Büro aufgekreuzt war.

„Kommt ihr auch noch mal?", riefen die anderen aus der Umkleide in die Dusche.

„Haut ruhig schon ab!"

„Ey, Hanno, wie hältst du es eigentlich in Thiemos Duftwolke aus? Der hat ja wieder ein Duschbad mit ... meine Herren! Dann noch gleich seine Deo-Wolke! Das kann doch kein Schwanz ertragen!“

„Haltet die Klappe und bestellt uns im *Hof* schon mal ein Bier mit!“, blaffte Thiemo. Er warf sein Duschgel in Richtung Tür, als dort das hämische Gesicht des Torwartes auftauchte.

„Machen wir! Aber wenn ihr euch nicht beeilt, wird es schal!“

In der Umkleide war es ruhig geworden, als Thiemo und Hanno hinübergingen. Sie zogen sich an und fuhren den anderen in die Vereinskneipe hinterher, wo der Mordfall Tanja Wildbruch gerade in allen Einzelheiten diskutiert wurde.

Tanja war in Neustadtgödens eigentlich nicht bekannt. Thiemo war der Einzige, der mehr mit ihr zu tun gehabt hatte. Aber sie war eben nur seine Angestellte gewesen.

Dass er mit Tanja nach der Betriebsfeier im letzten Sommer geschlafen und sie dann ein paar Mal in Cäciliengroden besucht hatte, brauchte hier ja keiner zu wissen. Es reichte, dass Hanno wusste, dass er Linda nicht treu gewesen war. Aber der hatte keine Ahnung, mit wem Thiemo das Verhältnis gehabt hatte. Und das war auch gut so. Vor allem wegen Linda.

Es gab ohnehin keine Entschuldigung dafür. Überhaupt keine. Aber welcher Mann würde schon Nein sagen, wenn sich ihm so ein Heidi-Klum-Verschnitt anbot? Er stand nun mal auf blonde, schlanke Frauen, mit Kurven an den richtigen Stellen. Eben solche, wie Linda und Tanja es waren.

Das Ende der Sache war aber nicht ganz sauber über die Bühne gegangen. Doch Tanja hatte, nach seiner sehr eindeutigen Ansage, echt ihren Mund gehalten. Es war etwas Druck nötig gewesen, nicht von der feinsten Sorte, aber sie hatte dann recht schnell verstanden. In jedem Fall war es wichtig, dass er Linda aus der Sache heraushielt, ihr so wenig wie möglich erzählte. Sie würde sich sonst in etwas hineinsteigern und am Ende vielleicht doch ...

Er zupfte an seinem Ohrläppchen. Zumindest von Tanja ging in der Beziehung nun keine Gefahr mehr aus. Thiemo bestellte sich ein Pils und genoss das Perlen in seiner Kehle.

***

Hubert Lambacher war schon seit dem frühen Morgen mit dem Auto unterwegs. Gleich, als der erste Bäcker auf dem Weg seinen Laden geöffnet hatte, war er hineingegangen und hatte sich ein Käsebrötchen und die Tageszeitung gekauft. Am Sander See hielt er an und schlug die erste Seite auf. Er biss genüsslich in das noch warme Brötchen, als er die Notiz auf der Titelseite sah.

Sie war tot. Wirklich tot.

Ein Lächeln glitt über seine Lippen und zog sich für den Atem des Moments ein Stück in die Breite. Die Logik des Naturgesetzes hatte zugeschlagen und Gerechtigkeit walten lassen.

Diese Frau war schön gewesen, aber schuldig. Und sie durfte mit der Schwere ihrer Schuld nicht weiterleben, sondern musste nun im Dunkel der Erde ein kaltes und schreckliches Dasein fristen. Ihr schöner Körper würde von Würmern und Getier zerfressen werden, bis am Ende nur noch die hässliche Fratze des Knochenschädels mit der makellosen Zahnreihe übrig bliebe. Und die hätte auch bald einen gelblichen Schimmer.

Hubert war zufrieden. Die Gerechtigkeit hatte gesiegt, die Schuldige war bestraft. Er startete den Motor mit dem Gefühl, dass es seit langem wieder aufwärts ging.

***

„Ich schlaf nicht. Nie mehr!“, behauptete Laurin und krabbelte wieder aus dem Bett.

„Laurin, du hast geträumt. Es war kein Gesicht an deinem Fenster. Niemand guckt zu uns rein, wir sind viel zu langweilig. Du schläfst doch oben, da bräuchte man eine Leiter!“

„Das Gespenst kann auch aus der Madratze kommen. Und fliegen kann es auch.“

Linda war verzweifelt. Überall vermutete Laurin Gespenster und sonstige Scheußlichkeiten. Linda hatte keine Möglichkeit mehr, ihn allein ins Bett zu bekommen. Jeden Abend musste sie sich mit ihm ins Ehebett legen und dort warten, bis er schlief. Oft wachte er, wenn sie das Zimmer verlassen hatte, gleich wieder auf und brüllte zum Steinerweichen. Auch das neue Zimmer hatte nur kurzfristig geholfen. Thiemo war mittlerweile so wütend, dass er Linda unmissverständlich aufgefordert hatte, sich endlich durchzusetzen und nicht auf die Show ihres Sohnes hereinzufallen. Das letzte Gespräch dieser Art hatte in einem furchtbaren Streit geendet. Die Tür war knallend hinter Thiemo zugefallen, bevor er für drei Stunden im *Neustädter Hof* verschwunden war.

Überhaupt kam er immer später. Seit dem Einzug war es fast so, als ginge er Linda aus dem Weg. Nun wohnten sie seit knapp einer Woche zusammen und hatten nicht eine Nacht zusammen im Bett verbracht, geschweige denn miteinander geschlafen.

Linda versuchte immer wieder, Thiemo im Wohnzimmer dezent auf andere Möglichkeiten als die im Bett hinzuweisen, aber er schien sich zur Zeit nicht für derartige Dinge zu interessieren. Er war zwar nie sehr kommunikativ gewesen, jedenfalls nicht, wenn es um Probleme ging, aber so verschlossen hatte Linda ihn noch nie erlebt.

Gerade jetzt wäre sie aber froh gewesen, wenn Thiemo sich ihr etwas geöffnet hätte. Dann hätte sie vielleicht den Mut gefunden ihm zu erzählen, dass ihre angeblich heile Familienwelt nicht erst durch den Krebstod ihrer Mutter Sprünge bekommen hatte. Sie schleppte ein Loch mit sich herum, das sie nicht einordnen, nicht ausfüllen konnte. Dabei würde ihr auch Thiemo nicht helfen können. Aber vielleicht würde er ihre Ängste, ihre verzweifelten Versuche, das Leben irgendwie zu erklären, dann doch ein bisschen besser verstehen.

Einmal hatte sie es versucht. „Vielleicht haben wir eine große Seelenverwandtschaft“, hatte sie zu ihm gesagt.

Doch er hatte sich nur an die Stirn getippt. „Ich habe eine so stinknormale Kindheit gehabt wie du. Eben eine ähnliche Biografie. – Seelenverwandtschaft, das ist doch albern.“

Linda seufzte. Wahrscheinlich hatte er recht.

Sie streichelte Laurin über den dunklen Haarschopf und hoffte, er würde gleich einschlafen.

„Ich kann nicht schlafen, weil hier noch eine Seele fliegt“, sagte Laurin plötzlich. Linda fragte sich, wie schon oft, woher dieser Junge solche Gedankengänge hatte.

„Welche Seele soll denn hier fliegen?", fragte sie nach.

„Die von der Frau, die bei Thiemo gearbeitet hat. Weil die ja gemordet ist und keine Ruhe findet. Die muss rächen."

Linda schluckte. „Die Frau kennen wir doch gar nicht, Laurin. Die kennt nur Thiemo von der Arbeit. Also nicht richtig. Und deshalb kommt die Seele auch nicht hierher. – Woher hast du so etwas eigentlich?"

„Ausgedacht!" Laurins Stimme kiekste.

„Du bist erst fünf, da denkt man so etwas nicht", sagte Linda. Vielleicht waren doch Wasseradern schuld an Laurins Unruhe. „Ich hole mal schnell etwas!" Linda lief ins Schlafzimmer. Sie wühlte hektisch in ihrem Schrank, warf die Pullover zur Seite, bis sie ihre Weidenrute in der Hand hielt. Linda wickelte sie aus und strich zärtlich darüber. Das Holz lag weich in ihrer Hand.

Unruhig wanderte Lindas Blick nach draußen. Sie wollte nicht, dass Thiemo sie erwischte. Das würde wieder Stress geben. Aber er saß sicher noch gemütlich mit seinen Freunden in der Kneipe.

„Hast du die Rute?", quietschte Laurin. Seine Stimme überschlug sich wieder und klang leicht heiser. „Ich finde das cool, wenn du mit der Rute gehst. Zuckt die gleich?" Er sprang aufgeregt in seinem Bett auf und ab.

„Lass das!", herrschte Linda ihn an, selbst erschrocken über ihren barschen Ton. Aber Laurin hörte sowieso nicht hin, sondern setzte seine Hüpfaktion fort.

„So kann ich mich nicht konzentrieren, Laurin. Bitte!"

Ihr Sohn warf sich auf den Rücken, streckte alle vier Gliedmaßen senkrecht in die Luft und gab grunzende Laute von sich.

Linda ließ die Rute sinken. Ich werde es noch mal in Ruhe versuchen, dachte sie. Erst hier im Zimmer und dann draußen auf dem Grundstück.

Das hatte sie allerdings vor Baubeginn auch schon getan.

„Komm, ich sing dir noch was vor und dann schläfst du!"

„Nein, ich habe Angst vor der Seele." Laurin hatte sein Grunzen eingestellt und drückte jetzt ein paar Tränen raus. Linda war sich sicher, dass er ihr jetzt etwas vorspielte.

Es klopfte an der Tür, Laurin wurde blass. „Lass die Seele nicht rein, Mama."

„Seelen klopfen nicht", sagte Linda. Laurin schluckte seine Tränen hinunter und nickte. Natürlich, Seelen brauchten nicht zu klopfen. Linda lief die Treppe hinunter und sah durch die Scheibe Hannos dunkle Haare.

„Hallo, Linda, kann ich dir helfen?", fragte er.

„Wo ist denn Thiemo?" Linda sah sich vor der Tür um.

„Der wollte gerade sein Bier ansetzen, als die Kripo noch mal angerufen und ihn nach Wilhelmshaven zitiert hat."

„Warum denn so spät?" Linda schüttelte den Kopf. Thiemo hatte doch gar nichts mit der Frau zu tun gehabt. Sie war doch nur seine Angestellte gewesen.

„Was weiß ich. Haben wohl manchmal etwas merkwürdige Arbeitszeiten. Klang aber nicht dramatisch!" Hanno legte seine Hand auf Lindas Arm.

„Ist schon gut, ich rege mich ja gar nicht auf!", grinste sie. Aber es war nicht ehrlich.

„Ich soll nachschauen, ob du Hilfe brauchst. Ich glaube, dein Mann hat ein verdammt mieses Gewissen, dass er dich so oft allein lässt."

„Komm rein!", sagte Linda. Sie hoffte, dass Hanno recht hatte. Aber es war egal, Thiemo hätte ja auch nach Hause kommen können und nicht erst was trinken zu gehen brauchen. „Ich bin fast fertig, muss nur noch Laurin ins Bett bringen. Das ist aber im Augenblick nicht so leicht, er fürchtet sich vor nicht gehen wollenden Seelen." Linda lachte, obwohl ihr eher nach Tränen zumute war. „Die Tote aus Cäci, weißt du?"

„Woher hat er denn von der toten Frau gehört?" Hanno schürzte die Lippen.

„Es spricht doch jeder darüber. Auch wir. Ich meine, sie hat ja nun bei Thiemo gearbeitet. Und Laurin bekommt einfach alles mit." Linda machte eine kurze Pause. „Sag mal, weißt du, wie sie genau zu Tode gekommen ist? Thiemo sagt nichts dazu."

Hanno verneinte. „Will ich auch lieber nicht wissen. So etwas macht mich ohne Ende wütend.“ Er presste kurz die Lippen aufeinander und nickte Linda dann aufmunternd zu. „Ich geh dann mal zu deinem kleinen Philosophen, okay?“ Er schwang sich durchs Treppenhaus.

Linda sah ihm dankbar nach, froh, heute von dieser Aufgabe entbunden zu sein. Sie beschloss, in Zukunft ihre Ängste und Vorahnungen für sich zu behalten. Laurin bekam einfach schon zu viel mit.

Sie lauschte nach oben und hörte Hanno leise *Der Mond ist aufgegangen* singen. Linda lächelte. Das hatte ihre Mutter ihr auch immer vorgesungen, wenn sie nicht einschlafen konnte. Warum war sie nie selbst darauf gekommen, es bei Laurin auch einmal zu tun?

***

„Herr Hanken, gibt es noch irgendwas, das Ihnen einfällt?“ Rothko zuckte entschuldigend mit den Schultern, lehnte sich in seinem Stuhl zurück und schlug die Beine übereinander. Dabei tippte er mit der Spitze des Kugelschreibers rhythmisch auf seiner Schreibtischunterlage herum. „Es ist wirklich wichtig. Wir tappen im Dunkeln, keine Spur. Sie sind einer der wenigen, der sie kannte. Deshalb habe ich sie angerufen. Deshalb mussten Sie herkommen. So spät.“ Er hörte kurz mit der Klopferei auf. „Wir haben alle Mitarbeiter und Freunde von Frau Wildbruch durch, ihre Eltern leben in Kassel, haben keine Ahnung, mit wem sie hier zusammen war. Frau Wildbruch galt als zuverlässig und hatte keine näheren Männerbekanntschaften im letzten halben Jahr. Jedenfalls keine, die uns bekannt sind. Wir suchen nach dem Motiv, hatte sie Feinde?“

Rothko legte den Kugelschreiber zur Seite und griff nach seinem Kaffeepott. Dabei fegte er mit dem Ellenbogen ein paar der Zettel zur Seite, die er rings um das Telefon verteilt hatte. Er hob sie wieder auf und grinste: „Gedankenstützen.“

Thiemo schwieg noch immer. Er fühlte sich unbehaglich in diesem Büro. Warum, konnte er gar nicht genau ausmachen. Aber die Persönlichkeit des Kommissars war hier so übermächtig, dass ihn seine sonst so forsche und selbstbewusste Art völlig im Stich ließ.

„Was ist jetzt?“, fragte Rothko. Seine Stimme klang ungeduldig. Er stand auf und riss ein Blatt des Kalenders ab, das noch den Vortag auswies. Dann umrundete er den wuchtigen Eichenschreibtisch und blieb genau vor Thiemo stehen. „Und?“

Jetzt hatte Rothko etwas von einem Jagdhund, der die Witterung des Wildes aufgenommen hatte, aber noch die Leine des Jägers am Hals spürte. Rothkos Atem streifte Thiemo kurz. Er wollte gerade ansetzen, etwas zu sagen, als der Kommissar sich umdrehte und zu seinem Stuhl auf der anderen Seite des Schreibtisches zurückging. Der Stuhl gab einen ächzenden Ton von sich, als Rothko sich darauf fallen ließ.

„Und?“, wiederholte er.

„Mir ist da schon was eingefallen“, begann Thiemo. Er kam sich vor wie ein Schuljunge in einer Prüfung, für die er nicht gelernt hatte. „Ich weiß ja nicht, ob das wichtig ist …“

Rothko schoss mit dem Oberkörper vor, als könne er so die winzigen Nuancen in Thiemos Stimme besser deuten. „Alles ist wichtig, Herr Hanken. Alles. Alles. Alles!“ Er nahm einen Schluck aus dem Becher.

Thiemo räusperte sich. „Also, Frau Wildbruch, äh, Schwester Tanja, war als Pflegerin für Frau Lambacher zuständig. – Sie erinnern sich?“

Rothko leckte sich den Kaffee von den Lippen. „Der anonyme Anruf mit Mordanschuldigung …“

„Genau. Die Sache, bei der nichts nachgewiesen werden konnte. – Weil auch nichts war“, fügte Thiemo hinzu. Nicht dass dieser Kerl das alles noch mal aufrollen wollte … Die Gefahr bestand jetzt, nach Tanjas Tod, doch. Deshalb hatte er lange überlegt, ob er davon anfangen sollte. Er war aber zu dem Schluss gekommen, dass ein Spürhund wie Rothko wahrscheinlich in kürzester Zeit von allein auf diese Idee gekommen wäre, und dann hätte alles viel schlimmer ausgesehen. Deshalb hatte Thiemo sich für die Flucht nach vorn entschieden.

Der Kommissar legte seine Hundestirn in Falten, was die winzigen Augen noch enger zusammenzog. Dabei beugte er sich so weit vor, dass Thiemo befürchtete, er schlage gleich mit dem Kopf auf. „Und Tanja Wildbruch hatte an dem bewussten Nachmittag auch Dienst, stimmt's? Sehr gut. Eine brauchbare Info. Hätten wir auch bald rausgefunden, aber das spart Zeit. Viel Zeit ... ", sagte Rothko, und Thiemo wusste, dass seine spontane Entscheidung richtig gewesen war.

„Könnte sie Frau Lambacher doch ermordet haben? Gab es andere Fälle?"

Thiemo schüttelte so heftig den Kopf, dass sein Nacken knackte. Genau diese Wendung hatte er vermeiden wollen. Deshalb verschwieg er Rothko jetzt auch Tanjas plötzliche Kündigung. Denn das war ja nun wirklich nicht mehr wichtig. „Ich dachte an etwas anderes, Herr Rothko." Thiemo griff erst zur Kaffeetasse, fragte dann aber nach einem Glas Wasser. „Der Sohn, Hubert Lambacher, und seine Mutter hatten ein ... etwas seltsames Verhältnis zueinander. Hatte ich ja schon erwähnt. Irgendwie anders, als Mutter und Sohn in dem Alter miteinander umgehen. Ich kann es nicht so genau beschreiben, was es war, aber es erschien uns allen als eine etwas merkwürdige Symbiose."

„Weiter!" Rothko hatte sich aufgerichtet und schlürfte wieder seinen Kaffee. Thiemo trank das Glas Wasser in einem Zug leer und Rothko rückte Thiemo den Kaffeebecher auffordernd vor die Nase, als könne der eine Schluck die Lösung des Falles aus Thiemos Mund heraussprudeln lassen.

„Vielleicht hat Herr Lambacher ihr doch vorgeworfen, dass sie nicht rechtzeitig im Zimmer seiner Mutter war, sie nicht früh genug gefunden hatte. – Oder", Thiemo nahm jetzt doch noch einen Schluck Kaffee, verzog aber bei der starken Brühe angeekelt das Gesicht, „er war davon überzeugt, dass Tanja, Frau Wildbruch, seine Mutter vielleicht zu Tode gespritzt hat. Gibt ja wirklich solche Fälle. – Nicht bei uns."

„Sagten Sie bereits", sagte Rothko ungerührt und lächelte zufrieden. Thiemo sah ihm an, dass er das für eine vielversprechende Spur hielt, der er gleich nachgehen wollte. Rothko stand auf und komplimentierte Thiemo hinaus.

***

Hubert Lambacher war zufrieden. Die Nutte hatte ihn gut bedient. Gleich danach war er nach Hause gegangen und hatte seinen fertig gepackten Koffer geholt. In der Schule hate er sich für den Rest der woche krank gemeldet, danach begannen ohnehin die Osterferien. Nun war er auf dem Weg zum Bahnhof. Das Auto hatte er in seiner Garage geparkt, er würde wegfahren und sich erholen. Irgendwo im Süden Frankreichs. Er brauchte nicht mehr hierzubleiben. Seine Mutter war gerächt, es gab nichts mehr zu tun.

Es war jetzt auch völlig egal, auf welche Weise sich diese Schwester seiner Mutter entledigt hatte. Ob die sie nun totgespritzt hatte oder ob es unterlassene Hilfeleistung gewesen war, beides war frevelhaft.

Tanja Wildbruch hatte sich schuldig gemacht, so oder so. Allein, weil sie seine Mutter gehasst hatte. Das kalte Funkeln in ihren Augen, wenn sie in die Nähe seiner Mutter gekommen war ... Für Hubert war es unübersehbar gewesen. Zumindest jetzt, mit Abstand betrachtet. Damals war er nicht sicher gewesen.

Während er sich mit dem Koffer aus dem übervollen Bus quälte, war er sich seit langem mal wieder einer Sache wirklich sicher: Es war genau richtig, was passiert war. Es hatte sich alles gefügt.

Hubert löste eine Karte und stieg in die Nordwestbahn.

1971

Die Frau hat eine sanfte Stimme und streichelt ihm ständig über das Haar. Der Junge streckt es ihr entgegen, verhält sich wie die Katze, die sich am Heim herumgetrieben und um seine Zuneigung gebettelt hat. Der Junge hat sie gern gestreichelt, mochte das Schnurren und die Wärme, die von ihr ausging.

„Das Vieh bettelt um Liebe." Der Treter hat immer solche Sachen gesagt. Am nächsten Tag hing die Katze aufgeknüpft am Ast der alten Eiche, die vor dem Heim stand.

Schmierlapp hat den Treter geschlagen.

„Alle Kreaturen, die um Liebe betteln, gefährden sich selbst", war dessen Antwort. Weil sie sich dem, den sie darum anwinseln, ausliefern würden. Und dass es deshalb besser sei, dass die Katze sich überlegt hätte, zu gehen. Dabei hat er gegrinst. Doch Schmierlapp war klar, dass sie sich nicht selbst erhängt hat.

Jetzt hält der Junge der Frau seinen Kopf hin und verdrängt das, was der Treter gesagt hat. Es tut gut, die weiche Hand an seiner Stirn zu fühlen. Er ist einfach nur froh, dass er hier sein darf und nicht mehr den Rücken vom Treter sehen muss, wie er dort schaukelt, obwohl er gar nicht mehr dort hängt.

Manchmal fragt die Frau, wie es im Heim war. Aber der Junge schweigt. So wie der Treter es ihm beigebracht hat. Klappe halten, einfach die Klappe halten. Sie wird ungeduldig, bohrt ständig nach, tiefe Löcher. Er bleibt stumm.

„Nun hast du es ja gut", sagt sie schließlich. „Bei uns."

Dann findet sie die Haarsträhne. Seinen Schatz. Sie nimmt sie ihm weg, will sie verbrennen. Sagt böse Sachen über seine Mutter. Der Junge stiehlt nachts die Strähne zurück und versteckt sie so, dass die Frau sie nicht mehr finden kann.

Sie weint, als sie das merkt. „Ich bin doch jetzt deine Mama", sagt sie.

„Du bist Herma", sagt der Junge leise. Er hat gehört, dass der Mann sie auch so nennt. Die Frau versteht es nicht. „Mama", wiederholt sie leise. „Mama."

Aber der Junge schüttelt den Kopf.

Dienstag, 28.3.

„Warum musstest du zur Kripo kommen?“, fragte Linda, als der Wecker sie am nächsten Morgen unbarmherzig aus dem Schlaf gerissen hatte. Sie hatte erst vor Sorge nicht einschlafen können, aber dann doch schon fest geschlafen, als Thiemo in der Nacht nach Hause gekommen war.

„Noch Infos wegen Tanja Wildbruch. Ich habe ihnen gesagt, dass ich eventuell eine Verbindung zu dem Tod der einen Bewohnerin sehe, weil Frau Wildbruch die zuständige Pflegerin war. Es gab da ja die Mordanschuldigung, und wer weiß, ob nicht der seltsame Sohn … “

„Du meinst …“, flüsterte Linda, „er hat …“

„Ja“, sagte Thiemo und schwang die Beine aus dem Bett. Er wirkte seltsam gelöst, fast wie früher.

„Dann könnte er … Vielleicht will er uns auch …“ Linda konnte die Sätze nicht zu Ende sprechen.

„Ich habe Frau Lambacher nicht betreut, habe kaum Kontakt zu den Bewohnern. Linda, bleib am Boden. Warum sollte der Sohn ausgerechnet uns bedrohen? Das widerspricht jeglicher Logik.“

Thiemo trat ans Fenster und reckte sich. Verstohlen tastete er über seinen Bauch. Das tat er jeden Morgen, er glaubte immer, Linda würde es nicht merken. Er ist schon eitel, dachte sie. Verdammt eitel.

Thiemo drehte sich wieder zu Linda um. „Hm? Warum sollte er?“, fragte er noch einmal und es klang provozierend.

„Weil du der Oberverantwortliche des Heims bist“, sagte Linda.

Thiemo lenkte jetzt ab. „Hat ja gestern mal geklappt mit Laurins Schlaferei, was?“

„Nur wegen Hanno“, sagte Linda. „Er hat ihn ins Bett gebracht.“

„War er echt noch hier? Ich hatte ihm im Scherz gesagt, er solle mal nach dir sehen. Dann hat er es wohl ernst genommen.“

Linda lächelte. Laurin war seltsamerweise gleich nach Hannos Lied eingeschlafen und sie hatte noch zwei Bier aufgemacht. Hanno wurde ihr immer sympathischer, sie mochte seine ruhige und unaufdringliche Art. Gestern Abend war er merklich aufgetaut, hatte direkt ein bisschen was von sich gezeigt. Obwohl Thiemo ihr gefehlt hatte, war es doch seit langem mal wieder ein schöner Abend gewesen.

„Kommst du denn heute pünktlich?“, fragte Linda.

„Ich will es versuchen.“ Thiemo küsste sie vorsichtig auf den Mund. Linda schloss die Augen und er küsste sie ein zweites Mal, strich ihr dabei über den Arm. Linda sah ihn an und fand in seinem Blick das wieder, was sie in der letzten Zeit gesucht hatte. Thiemo stupste sie mit der Nasenspitze an, stand auf und schloss die Schlafzimmertür ab. „Ein bisschen Zeit ist doch, oder? Ich glaube, Laurin befindet sich noch im Reich der Träume.“

Er legte sich wieder neben Linda, und umfasste ihren Körper, rückte ihn enger an sich heran. Seine Nase verschwand ganz in ihrem Haar. „Du riechst so gut, Linda. Sogar am frühen Morgen!“

***

Thiemo schob sich das Brötchen fast quer in den Mund. Hin und wieder hatte er einfach diese furchtbare Angewohnheit, nicht richtig zu kauen, sondern gefräßig alles in sich hineinzuschlingen. Aber an diesem schönen Morgen wollte sich Linda einfach nicht darüber ärgern.

Sie hatten die Zeit vorhin voll ausgekostet und waren erst aufgestanden, als Laurin ziemlich lautstark um Einlass gebeten hatte. Der heutige Tag erschien in anderem Licht.

Thiemo hatte recht. Sie durften sich von dem Mord nicht runterziehen lassen. Sicher würde die Polizei den Sohn verhören, ihn dingfest machen, wenn er schuldig war. Sie aber hatten nichts damit zu tun und würden ihr Leben hier aufbauen. Ganz normal eben.

Thiemo hatte sein Brötchen aufgegessen und nahm sich noch eine Tasse Tee. Sie genossen es, zusammen zu sein und sich auszumalen, wie am Ende des Sommers der Garten aussehen würde.

„Hauptsache, nicht so akkurat wie der von Hanno und Sinje. Ich möchte ihn noch berühren dürfen", sagte Thiemo.

„Laurin soll dort ja auch Fußball spielen können", meinte Linda. Sie überlegte, ob sie schon einmal das Tor bestellen sollte, das sie im Katalog entdeckt hatte. Dann könnten Thiemo und Laurin gleich, wenn das Gras gewachsen war, loslegen. Vielleicht würden sie sich dann nicht nur akzeptieren, sondern auch wirklich mögen.

„Also ganz viel Rasen", stimmte Thiemo zu. „Und drum herum eine Hecke oder viele Büsche, dass nicht jeder reingucken kann, wenn du im Sommer auf der Terrasse liegst!" Er zwinkerte Linda zu. Ihr wurde ganz warm, weil sie wusste, wie er sich das Liegen auf der Terrasse vorstellte, wenn keiner mehr hineinsehen konnte.

„Ich freu mich drauf. Auf alles hier", sagte Linda. „Willst du noch Tee?" Sie nahm die Kanne hoch.

Thiemo winkte ab. „Guck mal auf die Uhr! Gleich gelte ich auch noch als vermisst und die schlimmsten Gerüchte machen ihren Lauf! Im Augenblick muss man da ja vorsichtig sein."

Obwohl Thiemo es im Scherz gesagt hatte und gar nicht direkt geworden war, schob sich doch durch diese kleine Andeutung bereits der Schatten wieder über Lindas Seele und verdrängte das Glücksgefühl.

„Laurin, kannst du bitte mal kurz in dein Zimmer gehen?" Linda schob den Kleinen durch die Tür. „Ich mache dir die Kassette von Benjamin an."

Laurin protestierte zum Glück nicht. Linda wollte kurz mit Thiemo allein sein. Sie musste jetzt einfach noch die Frage loswerden, die ihr unter den Nägeln brannte.

Als er in seine Jacke schlüpfte, fragte sie ihn leise, ob er denn wüsste, was genau mit Tanja Wildbruch passiert war.

„Fang nicht schon wieder an. Ich denke, es ist besser, nicht weiter darüber nachzudenken."

„Ist sie denn auch …", flüsterte Linda.

Thiemo seufzte. „Na gut, ganz kurz, aber dann will ich über

dieses leidige Thema nicht mehr reden. Aus. Finito. Also: Ich habe nur andeutungsweise gehört, dass sie grässlich zugerichtet worden sein soll."

„Grausam. Fast vor der Haustür. So etwas."

Endlich nahm Thiemo sie in den Arm. „Ist schon gut. Sie ist nun mal eine fremde Frau, du weißt ja nicht einmal, wie sie ausgesehen hat."

„Hast ja recht!"

Thiemo ließ sie los, sah ihr in die Augen und sagte leichthin: „Ich werde übrigens noch heute die Stelle ausschreiben."

„Aber sie ist doch noch nicht einmal beerdigt!"

„Ich brauche jeden Einzelnen des Personals, was meinst du, was bei uns los ist? Die alten Leute wollen gewaschen, gelagert, gepflegt und ernährt werden. Das muss laufen, egal, was passiert ist! Da kann ich auf Pietät nun wirklich keine Rücksicht nehmen. Wer weiß, wann sie die Leiche freigeben."

Linda zuckte zurück. Thiemo sprach nicht mehr von Frau Wildbruch oder Tanja. Sie war zu einer Leiche, einer Sache für ihn geworden.

„Linda, ich überfordere das andere Personal und darunter leiden die Bewohner. Von all denen kann keiner was dafür. Und da kommt es auf jeden Tag an. Es mag dir unmenschlich und pietätlos erscheinen, aber diese Pflegerin ist tot, die anderen leben. So – und nun muss ich los, zerbrich dir nicht deinen hübschen Kopf darüber!"

„Aber …" Linda verstummte.

Thiemo hätte ohnehin nicht mehr zugehört, er war schon fast am Wagen. Er ließ das Cabrio-Verdeck herunter. „Es ist so tolles Wetter heute!", rief er, winkte und fuhr los, als sei nie etwas geschehen.

Linda schloss die Tür. Es war zwecklos. Was verstand Thiemo auch schon von Seelen, die herumirrten, die nicht loslassen konnten. Hoffentlich hatte der Mörder Spuren hinterlassen. Spuren, die so eindeutig waren, dass man dieses Monster rasch finden würde.

***

„Warum warst du gestern wirklich bei Linda?" Ihre sonst so dunkle, ruhige Stimme wirkte grell.

„Das weißt du doch! Thiemo hatte mich nach dem Training in der Kneipe gebeten, bei Linda nach dem Rechten zu sehen", sagte Hanno. „Weil er so spät noch einmal zu diesem Kommissar musste."

Sinje schwieg und kräuselte die Lippen.

„Laurin meint übrigens noch immer, dass es spukt." Hanno schlug dem Ei den Kopf ab. „Was soll eigentlich diese dumme Frage, Sinje?"

„Ich hoffe einfach, du findest Linda nicht zu nett", sagte sie. Es hatte locker klingen sollen, einfach so dahingesagt, aber das war ihr nicht so recht gelungen.

Hanno löffelte das Eigelb, ein kleiner, gelber Tropfen blieb an seinem Kinn hängen. „Ich bin dein Mann, okay?"

Sinje nickte und rührte ihren Kaffee um, dass sich ein Strudel bildete. Hanno hatte gesagt, er sei ihr Mann. Er hatte aber nicht das Entscheidende gesagt. Nicht, dass er sie liebte. Sinje wusste, dass es nicht seine Art, dass er einfach kein Mann der großen Worte war. Er wurschtelte im Haus oder im Garten herum und das musste genügen als Beweis. Sinje wollte mehr. Sie verzehrte sich nach Worten, die seinen Mund aber nie verließen – und wohl auch noch nie verlassen hatten.

Jetzt nahm er ihre Hand, küsste ihre Fingerspitzen, strich mit dem Rücken des Zeigefingers erst über ihre sommersprossige Wange und dann über ihre vollen Lippen. Dabei strahlten seine hellen Augen. Sinje wusste, das musste für heute genügen.

„Gibst du mir noch etwas Kaffee?" Hanno hielt Sinje die Tasse hin. Sie stand auf und betätigte den Kaffeeautomat. „Ist aber schon komisch, dass er so spät noch zur Polizei musste." Sie versuchte die Maschine zu übertönen. „Ich hab von einer Kundin gehört, dass dort im Heim vor einiger Zeit eine alte Frau umgekommen ist und deshalb die Polizei da war. Und jetzt diese Pflegerin! Wenn da mal kein Zusammenhang besteht!"

„Ach was", winkte Hanno ab. „Dummes Dorfgeschwätz."

„Thiemo redet über so was ja nicht!" Sinje räusperte sich. „Er und seine Seniorenanlage eben."

Dieses Zentrum war für ihn mehr als nur eine Arbeitsstelle, es war Berufung. Für ihn war es das Zuhause, die letzte Zuflucht der Alten. Sinje sah das etwas anders. Sie war als mobile Friseurin oft in verschiedenen Heimen ein und aus gegangen, bis sie dieses wenig lukrative Geschäft eingestellt hatte. Oft hatten die Leute kaum genug, um ihr ein anständiges Trinkgeld zu zahlen. Da gab es wahrlich bessere Kunden als die Alten. Zumal die eh immer dasselbe erzählten. Das war nichts für sie. Sinje warf einen prüfenden Blick auf ihre sorgfältig gefeilten und lackierten Nägel. Es war besser, das Thema in Thiemos Gegenwart nicht anzuschneiden. Er wollte davon nichts wissen, lebte lieber in seiner heilen Welt. Die ja nun durch den Mord an einer seiner Pflegerinnen einen gewaltigen Kratzer bekommen hatte. Sinje bekam eine Gänsehaut. „Man sollte solche Kerle gleich aufhängen", sagte sie. „Eine junge, hübsche Frau so zuzurichten ..."

„Hauptsache, sie kriegen ihn bald, es ist nicht gerade beruhigend, wenn eine solche Bestie hier frei herumrennt." Hanno küsste Sinje auf den Scheitel und nahm dann ihre Hand. „Besser, du schließt alles ab. Vor allem den Wirtschaftsraum, da lässt du immer auf. Nicht, dass er hier noch einfach so reinspaziert, oder?"

„Meist kennen die Opfer ihre Mörder", sagte Sinje. „Das ist eher selten, dass die Täter irgendwo willkürlich eindringen. Aber ich schließe alles ab. Sicher ist sicher." Sinje lächelte. Hanno sorgte sich um sie und das tat gut. Sie versank in seinem Anblick, zeichnete in Gedanken jede der Falten nach, die in seinem Gesicht schon recht zahlreich zu finden waren. „So einmal rund um die Nase ist ein richtiges kleines Flussdelta", sagte sie zu ihm, aber er fand das nicht komisch. Sinje war trotzdem der Ansicht, dass er durch die kleinen Furchen eher interessanter aussah. So stachen seine hellen Augen immer eindrucksvoll hervor, es gab einfach nichts, das Sinje lieber ansah.

Sie streckte die Hand aus und malte mit dem Nagel die Stirnfalte nach. „Du, Hanno, können wir es nicht noch mal überlegen? Noch bin ich nicht zu alt. Ich möchte ein Kind von dir.“ Sie sagte es nur leise und mit ihrer tiefsten Stimme.

Hanno erstarrte, löste seine Hände von Sinjes. „Ein Kind.“ Seine Stimme war barsch und die Augen schienen sich mit jedem Wort zu verdunkeln. „Hör auf! Hör bitte auf! Darüber haben wir gesprochen. Oft. Es geht nicht. – Und“, fügte er mit Nachdruck hinzu, „ich will auch nicht.“

Sinje nahm die Kaffeetasse, aus der sie gerade noch getrunken hatte, und pfefferte sie gegen die Küchenwand. Hanno stand auf und verließ das Zimmer, während sich der braune Fleck nach unten in kleine Bachläufe verlor.

***

„Der Mann ist weg. Verschwunden!“ Rothko war so wütend, dass er sich den dritten Becher Kaffee auf ex in den Hals kippte. Er hasste sich selbst wegen seiner Kaffeesucht, anders konnte er seinen ewigen Drang, sich bei schwierigen Fällen total damit zuzudröhnen, wirklich nicht nennen. Vielleicht sollte er doch wieder anfangen zu rauchen, da war es nicht ganz so schlimm gewesen.

„Es ist wie verhext, verdammt“, fluchte er. Er wartete auf seinen sonst so schnell einsetzenden Sarkasmus, der ihn mental immer ein Stück weiterbrachte. Manchmal saß er dann in seinem Büro und lachte laut vor sich hin, wenn auch ein bisschen erschrocken über die schwarzen Ideen, die seinem Hirn entsprangen und ihm halfen, den Job besser zu überstehen. Aber dieses Mal gelang es Rothko einfach nicht. Er versuchte, seine Gedanken zu sortieren.

„Das Auto steht in der Garage, wir haben durchs Fenster gesehen. Der Kerl ist ausgeflogen.“ Rothko sprach murmelnd mit sich selbst. Das half immer, die Gedanken zu ordnen. „Hat auch in der Schule keinem erzählt, dass er verreisen wollte. Hat sich nur krank gemeldet. Er erzählt aber wohl sowieso nichts.“

Rothko trommelte mit den Fingern nervös auf dem Schreibtisch herum. Sie hatten überall nach ihm gesucht, aber der

Mann war wie vom Erdboden verschluckt. Und unscheinbar wie er war, war er nicht mal irgendwem aufgefallen.

Das sind immer die Schlimmsten, dachte er.

Eine Weile stierte er gegen die Bürowand, ließ seine Blicke von Aktenordner zu Aktenordner wandern. So viele Fälle, so viele Straftaten. Und die meisten hatte er gelöst. Hier schien er kurz davor zu sein, zumindest war die Spur heiß. Der Tipp des Heimleiters war gut gewesen, aber es war eben nur eine Spur, kein Beweis. Trotzdem musste er Hubert Lambacher finden. Rothko glaubte nicht, dass Lambacher wirklich krank war. Wahrscheinlich turnte der Typ durch irgendeine Therme in einem Bad Irgendwo und trauerte haltlos um seine Mutter, während Rothko sich mit diversen Mordtheorien auseinandersetzen musste. Womöglich war er gezwungen, die Mutter noch exhumieren zu lassen. Rothko schüttelte sich. Solche Dinge verabscheute er als gläubiger Christ zutiefst.

Aber noch stocherte er im Dunkeln, er musste erst diesen Lambacher finden und mit ihm reden. Keine andere Chance. Es sei denn, die Kriminaltechnik hatte noch etwas Verwertbares gefunden.

Eines war schon klar: Vergewaltigt worden war Tanja Wildbruch nicht, aber misshandelt und zu Tode gequält. Sie war langsam und qualvoll gestorben. Am Ende war sie am eigenen Erbrochenen erstickt, das sie nicht loswerden konnte, weil der Täter sie mit ihrem Schal geknebelt hatte, während er sie mit Tritten im Bauchraum verletzte.

Rothko klemmte sich den Hörer zwischen Ohr und Schulter und ließ sich verbinden. Dabei riss er mit beiden Händen das Fenster weit auf. Bei diesem Mord war mit an Sicherheit grenzender Wahrscheinlichkeit Rache im Spiel. Bitterböse Rache. Warum sonst tat man so abscheuliche Dinge?

„Keine weiteren Hinweise?“ , brummte Rothko nach einer Weile in den Hörer. Ihm wurde plötzlich übel. Der Kaffeekonsum hatte selbst seinen robusten Magen überfordert.

„Hat ja gegossen wie verrückt, ist nicht viel zu finden. Auf dem Weg sind in der Woche etliche Leute gewesen, aber jetzt ist alles eine einzige Matschwüste.“

„Shit." Rothko drückte grußlos den Knopf und begann Kreise auf ein Blatt Papier zu malen. Erst nur einzelne, dann lappten sie mehr und mehr übereinander, bildeten Schnittmengen und am Ende war es ein unübersichtliches Geschmiere ineinanderfließender großer und kleiner Kreise. Rothko warf den Stift weg. Er holte sich ein Glas Leitungswasser, um seinen angegriffenen Magen vom Koffein zu entlasten. Gab es jemanden da draußen, außer Hubert Lambacher, der einen solchen Hass auf die junge Frau hatte?

Es widersprach einfach seinem Naturell, sich nur auf eine Fährte zu fixieren. Es mussten alle Möglichkeiten ausgeschöpft, jeder noch so kleinen Spur nachgegangen werden.

Er würde das Leben von Tanja Wildbruch aufrollen. Nicht nur die letzten Monate ihres Lebens, sondern, wenn es sein musste, bis zurück zu ihrer Geburt. Und parallel dazu würde er Hubert Lambacher jagen. So lange, bis der nicht mehr konnte und ihm dann vielleicht sein Geständnis entgegenschrie.

1972

Der Junge ist viel krank. Im Heim ist das Essen schlecht und der Stress mit dem Treter und der Dicknasennonne schlimm gewesen. Trotzdem hat er dort allenfalls mal einen kleinen Schnupfen gehabt. Aber seit er bei seiner neuen Familie lebt, leidet er unter Bauchkrämpfen und Durchfällen.

„Folgeerscheinungen", sagt der Arzt. „Hat viel durchgemacht, der Kleine. Da konnte er sich das Kranksein wohl nicht leisten. Holt jetzt alles nach. Aber das wird schon."

Herma schleppt ihn zu anderen Ärzten, lässt ihn untersuchen. Er soll sagen, was er hat. Das weiß er aber nicht. Sein Bauch tut weh, er hat keinen Hunger.

Herma wird ungeduldig, wenn er nicht isst. Und wenn er nicht antwortet. Aber er will nicht reden. Nicht über den Treter. Nicht über die Dicknasennonne. Wenn Herma ungeduldig wird, ist das Lächeln auf ihrem Gesicht nicht ehrlich. Sie tut nur so, als sei sie freundlich zu ihm. Ist sie aber nicht. Sie lächelt dann nur mit den Lippen, ganz vorsichtig, ganz leicht, sodass man nur das Untere ihrer Zähne sieht. Ihre Augen bleiben kalt. Daneben verziehen sich nicht einmal die feinen Linien, die sich dort schon bilden. Außerdem ist ihre Stimme nicht freundlich. Sie tut weh in den Ohren.

„Du bist überfordert mit dem Jungen", hört er ihre Freundin sagen. „Hab dir gleich gesagt, so ein gestörtes Kind aus dem Heim macht nur Ärger. Ist viel zu anstrengend. Ein Säugling wäre besser gewesen."

„Ich habe ihn da weggeholt. Es war zwar ein gutes Heim, aber eben kein Zuhause. Da wird er doch dankbar sein. Das kommt noch. Später, wenn er begreift."

Der Junge ist ja auch froh, nicht mehr bei der Dicknasennonne zu sein. Bestimmt ist er das. Und er mag Herma ja. Nicht so wie seine Mama, deren goldenes Haar jede Nacht vor seinem Auge weht, deren Geruch sich immer wieder durchkämpft und ihn zu den schönsten Träumen führt. Aber er ist gern hier in Sande. Nur vor dem Mann hat er Angst.

„Warum zeigt er mir nicht einmal, dass er mich mag?“, fragt Herma ihre Freundin. „Anfangs hat er meine Hand genommen, aber jetzt tut er nicht mal mehr das. Er denkt immer noch an diese Frau, seine Mutter. Die ihn weggeworfen hat wie ... wie Schrott. Irgendwo versteckt er sogar noch ihre Haarsträhne. Was mache ich bloß falsch?“

Der Junge hält sich die Ohren zu.

Dienstag, 4.4.

Linda schaute auf den hohen Berg schwarzer Erde vor ihrem Haus.

„Na klasse, Thiemo Hanken. Das war ja ein Volltreffer."

Thiemo hatte heute in Hannover eine Fortbildung, aber trotzdem Mutterboden kommen lassen. „Du kannst ja eigentlich anfangen, ich mach dann den Rest am Wochenende", war sein Kommentar gewesen.

Thiemo würde am Wochenende vermutlich gar nichts tun – außer sich auf irgendein Fußballspiel vorzubereiten. Eins, das genauso wichtig oder unwichtig war wie all die anderen auch, aber immer ein Grund, sich vor allen notwendigen Arbeiten zu drücken.

Seit dem wunderschönen Morgen, an dem sie für den Hauch des Moments daran geglaubt hatte, es würde alles gut, sie hätten den Weg für ein schönes Familienleben frei, war Thiemo nie wieder zu ihr gekommen, hatte sie weder berührt noch eine sonstige Andeutung gemacht. Immer wieder war Linda auf ihn zugegangen. Sie hatte auch kein Wort über Aura und Negativstrahlen mehr verloren, weil sie wusste, wie ihn das ärgerte. Sie hatte sogar, trotz ihres eigentlich festen Vorsatzes, noch einmal nach Wasseradern zu suchen, ihre Weidenrute in einen Karton gepackt und auf den Schlafzimmerschrank gestellt. Aber als sie es ihm erzählte, zuckte er nur müde mit den Schultern, als sei es längst überfällig, dass sie gehorchte. Gehorchte, ja, Thiemo verlangte in gewisser Weise Gehorsam von ihr. Immer dann, wenn ihre Vorstellungen anders waren als seine. Anfangs hatte sie das ja noch für fürsorglich gehalten, aber nun war es schon so, als werde ihre Freiheit von Tag zu Tag geringer.

Linda seufzte, als sie auf die Uhr sah. Sie hatte ein paar Stunden Zeit, die Erde zu schaufeln, da würde sie schon was schaffen. Am Nachmittag war sie mit Sinje zum Tee verabredet, und da wollte sie unbedingt hin.

Sie sprang in ihre alte Jeans, die von den Malerarbeiten noch über und über mit Farbklecksen verziert war, und steckte Laurin in seine Gummihose.

Nach den Osterferien war für ihn ein Platz im Kindergarten frei. Linda freute sich schon, vor allem, weil sie sich dann endlich wieder Arbeit suchen konnte. Wenn der Garten so weit fertig war, das war Thiemos und ihre Abmachung. Linda ließ die Tür laut ins Schloss fallen. „Abmachung! Lächerlich!" Sie sollte sich an alle möglichen Dinge halten, er selbst tat es nicht und versteckte sich ewig hinter seiner Arbeit.

Linda holte aus der Garage Schubkarre und Schaufel. „Auf in den Kampf!", machte sie sich selbst Mut.

Gerade als sie die erste Fuhre auf dem Boden verteilt hatte, klingelte das Telefon. „Ich sollte es leiser stellen", dachte Linda und rieb sich die schwarzen Hände an der Hose ab. „Der Ton ist unerträglich."

„Ich geh schon!" Laurin rannte mit seinen Gummistiefeln durch die Hintertür ins Haus.

„Laurin, nein, du bist doch ganz ...", rief Linda, aber sie wusste, dass es zwecklos war. Laurins neueste Leidenschaft war das Telefonieren. „Hier ist Laurin, guten Tag!", meldete er sich immer. Linda war sehr froh, wie selbstbewusst und forsch er sich benahm. Sie folgte Laurin. Es war nicht sehr wahrscheinlich, dass jemand für ihn angerufen hatte.

Bevor Linda ins Haus ging, blieb sie kurz stehen. Ihr Blick fiel auf die alten, hohen Eichen des Neustadtgödenser Friedhofes. Ein Schwarm Krähen hatte sich dort niedergelassen und ihr Kreischen hallte über die Grabstätten. Es schien, als schimpften sie miteinander, ein keifendes Gespräch wie zwischen Waschfrauen. Dann wieder klang es wie ein bedrohliches Flüstern.

„Krähenflüstern", dachte Linda und bekam eine Gänsehaut. Vielleicht hatten ihre und Laurins Unruhe gar nichts mit dem Tod von Tanja zu tun. Vielleicht war es nur diese unmittelbare Präsenz des Todes, die ihr auf das Gemüt schlug. Sie würde doch die Rute noch einmal holen, wieder nach negativen Schwingungen schauen und dann weitersehen.

Im Haus war es still. Viel zu still für Laurin, der sonst, egal, wer am Ende der Leitung war, immer fröhlich drauflosplapperte, bis Linda ihm den Hörer entwand.

„Laurin!“, rief sie, aber er antwortete nicht. Lindas Herz begann heftig zu schlagen. „Laurin!“ Ihr Ruf prallte gegen die kahlen Wände.

Ungeachtet der schwarzen Erde in den Rillen ihrer Schuhsohlen stürzte Linda in den Flur und sah ihren Sohn, leichenblass, den Hörer in der Hand. Er hatte sich gegen die weiß gekalkte Wand gelehnt und als Linda ihn wegzog, prangte dort ein dunkler Fleck.

„Laurin, was ist?“ Linda kniete sich neben ihren Sohn, nahm ihn in den Arm und merkte ein feines aufsteigendes Zittern, das mehr und mehr in einen Schüttelanfall überging. Dann hörte es abrupt auf. Linda schob Laurin ein Stück von sich weg und nahm ihm den Hörer aus der Hand. Das Hupen in der Leitung dröhnte höhnisch durch den Flur. Linda drückte den Aus-Knopf, und es wurde angenehm ruhig.

„Laurin?“, flüsterte sie. „Laurin, mein Kleiner!“

Die Unterlippe des Jungen begann zu zittern, seine leicht abstehenden Ohren glühten rot. Dann liefen ihm Tränen aus den Augen, aber er blieb stumm.

Linda wiegte ihn hin und her. Die Türen hatte sie offen gelassen, aber sie merkte kaum, wie zugig es war.

Nach ein paar Minuten sagte er: „Mama, was ist, wenn du totgemacht wirst? Wie die Frau aus Cäci?“

„Was hat der Mann da im Telefon gesagt?“, fragte sie, aber Laurin schüttelte den Kopf.

„Bitte, Laurin!“ Linda hielt seine Wangen zwischen ihren Handflächen, als wolle sie die Worte des Anrufers aus dem kleinen Gesicht quetschen.

„Du tust mir weh!“, sagte Laurin und wand sich aus der Umklammerung.

„Nun sag schon, was ist los?“

„Er hat nichts gesagt. Gar nichts. Nur komische Geräusche. Das war bestimmt die Seele der toten Frau. – Du hast gesagt, es gibt Seelen.“

Linda zog ihren Sohn wieder an sich heran. „Ja, es gibt Seelen. Wenn wir gestorben sind, verlassen sie unseren Körper und gehen an einen Ort, wo sie ewig leben können. Aber sie rufen nicht an und machen Geräusche!"

Laurin überlegte einen Augenblick. „Die Seele hat aber doch was von Totmachen gesagt. Bestimmt hat sie das!" Dann rannte er hinaus.

Linda überlegte, die Polizei anzurufen. Aber dann dachte sie an Laurins Gespenstergerede und die Spiele mit seinen Freunden, die sich seit dem Mord fast ausschließlich um solche Sachen drehten. Sie würden sie nicht ernst nehmen. Laurin war fünf Jahre alt und er strotzte vor Fantasie.

Außerdem konnte die Polizei nichts machen. Sie hatte vor Jahren in Jever ähnliche ominöse Anrufe erhalten. „Nehmen Sie eine Trillerpfeife", hatte der Beamte vorgeschlagen. „Oder Sie müssen eine Fangschaltung legen lassen. Das kostet aber erst mal, bezahlt wird nur, wenn der Typ gefasst wird. Das sind sowieso nur so Labertaschen, die das machen. Ergötzen sich an der Angst der Leute. Arme Würstchen, verstehen Sie?"

Linda hatte sich für die Trillerpfeife entschieden und gedacht, nicht der Knabe, sondern sie selbst sei ein armes Würstchen, weil sie sich nicht mehr wirklich sicher fühlte. Egal, was man ihr da erzählte. Nachdem sie allerdings beim nächsten Anruf die Pfeife benutzt hatte, war wirklich Ruhe gewesen.

Laurin schien sich auch schon wieder beruhigt zu haben, er baggerte bereits draußen in der schwarzen Erde.

„Möchtest du einen Kakao?", fragte Linda, und als er den getrunken hatte, spurtete er rasch wieder hinaus. Er spielte fröhlich, belud die Trecker und Lastwagen mit der Erde, benahm sich, als sei nichts vorgefallen.

Linda arbeitete weiter. Nach einer Stunde meinte sie, ihr Rücken sei kurz vorm Durchbrechen.

„Kaputt?", fragte plötzlich die Stimme des Mannes, der hier ständig aufzutauchen schien wie der Retter in der Not.

„Hanno! – Ich bin am Ende. Eine elendige Plackerei."

„Kann mich selbst noch gut dran erinnern." Hanno zog ein Kaugummipäckchen aus der Tasche. „Ich kau ein bisschen und guck dir zu. Rauchen tu ich ja nicht. Nicht mehr ", grinste er.

„Musst du denn gar nicht arbeiten, dass du dir das erlauben kannst?“ Linda stieß ihn mit der Schulter leicht in die Seite, dass er strauchelte.

„Ich baue gerade Überstunden ab. Wer viel arbeitet, hat viel frei.“ Hanno saugte das Kaugummi in seinen Mund und kaute genüsslich darauf herum. Dabei fixierte er Linda wieder so, dass sie wegsehen musste. Warum machte Hanno sie so nervös? Linda wusste es selbst nicht. Sie freute sich allerdings immer ein bisschen zu sehr, wenn sie ihn sah.

Hanno sah sich um. „Da hast du dir ja ganz schön was vorgenommen, was?“

Linda wischte sich mit dem Handrücken eine Strähne aus dem Gesicht. Ihre Haare waren lang geworden, es war kein Problem mehr, sie zu einem Zopf zu binden. Thiemo hatte gestern erst gesagt, sie sähe aus wie ein Schulmädchen, viel jünger als sonst. Linda hatte beschlossen, es als Kompliment zu sehen. Bei Thiemo wusste man das nie so genau.

„Was soll ich machen? Thiemo ist in Hannover und er hat erst am Wochenende Zeit. So lange wollte ich nicht warten.“

„Ich helfe dir. Sinje ist noch auf der Arbeit.“ Hanno spuckte sein Kaugummi aus und holte von zu Hause Karre und Schaufel.

Mit Hannos Hilfe ging es wesentlich schneller. Gegen Mittag war schon ein großer Berg der Erde abgetragen. Über der Arbeit mit Hanno hatten auch Lindas Grübeleien aufgehört.

„Willst du mit Laurin und mir essen?“, fragte sie schließlich. „Es gibt Gulasch.“

„Gern. Ich habe jetzt richtig Schmacht. Sinje hat heute ein totales Mammutprogramm, da müsste ich mich wohl mit Pellkartoffeln und Quark zufrieden geben.“

Linda lief ins Haus, und als sie sich im Hauswirtschaftsraum die Hände wusch, hörte sie Laurin und Hanno im Garten. Hanno musste einen Witz erzählt haben, Laurin schüttete sich aus vor Lachen.

Es war wirklich albern gewesen, sich über dieses Telefonat aufzuregen. Ihr Sohn wäre nicht so fröhlich, so locker, wenn die Situation dramatisch gewesen wäre. Vermutlich hatte sich jemand verwählt und Laurin hatte sich daraus eine Geschichte gesponnen, die er ebenso schnell vergessen hatte, wie sie entstanden war. Seine Ideen hielten oft nicht der Dauer eines Wimpernschlages stand und doch fiel sie immer wieder auf ihren Sohn herein.

Die beiden polterten ins Haus.

„Hände waschen, Herr Hanken", befahl Linda und schloss sich der heiteren Stimmung an.

Als Laurin schließlich vom Tisch aufgestanden war und sie mit Hanno noch einen Kaffee trank, fragte Linda ihn, weshalb er und Sinje keine Kinder hätten. Warum ihr gerade das herausgerutscht war, wusste sie nicht. Ein Blick in Hannos Gesicht machte Linda klar, dass es genau die falsche Frage gewesen war.

„Wir ...", druckste er herum. „Ich kann nicht." Hanno ließ den Kaffee langsam von seinem Löffel in die Tasse laufen und verfolgte den letzten Tropfen, als wäre er jeder Sekunde dankbar, die ihn von dem Thema weiter entfernte.

„Tut mir leid, war etwas indiskret", flüsterte Linda in der vagen Hoffnung, ein Stück von der Stimmung wieder aufzubauen, die gerade noch geherrscht hatte.

„Schon gut." Hanno wirkte verletzt und traurig.

„Du kannst mit Laurin so oft spielen, wie du magst. Und Sinje auch. Er freut sich", sagte sie.

„Ist schon gut, wirklich!", wiederholte Hanno.

Die Frage war ein Fehler gewesen, ein grober Fehler. So etwas fragte man einfach nicht.

Die Uhr tickte leise. Hanno lächelte Linda immer wieder an, als wolle er sie aufmuntern. Doch es gelang ihnen nicht, dort anzuknüpfen, wo eben noch ihr Lachen in der Luft verpufft war.

Sie redeten über das Training, über die Einkaufsmöglichkeiten im Ort, aber die natürliche Vertrautheit war einer oberflächlichen Konversation gewichen.

Der Zeiger der Uhr schob sich Sekunde für Sekunde weiter und irgendwann wurde Hanno unruhig.

„Hat gut geschmeckt. Ich geh dann mal." Er küsste Linda

vorsichtig auf die Wange. Sie war fast froh, dass er ging. Diese letzte halbe Stunde war sehr merkwürdig gewesen.

***

„Und du bist wegen des Anrufes nicht bei der Polizei gewesen?", fragte Sinje und zog sich eine Zigarette aus der Packung. „Stört es dich, wenn ich rauche?"

Linda störte es schon, sie schüttelte aber den Kopf. Sinje konnte in ihrer eigenen Küche tun und lassen, was sie wollte.

„Hanno tickt immer rum, wenn ich meine Lunge verpeste. Aber er tut ja auch nicht immer, was ich will, oder?" Sinje lachte ihr tiefes Lachen. Linda musste mit einstimmen, es ging gar nicht anders.

„Männer sind schon komisch", sagte Sinje und Linda dachte, dass das Thema Männer wohl ihr Lieblingsgesprächsstoff war. „Guck dir doch Thiemo an. Er hat dich als Frau, nur nett, nur klasse. Und Laurin, den süßen Kerl. Nur – was macht er? Verkriecht sich hinter seinem PC in dieser Wohnanlage und kümmert sich um das Wohl anderer. – Wäre ja nicht schlimm, aber du musstest den Erdeberg wegschaufeln. Du musstest den Umzug allein regeln. Das sind Männer!!"

Linda nickte. „Aber Hanno ist doch anders."

„Na ja, er ist da, arbeitet hier, fast schon zu viel des Guten. Aber wenn er was nicht will ... Weißt du, ich hätte so gern Kinder gehabt. Das lehnt er strikt ab. Frag mich nicht, warum. Er meint, die Zeit und das Geld hätten wir nicht und so weiter und so weiter. Das ist der einzige Punkt, an dem wir regelmäßig aneinander geraten." Sinje drückte die halb aufgerauchte Zigarette im Aschenbecher aus. „Aber nun bin ich bald zu alt und wir brauchen nicht mehr zu streiten. Dann hat Mutter Natur das erledigt." Sie hob die Tasse. „Auf die Wechseljahre!"

Linda musste schon wieder lachen. „Da wirst du wohl doch noch ein paar Jahre streiten müssen, das dauert noch! Aber trotzdem Prost!" Linda schüttelte den Kopf. Wechseljahre mit siebenunddreißig! Sinje war schon echt eine Marke.

Es war gut, auf andere Gedanken zu kommen. Erst das komische Gefühl bei den Krähen, dann der Anruf ... So ganz konnte Linda ihre Unruhe noch nicht ablegen. Sie wollte jetzt einfach von ihrer Freundin wissen, wie Sinje sich an ihrer Stelle verhalten würde.

„Soll ich mich denn wegen des Anrufes bei der Polizei melden? Würdest du das tun? Die denken doch, ich sei hysterisch!"

„Vermutlich", brummte Sinje und pustete kleine Strudel in ihren Tee.

„Ich weiß ja nicht mal", sagte Linda, „was das für ein Anruf war. Vielleicht hat sich nur jemand verwählt und Laurin hat sich mit seiner blühenden Fantasie etwas zurechtgesponnen."

Sinje zündete sich eine neue Zigarette an, sog fahrig daran und hauchte dann den Qualm mit kleinen Kringeln in die Küche. „Wahrscheinlich war es so. Bleib mal ganz ruhig. Ich glaube, du krabbelst im Augenblick auf den Brustwarzen." Sie warf einen Blick auf die Uhr. „Ich muss gleich los, sei nicht böse, aber wir bekommen in die Ferienwohnung morgen noch Gäste."

„Du hast auch noch eine Ferienwohnung?"

„Sie liegt in der Lehmbalje und gehört meinen Eltern. Aber die sind, wie jedes Frühjahr, bis zur Hochsaison in Spanien und genießen die Sonne. Also muss ich das tun."

„Dann machen hier Leute echt Ferien? Na ja, ist ja ein schönes Dorf."

Sinje klopfte die recht lang gebrannte Asche in den Aschenbecher, bevor sie antwortete. „Hier kommen wirklich ein paar Touristen her, im Sommer sind wir meist voll. Die Historie und die fünf Kirchen hier ziehen sie an. Ist ja eher selten, so ein Dorf, das mal eine recht bedeutende Hafenstadt war und so tolerant, dass fünf Glaubensrichtungen nebeneinander existieren konnten. Es ist das kirchenreichste Dorf Nordwestdeutschlands, das musst du dir mal überlegen. Auf die paar Einwohner! – Ob das heute noch so ginge mit der Toleranz?"

„Weiß nicht. Es ist wohl auch müßig, darüber zu diskutieren. Früher war auch nicht alles besser."

Sinje zog noch einmal an ihrer Zigarette. „Wo du recht hast, hast du recht. Aber jetzt dieser Mord ...!"

„Hm", nickte Linda. „Sind schon seltsame Eindrücke, die

mich hier begrüßt haben. Hatte es mir irgendwie schöner und harmonischer vorgestellt."

Sinje legte ihre Stirn in Falten, so dass die vielen Sommersprossen darauf eine gefurchte, orange Fläche bildeten, sagte aber nichts.

Linda sprach weiter: „Vielleicht bin ich auch nur gestresst. Aber von Beginn an habe ich keine Beziehung zu dem Haus, obwohl ich es mit entworfen habe, es doch lieben müsste!"

„Ich glaube, es liegt daran, dass Thiemo einfach nicht präsent ist. Dann der Stress zwischen Laurin und ihm, die Eingewöhnungsschwierigkeiten von deinem Sohn ... Dir ist alles über den Kopf gewachsen."

„Da ist wohl was dran", seufzte Linda.

Sinje drückte die zweite Zigarette aus, die schon bis zum Filter heruntergebrannt war. Sie wollte einen Kluntje in die Tasse werfen, aber er prallte an der Kante ab und fiel auf den Boden. Sinje bückte sich. „Hab auch schon mal besser gezielt", brummte sie. Sie versuchte den Wurf noch einmal und der Kluntje versank im dunklen Tee. „Volltreffer", murmelte Sinje zufrieden und fragte dann: „Wie könntest du etwas ändern?"

„Ändern? Thiemo? Er ist wohl, wie er ist. Und eigentlich mag ich es ja. Seine lockere Art, nichts wirklich als belastend zu empfinden, jeden Tag einfach auf sich zukommen zu lassen – und trotzdem alles zu erreichen ...!"

Sinje rümpfte die Nase. „Aber es frustriert dich. Vor allem, weil er nur seine Sachen macht. Du schielst dann nach einem Mann wie Hanno und vergleichst."

„Nee, nee, keine Sorge", wiegelte Linda erschrocken ab. „Es wäre einfach nur gut, wenn Thiemo manchmal ein bisschen Verständnis für mein Nachdenken, mein Hinterfragen hätte. Die ganze Arbeit schaffe ich schon allein."

Sinje rührte ihre Tasse um und sagte eine Zeit nichts. Dann blickte sie Linda an. „Thiemo läuft lachend durchs Leben und du versuchst ihn mit deinen Überlegungen zu stoppen. Darum geht es nicht mit euch beiden."

Da war etwas dran. „Trotzdem werde ich noch mal nach den Ursachen für Laurins und meine Unruhe suchen", sagte

Linda. „Ich habe mir überlegt, … weißt du, das mache ich so nur für mich … ich sollte vielleicht noch einmal mit meiner Rute das Grundstück testen. Habe ich zwar schon getan, aber schaden kann es sicher nicht."

„Du gehst mit der Rute? So Wasseradern und Strahlen aufstöbern? Das kann auch nicht jeder."

Linda dachte nach. „Man muss sicher eine gewisse Neigung dazu haben. Zumindest in der Hinsicht, dass man es positiv sieht, an den Erfolg glaubt. Thiemo sieht es eigentlich nicht gern. Er hasst es, wenn ich das mache."

„Und wie machst du das genau?" Sinje schüttete sich den Tee in den Mund und räumte schon mal die Tassen in den Spüler. „Muss wirklich gleich los!", sagte sie mit einem entschuldigenden Lächeln.

„Ich nehme am liebsten meine Weidenrute, bei Vollmond in einer Frühjahrsnacht geschnitten und dann schön im Wasser biegsam gemacht." Linda taute auf. Es tat ihr gut, von dieser Arbeit zu sprechen, die ihr zwar verboten, aber für sie immens wichtig war. „Ich gehe aber auch mit einem Metallpendel, einem Bio-Tensor."

Sinje klappte die Spülmaschinentür zu und zündete sich schon wieder eine Zigarette an. „Dann bist du also so was wie eine Hellseherin, kannst Dinge erkennen, die …"

„Nein, hör auf!" Linda hob abwehrend die Hände. „Ich kann nur Strahlen und Wasser erkennen, bin keine Hexe oder so. Früher konnten das viel mehr Leute, die haben alle ihre Grundstücke nach Adern abgesucht und ihre Ställe entsprechend gebaut. Kühe geben weniger Milch, wenn sie auf Wasseradern schlafen müssen und so."

„Aha. Also kein Hokuspokus?"

Linda schüttelte den Kopf. „Ich habe das Wissen von meinem Exfreund. Dem Vater von Laurin. Der hat sich fast ausschließlich mit diesen Sachen beschäftigt."

„Einen Versuch ist es wert. Mach es doch, Linda." Sinje schlüpfte in ihre Jacke. „Ich glaube, das ist wirklich eine gute Idee."

***

Linda beging das Grundstück jetzt schon ein zweites Mal. Ihre Ergebnisse waren unbefriedigend. Einmal dachte sie, die Rute würde gleich ausschlagen, aber es war das Zittern ihrer Hände, das sie beeinflusste. Es war eigentlich sinnlos, in ihrer Verfassung etwas erspüren zu wollen.

Sie legte einen großen Stein auf den Punkt, wo sie unschlüssig war, ob sie nicht doch etwas bemerkt hatte. Linda wusste nicht, ob es sich um eine Wasserader oder eine andere Strahlung handelte. Sie war noch nie so unsicher gewesen und strich über das Holz ihrer Weidenrute. Sie hatte auch noch den Bio-Tensor dabei, den sie manchmal mit einsetzte, wenn es nicht so richtig lief. Linda umging den Platz ein weiteres Mal.

Er kribbelte hier und da in ihren Fingerspitzen, immer wieder glaubte sie, nun endlich etwas Handfestes gefunden zu haben. Aber es klappte heute einfach nicht. Einzig in Richtung des trutzigen Nachbarhauses verspürte sie eine eindeutige Reaktion, doch auch das war nichts Neues.

Linda begann noch einmal von vorne. Das Gekreische der Krähen war heute Nachmittag einfach unerträglich. Es lenkte sie ab, ließ ihre eigenen Hände Schwingungen auslösen, die gar nicht da waren. Aber hier war etwas, ihr Bauch wusste es genau. Hier draußen, nicht im Haus. Das Haus hatte noch keine Geschichte, keine Biografie, es war in jedem Winkel von ihr und Thiemo geprägt. Sie hatten es nach ihren Vorstellungen geformt. Damals hatte Thiemo noch über ihre Ideen mit dem Energiefluss gelacht, es locker genommen. Doch irgendwann war er umgeschwenkt, war voll auf Konfrontation gegangen, wenn sie davon anfing. Den Grund kannte Linda bis heute nicht.

Jedenfalls herrschte noch kein durchgehender und guter Energiefluss, doch Linda hatte es verstanden, trotz der nicht optimalen Farben, schon ein recht gutes Klima herzustellen. Weshalb es erst recht seltsam war, dass sie sich hier so unwohl fühlte.

Trotzdem war der Vorteil eines neuen Hauses klar: Sie mussten keine Altlasten von Vorgängern übernehmen.

Mit alten Häusern hatte Linda schon viel erlebt, auch ihre

Wohnung in Jever war nicht ganz frei von diesen Sachen gewesen. Erdstrahlen, Wasseradern und viel negative Aura. Linda hatte sich mit Räucherstäbchen, Salz und Steinen geschützt, Schutzwälle für sich und Laurin gebaut.

Ein Krähenpaar stritt sich mit einem anderen um das Nest. Ihr Schreien ging nach einer Weile wieder in dieses schnarrige Geräusch über, das Linda am Morgen die starke Gänsehaut verursacht hatte. Es war sicher nicht sehr klug gewesen, sich mit ihren Ahnungen und Gedanken gleich neben einem Friedhof niederzulassen. Die großen, schwarzen Vögel waren nach Lindas Theorie nun mal die Wegbegleiter der Toten, die Seelenwächter. Weshalb man sie oft in den Bäumen der Friedhöfe und Krankenhäuser antraf.

Linda konzentrierte sich wieder auf ihre Rute. Es ging nicht. Es waren die Krähen, es waren die Kirchenglocken, die gerade einen Verstorbenen auf seinem Weg zum Friedhof quer durch den Ort leiteten. Es war auch die Hektik, die sie empfand, weil Thiemo gleich zurück sein und sehen würde, dass sie ihr Versprechen gebrochen und sich noch immer nicht mit natürlichen Erklärungen für ihre Unruhe zufrieden gegeben hatte.

Sie hatte wirklich gedacht, in dem neuen Haus sei das alles nicht mehr nötig. Aber so einfach war das nicht. Man konnte seine Haut mit all den Rissen und Blessuren nach einem Umzug nicht einfach ablegen wie die alte Wohnung und einfach nicht mehr daran denken. Es war unterschwellig alles präsent, im Prinzip hatte sich nichts geändert. Im Gegenteil: Ihre Sorge war durch den Mord noch stärker geworden. Sie war einfach zwanghaft auf der Suche nach dem Grund, warum sie der Tod der alten Frau im Heim und der Mord an der Pflegerin nicht losließen. Warum sich ihr Denken immer mehr darauf fokussierte, ja, sie das Ereignis sogar auf sich bezog. Und so unruhig, wie sie sich fühlte, konnte sie ihr Versprechen nicht halten. Sie musste eine Erklärung suchen, damit alles gut werden würde.

Nur, was konnten ihre Rutengänge da ausrichten? Linda gestand sich ein, dass es wohl wirklich nur eine Art Gewissensberuhigung war.

Sie wollte gerade die Rute und den Bio-Tensor in ihrer Tasche verstauen, als Thiemo mit dem Wagen auf den Hof raste. Er hatte einen sehr flotten Fahrstil, Linda hatte ihn schon oft gebeten, wenigstens durch das Neubaugebiet etwas zivilisierter zu fahren. Zu oft schon hatte sie zu Recht die wütenden Blicke der anderen Mütter gespürt.

Sie sah ihm an, dass er gesehen hatte, was sie da in der Tasche versteckte. Er riss ihr den Beutel aus der Hand, zog den Bio-Tensor samt Weidenrute heraus und versuchte, beides in der Mitte durchzubrechen. Der Tensor verbog sich unter seinen wütenden Händen recht rasch und ließ seine Ringe nach dem Angriff schlaff nach unten hängen. Die Holzrute gab erst nicht nach. Thiemo warf sie auf die Erde und sprang wie wild darauf herum, bis er es geschafft hatte, zumindest eine der Zinken abzubrechen.

„Hör auf!“, zischte er Linda zu, die allem wie erstarrt zusah. Es schmerzte sie fast körperlich, wie ihre Hilfsmittel zu bloßen Objekten zerfielen. „Hör endlich mit diesem Hokuspokus auf!“ Thiemo ging ins Haus.

Linda sammelte die Reste ihrer Sachen auf. Sie hatten keine Aura mehr, waren auf den Level eines normalen, zerstörten Gegenstandes zurückgefallen, nutzlos.

Sie warf beides in die Mülltonne.

Auf dem Friedhof wurde gerade der Sarg in die Erde gelassen. Die Krähen keckerten hohl in den Wipfeln der noch kahlen Eichen, deren Stämme von dichten Efeuranken umwoben waren, als trügen sie grüne Kleider.

***

Es war warm, als Hubert Lambacher den Zug verließ.

Er winkte sich ein Taxi und ließ sich in Richtung Ramatuelle fahren. Die Sonne hatte hier schon richtig Kraft, es war ein guter Einfall gewesen, sich für eine Weile aus Wilhelmshaven zurückzuziehen.

Eine Woche hatte er bereits in Nîmes verbracht. Sein Ziel war eine große Ferienanlage, die auch Wohnungen vermietete. Ein Hotel war ihm zu persönlich, er wollte jetzt lieber für sich sein, sich mit der Menge der Urlauber vermischen. Am besten so wenig auffallen wie ein Sandkorn am Strand.

Hubert ließ sich nicht direkt zur Anlage fahren, er hatte nur wenig Gepäck in einem Trolley mit. Ein Stück zu Fuß über die Straßen zu gehen, die durch die Weinberge führten, war sicher nicht das Schlechteste. Im Hochsommer wäre das undenkbar gewesen, er wäre zerlaufen wie ein Stück Butter in der Sonne. Jetzt lud die milde Luft förmlich dazu ein.

Hubert trug eine unauffällige Sonnenbrille, Jeans und Jacke – kein Schwarz. Er hatte seine Mutter verloren, wollte aber mit keinem Menschen der Welt seine Trauer teilen, geschweige denn hier auf den Verlust angesprochen werden.

Die Räder des Trolleys rollten unruhig über die Straße, deren Asphalt unregelmäßige Erhebungen von den darunterliegenden Wurzeln aufwies. Hin und wieder kippte der Koffer um und der Griff verdrehte Hubert das Handgelenk.

Die Ferienanlage lag weiß gekalkt im Licht der Mittagssonne. Ihre Konturen hoben sich scharf vom Himmel ab, den kein Wölkchen, kein Hochnebel heller färbte. Der Himmel hatte ein Blau, das die Grenzenlosigkeit des Universums aufdringlich demonstrierte. Hubert kam sich anfangs noch kleiner vor als sonst. Trotzdem saß er den überwiegenden Teil des Tages auf seinem Balkon, ein Glas Wasser vor sich.

Er konnte von seinem Balkon aus nicht nur das Mittelmeer und einen Teil des Plage de Pampelonne überblicken, er sah auch die pompösen Schiffe der Reichen, die in den seichten Wellen dümpelten. Hubert legte den Kopf zurück und ließ das Gesicht von der Sonne bescheinen.

Wie schön hätte seine Mutter es hier gefunden, wie gut hätte sie sich hier erholen können. St.Tropez, das war ihr Ziel gewesen, das wollten sie gemeinsam bereisen. Aber dann kam diese grausame OP, die Amputation beider Beine. Sie hatte den Mut verloren.

„Allein fährst du nicht“, hatte seine Mutter gesagt und Hubert hatte sich gefügt. Er hätte sie ohnehin nicht so lange allein lassen wollen. Sie hatte ja nur noch ihn.

Jetzt konnte er tun und lassen, was er wollte, außer, dass er sich während der Schulzeit weiter mit seinen Schülern herumschlagen musste.

Hubert ertappte sich dabei, dass er hier, auf diesem Balkon, abseits seiner sonstigen Welt, ein großes Stück der Freiheit empfand, ja, sich sogar sicher war, dass sein Leben gut weiterlaufen würde. Seltsam, dieses Gefühl hatte er seit Ewigkeiten nicht mehr gehabt.

Hubert fühlte sich fast wie die Möwe, die kreischend über ihn hinwegsegelte, sich auf dem Meer niederließ und auf den Wellen schaukelte. Er hatte alles getan, was getan werden musste. Alles. Und nun war er frei.

1974

In der Schule rufen sie ihm „Muttersöhnchen" hinterher. Weil Herma ihn überall mit dem Wagen hinbringt. Sie traut ihm nichts zu.

Einmal hört er, dass sie enttäuscht von ihm ist. Weil er sich nicht so benimmt wie die anderen Kinder, weil sie sich das anders vorgestellt hat. „Ich kann ihn gar nicht so lieb haben, wie ich es möchte", sagt sie zu ihrer Freundin.

Der Junge schluckt die Tränen hinunter, bis der Kloß sich im Kopf ausbreitet und er Kopfschmerzen bekommt. Er erträgt das Hämmern in den Schläfen, verkriecht sich in seinem Zimmer und wartet, dass der Tag vergeht.

„Hast du deine Schularbeiten gemacht?", fragt Herma. Sie ist schon lange nicht mehr so geduldig wie am Anfang. Letzte Woche hat sie ihm sogar ins Gesicht geschlagen. Nur leicht, mit den Fingerspitzen. Es hat gebrannt, als hätte sie Feuer daran gehabt. Danach hat sie geweint, ihn gedrückt und sich entschuldigt. Die drei Finger spürt er immer noch.

Der Junge antwortet nicht. Er macht seine Hausaufgaben nur manchmal, hat nicht immer Lust.

Am liebsten würde er nämlich Fußballer werden. Der Junge liebt Fußball, wie alle Jungs in seiner Klasse. Nur ist er nie dabei, wenn die anderen kicken. Nicht mal beim Steinfußball darf er mitspielen. Er steht auf dem Schulhof daneben und schaut den anderen zu. Ihn fragt keiner, ob er mitmachen will.

Manchmal guckt der Junge heimlich von der Wohnzimmertür aus die Sportschau. Der Mann schaut sie samstags immer, mag es aber nicht, wenn er dabei ist. Wie er es überhaupt nie mag, wenn sich der Junge in seiner Nähe aufhält. Aber wenn er fernsieht, ist er so abgelenkt, dass er nicht mitbekommt, wenn der Junge sich am Türrahmen herumdrückt.

Der Junge ist Beckenbauer-Fan. Und Gerd Müller, den Bomber, den findet er auch klasse. Deutschland ist schließlich Weltmeister. Gegen Holland. Das Endspiel hat er auch heimlich von der Tür aus geschaut.

„Lass ihn mitgucken“, hat Herma zu dem Mann gesagt. „Alle Jungen dürfen das sehen.“ Aber der schüttelt den Kopf, öffnet ein Bier und legt die Füße auf den Glastisch mit der orangefarbenen Häkeldecke.

Der Junge nimmt sich ein Kissen. Setzt sich wieder auf seinen Stammplatz im Türrahmen. Herma gibt ihm ein Glas mit TriTop, legt den Zeigefinger verschwörerisch an die Lippen. Das ist nett von ihr. Nachher würde sie ihn wieder zehn Mal fragen, ob er sich darüber gefreut habe und ob er dankbar dafür sei.

Aber er kann mitreden am nächsten Tag. Das ist das Wichtigste. Seitdem will er nur eines: Fußball spielen. Selbst Fußball spielen.

Herma will das aber nicht. Weil er sich verletzen könnte. Und weil er so dünn ist.

Alle spielen Fußball.

Der Junge sieht in den Garten hinaus. Herma versteht nicht, dass es eine tolle Sache ist, in den Garten zu starren. Sie findet es langweilig, dabei passiert immer etwas. Manchmal läuft die getigerte Katze vom Nachbarn hindurch. Die Vögel zwitschern durch das Geäst der Büsche. Immer wieder trudeln Blätter über das Gras und wirbeln umeinander herum, führen einen Reigen auf. Das ist nicht langweilig. Das ist schön. Der Junge schaut in den Himmel. Er ist heute besonders blau.

„Mach deine Schularbeiten!“, kreischt es durch den Flur. „Du musst auch mal das tun, was nicht nur Spaß macht!“

Vielleicht könnte er davonfliegen. Weit, weit in den Himmel, hoch über das Meer und dann nach Süden. Im Süden ist es warm, das hat die Lehrerin gesagt.

„In den Süden.“ Herma hat die Nase erhoben, geschnaubt wie ein Pferd, als er davon erzählte.

„Zum letzten Mal, verdammt!“, hört er wieder. Ihre Schritte donnern bedrohlich die Treppe hinunter. Sie ist gar nicht in sein Zimmer gekommen, als scheue sie ein Zusammentreffen mit ihm.

Es wird Ärger geben, wahrscheinlich Schläge. Das ist dem Jungen egal. Sie würde es am Abend dem Mann petzen und der schlägt auf den Po. Unangenehme Dinge gibt sie immer an den Mann ab. Der Junge denkt, dass sie sich so einschmeicheln will. Deshalb tut sie immer so nett zu ihm. Aber er durchschaut das. Eigentlich kommen die Schläge von ihr.

Er ist traurig deswegen, weil er sie mag, sie eigentlich gern bei sich hat. Aber es funktioniert nicht. Er weiß nicht, warum. Sie gibt sich wirklich Mühe, er merkt das. Sie ist anstrengend, versteht ihn nicht.

Der Junge will jetzt allein sein, die Welt beobachten. Er öffnet das Fenster. Vom Spielplatz her hört er das Geschrei von Kindern. „Tor!“– „Nein, Foul!“ – „Beckenbauer vor, noch ein Tor!“

Er möchte dort hin, dabei sein. Es ist doch ein richtig schöner Frühlingstag, im Garten blühen gelbe Blumen. Und dann der Tulpenbaum. Komisch, dass ihm der Name dieser Pflanze plötzlich einfällt. Herma hat ihm nie gesagt, wie die Blumen und Bäume heißen.

Sie ist es gewesen. Sie, auf die er lange gewartet und die ihn vergessen hat. Tulpenbaum. Er ist noch klein gewesen, aber sie hatten über den Namen gelacht. Tulpenbaum.

Der Junge schließt das Fenster.

Mittwoch, 5.4.

Linda hatte die Sporttasche in der Hand. Thiemo war noch nicht von der Arbeit zurück, trotz seines Versprechens, rechtzeitig da zu sein. Nachdem er ihre Rute und den Bio-Tensor zerstört hatte, waren nicht mehr viele Worte zwischen ihnen gefallen. Doch zu dem Zugeständnis, rechtzeitig zurück zu sein und auf Laurin aufzupassen, damit sie zum Sport gehen konnte, war er noch bereit gewesen.

Linda hatte im Anschluss an seinen Angriff versucht, ihn zur Rede zu stellen, aber Thiemo fühlte sich im Recht. Er sagte, sie mache sich ja verrückt mit dem Getue. „Es reicht, weiß Gott, was geschehen ist. Das wird bestimmt nicht besser, wenn man auch noch die Geister beschwört!"

„Ich beschwöre keine Geister. Ich suche nach negativen Strahlen, die unser Leben vergiften!"

„Was, bitte schön, was vergiftet unser Leben?"

„Ich weiß es nicht genau!" Linda war schon wieder in diese piepsige Stimme verfallen und hatte das Gefühl, sich rechtfertigen zu müssen.

„Wenn du es nicht weißt, gibt es auch nichts!" Thiemos Stimme war eisig gewesen. Sie schien mit ihrer Schärfe die Luft zu zerschneiden und die Buchstaben auf den entstandenen Bruchstücken tanzen zu lassen, bis sie niederfielen und selbst auf dem Boden noch ein leises Klirren von sich gaben.

„Und der Mord?"

„Was hätten die Strahlen dann mit dem Mord zu tun? Genauso wenig wie wir! Und wir haben gar nichts damit zu tun, Linda Hanken. Wir haben nichts, gar nichts mit dieser toten Frau zu schaffen. Sie hat nur bei mir gearbeitet!"

„Du hast doch keine Ahnung, was es alles gibt!", hatte Linda geflüstert und war in sich zusammengeschrumpft. In ihr tobte und schrie es, aber sie kam gegen Thiemo nicht an. Linda fühlte sich von der Kälte, die ihn umgab, zurückgestoßen. Sie hatte Angst, sich an den Eiskanten noch den letzten Mut zu zerschneiden.

„Mag sein, dass ich von deinen komischen Ruten keine Ahnung habe und ich will es auch gar nicht. Mag sein, dass mir deine seltsamen Seelenwanderungstheorien fremd sind, aber eines weiß ich: Ich glaube nicht an so einen Hokuspokus. Für alles, wirklich für alles, gibt es eine natürliche Erklärung!"

Thiemo war hinausgehastet, und ein weiteres Mal in ihrer Beziehung hatten die Türen geknallt. Vom Lärm erschreckt, war Laurin zu Linda gekommen und hatte sie in den Arm genommen.

„Schreit Thiemo, weil ich angerufen worden bin?", fragte er.

„Nein, Laurin. Und das werden wir ihm auch ganz bestimmt nicht erzählen!" Linda hatte ihre Nase in sein Haar gekuschelt und ganz kurz die Augen geschlossen.

„Ist das jetzt unser Geheimnis?"

„Unser riesengroßes Geheimnis!" Zum ersten Mal ließ sie den Gedanken zu, ob es wirklich eine so gute Idee gewesen war, so schnell zu heiraten und zu bauen. Sie lernte an Thiemo immer mehr Seiten kennen, die ihr ganz und gar nicht gefielen.

Es klingelte und Sinje stand vor der Tür. „Kommst du? Ist die absolute Ausnahme, dass wir dieses eine Mal in den Ferien in die Halle dürfen. Da sollten jetzt auch genug Leute erscheinen."

„Thiemo ist noch nicht da. Ich kann gar nicht weg, wegen Laurin." Sinje musterte sie von oben bis unten. Linda rieb sich über das Gesicht und fühlte selbst, dass ihr heute der Esprit fehlte.

„Es ist doch erst halb acht. Kann der Knirps nicht allein bleiben, bis Thiemo kommt?"

Linda schüttelte den Kopf. Das war typisch Sinje. Sie hatte halt keine Kinder. Nein. Linda konnte nicht einfach so weg. Man konnte nicht wissen, was Laurin sich heute einbilden würde. Im Augenblick wusste man bei ihm ja nie.

„Könnte nicht vielleicht Hanno …?", druckste Linda.

„Der … hat sich gerade hingelegt. Kopfschmerzen."

Linda zuckte mit den Schultern. „Dann muss ich wohl hierbleiben, tut mir leid!"

„Geht nicht, ich hab gesagt, dass wir kommen", murrte Sinje. Sie sah nicht begeistert aus, als sie zu ihrem Haus zurückradelte.

„Wenn ich die beiden nicht hätte", dachte Linda, als sie wenig später Hanno über die Baustraße laufen sah.

„Dann haut mal ab", sagte er. „Ihr seid in einer Stunde ja wieder da und fernsehen kann ich auch hier."

Linda war neugierig auf die Sportfrauen. Sie erhoffte sich ein paar Kontakte mehr. Noch wurde sie beim Einkaufen im Ort nur gegrüßt, weil man hier jeden grüßte. Ihr lag sehr daran, hier Fuß zu fassen und Freunde zu finden.

In der Halle lief bereits die Musik. Als Linda hineinging, hörten die Gespräche für einen winzigen Augenblick auf und Linda wusste, dass man sie hier schon kannte, auch wenn es ihr nicht bewusst gewesen war.

„Das ist Linda, meine Nachbarin – und Freundin", stellte Sinje sie vor. Danach hatte Linda durchaus das Gefühl, in der Gruppe sehr willkommen zu sein.

Sie holte sich ein Stepp-Brett und war den Rest der Stunde damit beschäftigt, die Übungen mitzumachen.

„Du bist also Sinjes neue Nachbarin", wurde sie gleich nach der Stunde angesprochen. „Dein Sohn ist ja ein ganz … Wie soll ich sagen … Hm … – Er erzählt ganz gern, oder?"

Linda zog die Brauen hoch. Woher kannten die Frauen denn Laurin?

„Er zieht doch immer mit dem kleinen Jannes rum. Und heute hat er dem erzählt – ich kenne die Mutter –, dass ihr schlimme Anrufe erhaltet und bei euch Geister in die Fenster gucken, weil du, genau wie die Frau in Cäci, ermordet werden sollst."

Linda wurde ganz blass. „Wir hatten keinen Anruf", sagte sie. „Und durchs Fenster hat auch keiner gesehen, es war Laurins erste Nacht hier, da hat er wohl schlecht geträumt."

„Die Kinder haben halt Angst, wenn im Nachbardorf solche Sachen geschehen. Und im Fernsehen bekommen sie ja auch nichts anderes zu Gesicht.“ Die Frau griff nach ihrer Tasche. „Ich bin übrigens Moni.“ Sie drehte sich in der Tür der Umkleidekabine noch einmal um. „Und wenn bei mir so ein Schwein anruft, den mache ich eigenhändig platt!“

„Moni, Selbstjustiz ist verboten!“, rief eine andere der Sportlerinnen.

„Du weißt ja gar nicht, was ich mit dem Mörder dieser Frau tun würde. Ich sprach nur von dem Anrufer!“ Moni lachte noch immer, als die Turnhallentür hinter ihr ins Schloss fiel.

Sinje setzte sich die Mütze auf. „Also, wenn es nach mir ginge: Der Typ aus Cäci gehört einen Kopf kürzer. – Haben die jetzt schon jemanden im Visier?“

Alle zuckten mit den Schultern. Schließlich warf jemand ein neues Stichwort in die Runde und das Gemurmel der Frauen drehte sich um andere Dinge.

„Hat es dir gefallen?“, fragte Sinje, als sie ins Neubaugebiet einbogen.

„Schon“, sagte Linda, „aber was diese Moni von Laurin erzählt hat ...! Hier geht wohl alles rasant schnell mit der Dorfbuschtrommel.“

„Klar, aber es war ja nichts Schlimmes, was sie erzählt hat. Laurin sagt wirklich solche Sachen. Ist ja komisch für einen Fünfjährigen, da hat Moni schon recht. Wahrscheinlich sind die anderen Mütter *not amused*, dass er ihren Kindern solche Mordfantasien steckt.“

„Aber ich kann doch nichts dafür. Er guckt kaum fern und schon gar nicht so was!“

Sinje grinste: „Hier steht man eben noch auf die heile Welt und nun werdet ihr erst mal gecheckt. Das läuft sich auch wieder tot. Spätestens, wenn die Nächsten hier einziehen.“ Jetzt lachte Sinje lauter. „Oder warte nur, bis beim Osterfeuer wieder was anderes los war. Lug, Betrug und Schlägerei oder was weiß ich, dann interessiert keinen Menschen mehr, was Laurin da erzählt hat!“

„Lug, Trug und Schlägerei in einer heilen Welt“, lachte Linda. „Was ist denn das für eine Logik?“

„Musst du ja nicht verstehen. Das ist eben Dorf. Du gewöhnst dich dran – und irgendwann tratscht du mit, hundertpro!"

Linda schüttelte den Kopf. „Hoffentlich nicht. Möge dieser Kelch an mir vorübergehen."

Sie fuhren in ihre Straße. Linda sah sofort, das Thiemos Auto noch nicht da war. „Thiemo ist noch immer weg."

„Aber nun rück mal rasch meinen Mann raus!" Sinje war vom Sattel gerutscht und lehnte sich über den Lenker.

„Er hat Laurin richtig gern, oder?", fragte Linda.

Sinje wich fast unmerklich ein Stück zurück.

„Tut mir leid", sagte Linda, aber Sinje hatte sich mit einem finsteren Blick schon wieder aufs Rad geschwungen.

„Er soll bitte sofort kommen!"

Linda kramte den Schlüssel aus der Jackentasche. Sinje hatte nicht einmal Tschüss gesagt. Sie fand diese Reaktion übertrieben. Aber vielleicht wurde man so, wenn ein Lebenstraum nicht in Erfüllung ging.

„Hanno!", rief Linda leise. „Ich bin wieder da!"

Hanno kam ihr im Flur entgegen. Er ging auf Zehenspitzen. Der Fernseher war so leise gestellt, dass man nur wispernde Stimmen aus dem Wohnzimmer hörte.

„Laurin schläft", flüsterte Hanno.

Er lächelte Linda aus den Augenwinkeln an. Selbst in der Dunkelheit hatten diese Augen etwas Seltsames. Linda konnte einen Schauer nicht unterdrücken, wobei sie auch wieder nicht ausmachen konnte, ob es ein positives oder negatives Gefühl war.

***

Linda schaltete den Fernseher aus und goss sich ein Glas Rotwein ein. Es hatte gut getan, wieder Sport zu machen. Die Frauen waren auch nett. Sie hatten sich anscheinend wirklich gefreut, dass sie dazugekommen war. Und vielleicht war die Bemerkung dieser Moni über Laurin auch gar nicht böse gemeint gewesen. Sie hatte wohl ein lautes Mundwerk, aber das war ja nicht grundsätzlich negativ.

Linda schaute auf das Telefon. Sie drückte den Knopf des Anrufbeantworters, in der Hoffnung, Thiemo hätte ihr eine Nachricht mit der Erklärung hinterlassen, weshalb er nicht rechtzeitig gekommen war. Warum er sie versetzt hatte, wie er das in der letzten Zeit ständig tat. Auf seinem Handy wollte sie ihn nicht anrufen.

Das Zerstören ihrer Sachen hatte sie als persönlichen Angriff gesehen, bloßgestellt und nackt war sie sich vorgekommen. Er hatte es nicht verstanden, so wie er in der letzten Zeit gar nichts mehr verstand. Thiemo hatte nicht nur ihren Tensor und die Rute, sondern ein Stück von ihr zerbrochen.

Linda wischte sich eine Träne aus dem Augenwinkel. Sie wohnten erst so kurz zusammen und sie waren sich fremder als je zuvor.

Das Rattern des Telefons riss sie aus ihren Gedanken.

„Hanken", sagte sie und wunderte sich über den normalen Klang ihrer Stimme. „Hallo?"

Es blieb stumm in der Leitung. Stumm, genau so, wie es in ihrem Haus, wie es draußen war. Ihr ganzes Leben hielt für einen Augenblick an.

Linda drückte das Telefon aus, warf es auf den Sessel und sah Lichter auf der Auffahrt. Thiemo war zurück.

***

„Wo hast du gesteckt? Ich wollte zum Sport und du hattest mir versprochen ..." Linda wusste, dass es das Verkehrteste überhaupt war, Thiemo gleich zu Beginn mit Vorwürfen zu überhäufen. Vielleicht gab es eine ganz plausible Erklärung für seine Verspätung. Aber sie konnte nicht anders, sie musste den Druck, der auf ihr lastete, rauslassen.

„Kannst du mal aufhören, immer nur rumzumosern und alles mies zu machen? Ich habe gearbeitet, verstehst du? Gearbeitet!" Thiemo betonte jede Silbe des Wortes, als sei Linda schwerhörig.

„Weißt du eigentlich, wie selten *ich* zu meinem Training komme?" Thiemo schob das Kinn vor und seine Augen wurden immer größer. Während sie bei anderen wütenden Menschen zu schmalen Schlitzen wurden, vergrößerten sie sich bei Thiemo immer so weit, dass man nicht das Gefühl hatte, von seinem Mund, sondern von seinem Blick verschlungen zu werden.

Dabei wurde er immer lauter, er hatte einen tiefen Bass. Es wummerte quer durch den Raum, als er weiterbrüllte: „Einer muss die Kohle für diese Butze ja ranschaffen. Du sitzt hier schließlich gemütlich zu Hause und beaufsichtigst dein Kind!"

Dann hielt er inne, er sah, dass er zu weit gegangen war. Seine Worte hallten noch immer durch das Zimmer, sie hämmerten in Lindas Ohren. Es war wirklich alles, alles zu früh gewesen.

1975

Er will sich heimlich aus dem Haus stehlen. Herma ist weggefahren. Alles ist zugeschlossen, er hat Hausarrest. Weil er im Garten Fußball gespielt hat. Rechter Dribbler, linker Dribbler, Bomber Müller am Ball – Tor. Es war kein Tor. Es waren der Blumenkübel und eine hässliche Figur, die das Ganze aufpeppen sollte.

„Ich trau dir nicht", hat Herma gelächelt und dabei wieder keine Linien um die Augen verzogen. „Ich wollte dich schon zum Fußball anmelden, aber nun – wo du schon wieder nur ungezogen gewesen bist ...!"

So ist es immer. Sie findet Gründe, warum er dies oder das nicht tun darf. Wie ein Bonbon, das sie ihm vor die Nase hält und im letzten Moment wegzieht. Weil ihr etwas anderes eingefallen ist.

Der Junge weiß, dass er ihr nicht gefällt. Weil er nicht so ist wie die anderen Kinder, die Herma kennt. Obwohl – so wie der Nachwuchs von Frau Dr. Rücker will er auch nicht sein. Der ist gescheitelt, trägt Pullunder über gestreiften Hemden mit steifem Kragen. Er selbst trägt „Jens und Pakka", wie Herma immer sagt. Weil sie Jeans und Parka irgendwie nicht aussprechen kann. Neulich hat sie ihm die schöne, schwarze Drahtbürste weggenommen, die immer oben in der Tasche steckt, mit dem Stiel nach draußen. Alle haben das, sie will das aber nicht. „Schon schlimm genug, wie du rumrennst."

Der Junge ist zu dünn. Trägt manchmal unter dem Pullover Hosenträger, damit die Hosen nicht rutschen. Die scheuern seine dünnen Schultern dann wund.

Sein Haar hängt immer ein bisschen wirr. Jetzt noch schlimmer, er hat ja keine Bürste mehr.

Und ohne Bürste ist man noch mehr außen vor als sonst.

Der Junge hat keinen richtigen, echten Freund. In der Klasse ist er oft allein. Aber heute hat Wolfi ihn gefragt, ob er Lust habe, zum Schulhof zu kommen. Kicken.

Und ob er Lust hat. Das Toilettenfenster steht auf Kippe. Es ist ein kleines Loch, durch das sich das Licht nur mühsam in den türkis gefliesten Raum durchkämpfen kann. Aber für den Jungen reicht es. Er zwängt sich durch die enge Luke und läuft, was das Zeug hält.

Nach einer Weile muss er anhalten, verpusten. Er ist wirklich schwach, er sollte mehr essen. Aber es schmeckt ihm nicht, obwohl sein Bauch oft knurrt. Schon nach einem Bissen schnürt sich sein Magen zu wie ein Sack, den man zugebunden hat. Aber wenn er jetzt ab und zu zum Fußball mit den Jungs geht, dann schmeckt es sicher. Er wird es Herma sagen. Dass er mehr essen kann, wenn er zum Fußball geht. Essen ist immer ein Argument für sie.

Der Junge überquert die Hauptstraße und biegt an der alten Eiche in den Überweg der Schule ein. Als er auf den Schulhof tritt, sieht er noch niemanden, er ist zu früh von zu Hause losgelaufen. Die Uhr zeigt erst halb drei, er hat also noch etwas Zeit. Der Junge setzt sich hin und atmet langsam ein und aus. Er weiß noch gar nicht, wie er gleich das Fußballspiel durchhalten will. Im Sportunterricht hat er heute schon nach zehn Minuten aufgeben müssen. Wenn er zu Hause spielt, kann er das Tempo bestimmen, ruht sich immer wieder aus.

Der Junge freut sich auf Wolfi und die anderen. Er hat so lange darauf gewartet, dass sie ihn fragen. Wahrscheinlich hat er sich im Leben noch nie so sehr auf etwas gefreut.

„Komm, wir wollen weiter!", hört der Junge eine Stimme. Er öffnet die Augen, die noch immer vor Anstrengung brennen.

Er blinzelt in die Sonne. Eine junge Familie läuft lachend über den Platz. Die Frau trägt ein helles Kostüm und hohe Schuhe. Sie hat sich ein großes, buntes Tuch gekonnt über das Haar geschwungen, unter dem die Hand eines ganz in Grau gekleideten Mannes ruht. Seine Finger spielen mit den Zipfeln des Tuches, er weicht selbst im Gehen nicht einen Zentimeter von ihrer Seite. Vor ihnen tanzt ein kleines Mädchen, das jetzt begeistert das Spielgerüst erklimmt.

„Fang mich!", ruft es, aber keiner der beiden rührt sich. So springt es in den Sand und klettert rasch wieder hinauf. Der

Junge kann den roten Knautschlackmantel zwischen den Stäben gut ausmachen.

Er geht ein Stück näher, lässt die drei nicht aus den Augen. Hin und wieder zieht er seine Trainingshose hoch.

„Guck mal", sagt das Mädchen und lugt zwischen den Stäben hervor. „Der Junge da. Der ist aber mager. Sieht aus wie der König Kalle Wirsch! Nur mit schwarzen Haaren."

Das Mädchen hat eine dünne Stimme, aber der Junge mag sie. Sein Herz hüpft etwas schneller. Sie ist anders als die Zicken in seiner Klasse, obwohl die Bemerkung alles andere als nett gewesen ist. „Schwarzer König Kalle Wirsch!" Kalle Wirsch ist ein Gnom mit seltsam abstehenden Haaren, der in der Unterwelt lebt. Ein Erdmännchen!

„Das musst du nicht sagen!", tadelt auch schon die Mutter, die ihre Augen jetzt auch noch hinter einer überdimensionalen Sonnenbrille versteckt.

„Er sieht traurig aus. Ist wohl auch aus seinem Zuhause entführt worden, wie der König", sagt das Mädchen, springt erneut vom Klettergerüst und läuft auf den Jungen zu.

Die Mutter erhascht sie gerade noch am Ärmel des Mantels. Dann erkennt er die Frau. Trotz Brille, trotz Tuch, sie muss es sein! Sein Herz schlägt schneller. Der Treter hat nicht recht gehabt. Sie ist gekommen. Seine Mama. Bestimmt kann er dort wieder wohnen, jetzt, wo sie sich wiedergefunden haben. Sie hat ihn doch lieb gehabt, wollte ihn zurückholen. Und nun ist sie da. Sie sieht gut aus. Wenn sie diese Brille abnimmt, sind da bestimmt keine Tränen mehr.

„Mama!" Der Junge stürzt auf die Frau zu, die einen Schritt nach hinten zurückweicht. Er breitet seine dünnen Ärmchen aus und fliegt der Frau entgegen.

„Wer bist du?", sagt die Frau und nimmt die Brille tatsächlich ab.

„Weißt du nicht mehr … du wolltest kommen, mich da abholen …" Der Junge versucht ein Lächeln, aber es erstickt schon im Ansatz. Weil das Gesicht der Frau hart und versteinert bleibt, sie den Blick abwendet und zu dem großen Mann sieht, der verärgert den Kopf schüttelt.

Die Frau mustert den Jungen von oben bis unten, setzt die Sonnenbrille wieder auf und sagt: „Geh nach Hause! Ich kenne dich nicht. Weiß wirklich nicht, was du von mir willst."

Der Junge zieht seine Hose, aus der sich ein Zipfel des Unterhemdes gelöst hat, wieder hoch. „Aber, du hast doch …"

Die Frau hakt sich bei dem Mann ein, umschließt die Hand des Mädchens mit einem hastigen Griff. Sie gehen schnellen Schrittes davon. Das kleine Mädchen winkt dem Jungen noch zu. „Tschüss, kleiner König Kalle Wirsch! Bis später mal!"

Freitag, 7.4.

Hubert Lambacher war wie vom Erdboden verschluckt. Rothko fluchte.

Er war noch einmal ins Heim gefahren, hatte versucht, aus dem Pflegepersonal ein paar Infos herauszukitzeln. Doch Tanja Wildbruch hatte es meisterhaft verstanden, ihr Privatleben und den Job zu trennen.

„Sie hatte bestimmt seit einem halben Jahr keinen Freund. Sie wollte mit Männern nichts mehr zu tun haben, das hat sie mal gesagt“, hatte schließlich eine der Pflegerinnen fallengelassen. „Und so lange war sie ja auch noch nicht hier.“

Sie hatten alle Angst. Der Verdacht, Elfriede Lambacher sei keines natürlichen Todes gestorben, und der darauffolgende Tod ihrer Kollegin hatte alle vorsichtig gemacht.

„Wer war denn der letzte Freund?“ Rothko hatte zunächst nur Schulterzucken geerntet. Schließlich war dann doch eine Stimme zu ihm durchgedrungen, leise nur, aber mit der entscheidenden Info. Eine feste Beziehung hätte Tanja mal gehabt. Mit so ’nem Umwelttypen. Jedenfalls hätte der ziemlich ökomäßig ausgesehen. Da sei allerdings kurz nach ihrem Antritt in den *Sanften Wellen* Schluss gewesen.

„Name?“ Erst wieder Schulterzucken. Dann erinnerte sich die Stimme daran, dass er vielleicht im Wattenmeerhaus gearbeitet haben könnte. Weil Tanja dort auch oft rumgegeistert sei.

„Und der Lambacher?“, fragte Rothko. Er hatte aber nichts anderes erfahren, als er schon wusste: Lambacher war ein seltsamer Typ, weder unangenehm noch nett, irgendwie gar nichts. Seine Mutter dagegen war ein Drache gewesen.

Sehr erfüllend war das nicht. Es gab keinen konkreten Verdacht gegen Lambacher, nur die vage Aussage von Thiemo Hanken. Aber dass ein Sohn an seiner Mutter hing, machte ihn noch lange nicht zum Mörder der zuständigen Pflegerin. Zu dumm, dass es keinen Hinweis darauf gab, wer damals, nach dem Tod seiner Mutter, den anonymen Anruf abgesetzt hatte. Das wäre vielleicht ein Weg gewesen.

Rothko kaute am Stiftende, schmiss ihn dann hin. Nicht mal den Dauerlover hatte er ausfindig machen können. Im Wattenmeerhaus wusste auch keiner, wer mal mit Tanja zusammen gewesen war. Vielleicht war es ja gar kein Mitarbeiter aus Wilhelmshaven, sondern aus Dangast oder …

Rothko hatte seine Leute schon rumgeschickt.

„Horst? Hier ist wer."

Ins Zimmer trat ein langhaariger, mit kariertem Flanellhemd bekleideter Mann. „Ich bin Sven Wichmann. Sie suchen mich, wegen der Tanja! Hab ich gehört."

Rothko konnte es nicht fassen. Eine Spur im Leben dieser Frau!

„Setzen Sie sich. Kaffee?"

Sven nickte. Er roch nach Kuhstall und Meer.

„Wann waren Sie mit Tanja Wildbruch zusammen?"

Sven kratzte sich am Kopf. „Ist noch kein Jahr her. Hat aber nicht geklappt, passte nicht mehr!" Er nahm einen Schluck Kaffee und zuckte zurück, weil er sich die Lippen verbrannt hatte. Seine Hände zitterten leicht, als er den Becher zurückstellte. Sven Wichmann war sichtlich nervös. „Bin ein bisschen fertig heute. Die Kuh hat gekalbt letzte Nacht, habe gar nicht geschlafen. Entschuldigen Sie!" Er versuchte ein Lächeln.

Rothko rückte ein Stück zurück, denn bei jeder Bewegung des jungen Mannes wurde er von einer weiteren Wolke des Kuhdunggeruches umnebelt. „Warum hat es nicht geklappt, Herr Wichmann?"

„Sie hatte einen anderen Typen, das hält doch keiner aus!" Sven zog ein Gummi aus seiner speckigen Hosentasche und band die Haare zu einem Zopf.

Rothko konnte irgendwie verstehen, dass Tanja diesen Kerl verlassen hatte. „Hat Sie das wütend gemacht?"

„Wütend?" Sven griff jetzt wieder in seine Tasche, holte ein Päckchen Tabak heraus und begann zu drehen. „Ich darf doch rauchen?"

Rothko holte ihm eine Untertasse, auf die Sven Wichmann aschen konnte. Dafür würde man ihn nachher wieder steinigen.

„Nein, ich war nicht wütend", sagte Sven dann bedächtig. „Sie war ja ein freier Mensch. Ich werde wohl nie wütend."

Er hatte die Zigarette bereits gedreht, das schien die einzige Handlung zu sein, bei der er so etwas wie Geschwindigkeit an den Tag legen konnte.

„Jeder wird mal wütend", sagte Rothko und musste bei dem Geruch, den der Gauloise-Tabak beim Anzünden verströmte, fast würgen.

„Wut ist ein zu großes Gefühl, wissen Sie!"

Dieser Sven machte Rothko langsam wahnsinnig. „Was haben Sie denn empfunden, Herr Wichmann, als Tanja Sie verlassen hat?"

Sven blies einen gekonnten Kringel. „Ich bin Landwirt, kein großer. Mehr so … klein, Bio. Nicht auf Wirtschaft und Gewinn ausgelegt, Tiere als Ware und so. Bin ja kein Kapitalist." Sven Wichmann lachte abgehackt.

Rothko dachte, dass er wirklich eher aussah wie ein Loser. „Gibt ja auch biodynamische Höfe, die die Tiere artgerecht behandeln, ökologisch vorgehen und trotzdem Gewinn bringen", konnte er sich nicht verkneifen zu sagen. „Ist voll im Kommen." Sven Wichmann schien ja noch in den achtziger Jahren festzustecken mit seinen Philosophien.

Dann hakte Rothko noch einmal nach. Mit seinem Ablenkungsmanöver würde Wichmann nicht davonkommen. „Was haben Sie denn nun empfunden?"

Sven lehnte sich zurück und schlug die Beine übereinander. „Tja, was empfindet man da?" Er zuckte mit den Schultern. „Ich wollte was aufbauen mit ihr, dachte an was Gemütliches. Kleiner, verwunschener Selbstversorger-Hof, Bioladen. Frau, Kinder. Tanja wäre die Richtige gewesen, versteh'n Sie?" Sven Wichmann kaute auf irgendwas herum.

Rothko fragte sich, ob es ein Rest seiner letzten Mahlzeit sein könnte. Ob dieser Kerl auch zu Tanjas Zeiten so widerlich gewesen war? Er konnte es sich, nach den Erzählungen über Tanja, nicht vorstellen. Es hätte nicht gepasst. Der Mann musste nach der Trennung böse abgestürzt sein. „Das Gefühl können Sie also nicht beschreiben?"

„Mir ging es scheiße.“ Sven knibbelte mit den Zähnen an seiner Nagelhaut herum, bis er ein Stück abgebissen hatte.

Rothko wechselte das Thema, jetzt schien der Knabe doch arg angefasst zu sein. „Hatten Sie denn Gemeinsamkeiten?“ Neugierig beugte Rothko sich vor.

„Die Natur, das Wattenmeer. Tanja und ich hatten es mit Vögeln.“ Sven Wichmann lachte heiser über seinen Witz, aber da Rothko sich dem Lachen nicht anschloss, verstummte er rasch wieder. „Und heiraten wollten wir. Obwohl das eigentlich spießig ist.“

„Aha.“ Rothko war kein Stück weiter. „Und woher kannten Sie sich?“ Er rückte wieder ein Stück vom Schreibtisch ab, der Stall- und Zigarettenduft dieses Typen war unerträglich.

„Ich hab mal eine Zeit im Wattenmeerhaus eine Art Praktikum gemacht. Rein aus Interesse. Nur so, weil ich das wichtig finde, wenn man sich als zukünftiger Öko-Landwirt mit all den Sachen auskennt. Gelernt habe ich ja die normale Landwirtschaft. Von der Pike auf. Aber das will ich ja nicht weitermachen. Sagte ich ja schon. Dachte eben, Wissen über den natürlichen Lebensraum neben meinem Hof schadet nicht. Wissen Sie …“

Rothko unterbrach den wirren Redefluss. „Und vom Wattenmeerhaus kannten Sie Tanja.“

„Jou, genau so ist das.“

„Wer war denn Ihr Nachfolger? Oder kennen Sie den nicht?“, hakte Rothko gleich nach, bevor dieser Kerl sich weiter umständlich über seinen Pseudo-Hof auslassen konnte.

Sven Wichmann fummelte sich umständlich einen Tabakkrümel von der spröden Lippe, der sich in einem Hautfetzen verfangen hatte. Am liebsten hätte Rothko die Worte aus ihm rausgeschüttelt, um ihn aus seiner Lethargie zu reißen. Er nahm wieder seinen Kugelschreiber und begann rhythmisch auf den Tisch zu klopfen. Das half fast immer, machte die Leute nervös und brachte sie schließlich zum Reden.

Sven ließ sich nicht aus der Ruhe bringen. Er nippte erst noch am Kaffee, zog die Stirn kraus und schien nachzudenken. „Ich habe mich da ja nun nicht mehr drum gekümmert.“

„Und das soll ich Ihnen glauben, Herr Wichmann? Sie hatten Hoffnung, dass diese Frau sie heiratet!"

„Jou", kam es recht rasch. „Das hatte ich. Sie war ja auch wunderschön!"

„Ich muss Sie das fragen, Herr Wichmann: Wo waren Sie am 20.3. gegen Abend? Um diese Zeit ist Tanja Wildbruch ermordet worden."

Sven rückte den Stuhl gerade, nippte wieder am Kaffee und inhalierte tief einen kräftigen Zug. „Weiß ich so spontan nicht", sagte er dann. „Muss ich mal im Kalender schauen."

„Ich glaube, Sie verkennen den Ernst der Lage, Herr Wichmann." Rothko war kurz vorm Platzen. „Sie sind schon ... sagen wir, im Bereich der Tatverdächtigen."

Sven Wichmann schüttelte energisch den Kopf. Das war die erste spontane Reaktion des Mannes. „Ich bin kein Mörder. Ich habe Tanja geliebt."

„Eben."

***

Rothko warf seine einzelnen Notizzettel von einem Haufen auf den anderen. Es war wie verhext. Dieser Sven Wichmann erschien ihm dumm wie ein Knäckebrot.

Schließlich hatte er aber, nach stundenlangem Verhör, endlich fallen lassen, dass Tanja ihn wegen Thiemo Hanken verlassen hatte. Wie lange das gegangen war, wusste er auch nicht. Nur dass Tanja damit geprahlt hatte, dass ihr nun der Chef zu Füßen läge. Was natürlich etwas ganz anderes war als der Bauer Sven Wichmann, der nie so einen smarten Dress tragen, geschweige denn mit einem Cabrio durch die Gegend fahren würde.

Dass Thiemo Hanken verheiratet war, hatte Tanja nur am Rande gestört.

Dann hatte Sven noch einmal über sein Alibi nachgesonnen. Er war zu dem Schluss gekommen, dass er auch diese Nacht im Stall verbracht hatte, weil die Bine gekalbt hätte. Den Tierarzt hätte er gegen Mitternacht angerufen. Der war auch gekommen und hatte geholfen, dass alles glatt ging.

Doch um 24 Uhr war Tanja Wildbruch mit an Sicherheit grenzender Wahrscheinlichkeit schon tot gewesen.

Rothko malte um Tanja Wildbruchs Namen herum andere Namen auf ein Blatt Papier:

Hubert Lambacher war noch immer tatverdächtig, weil er nicht auffindbar war. Er hätte Tanja aus Hass wegen des Todes seiner Mutter getötet haben können. Sven Wichmann war ihr Verlobter, war von ihr betrogen worden. Er hatte kein Alibi, außer dieser kalbenden Kuh.

Und nun tauchte im Personenkreis der smarte Thiemo Hanken auf, der nichts Besseres zu tun hatte, als wiederum Hubert Lambacher anzuschwärzen. Dieser Hanken hatte trotzdem zur Zeit kein Motiv. Vielleicht fand sich eines, wenn er ihm mal auf den Zahn fühlte. Rothko raffte die Zettel zu einem Stapel zusammen. Er war ausgebrannt, aber er war ein gutes Stück weitergekommen. Es war immer gut, die Spürnase in alle Richtungen auszustrecken.

1976

Langsam löst sich die erste Feder. Es fühlt sich gut an, sie mit einem Ruck aus dem Gefieder zu ziehen. Der tote Vogelkörper zuckt jedes Mal zusammen, als würde er noch tiefen Schmerz empfinden. Eigentlich tut er ihm leid. Tot zu sein ist ein seltsamer Zustand. Man ist da und doch weit entfernt.

Er rupft weiter. Keine fünf Minuten später liegt ein Berg weißer Federn auf dem Boden. Sie sind weich, fühlen sich freundlich an.

Er denkt an das Haar des Mädchens, das um ihr Gesicht geweht ist. Sicher fühlt es sich genauso an. Federleicht. Sie hat eine schöne Stimme gehabt und ihn Kalle Wirsch genannt. Das ist reichlich frech gewesen, König Kalle Wirsch ist nicht schön. Aber er ist ein netter und vor allem ein starker König. So fühlt der Junge sich doch geschmeichelt. Irgendwann wird er sie wiederfinden. Irgendwann. Bei dem Gedanken klopft sein Herz schneller.

Er schaut auf den gerupften Vogelkörper, der nur noch von den Daunen bedeckt ist. Tot. Das Tier ist tot, sein Leben von einer Sekunde auf die andere ausgehaucht. Geht schnell, so etwas. Aber die anderen Möwen, die Freunde des Tieres, kreischen einfach so weiter, segeln, als sei nichts geschehen. Es kümmert sie gar nicht. Später wird es Abend werden und wieder Morgen und dann wieder Abend. Es wird regnen und dann wieder die Sonne scheinen, es wird stürmen und es wird wieder aufhören. Eine ewige Wiederholung von Gesetzen, die keiner beeinflussen kann. Der Vogel ist tot. Verschwunden, weg und auch schon vergessen.

Ob es bei seinem Tod auch so sein wird? Der Junge ist sich sicher, dass keiner lange um ihn trauern wird, wenn überhaupt. Er wäre dann kalt und starr und die Nacht würde den Tag ablösen und so weiter. Der Frühling, der Sommer, der Herbst, der Winter, alles würde seinen geregelten Gang gehen, nur ohne ihn. So wie ohne die tote Möwe auf seinem Schoß.

Herma würde ein bisschen weinen, ein ganz kleines bisschen.

Dann ein Begräbnis arrangieren und es würden auch welche kommen. Aber wirklich merken, dass er weg war, würde keiner. Nach der Beerdigung gingen alle nach Hause, äßen, schliefen und fänden ihren Rhythmus wieder. Auch Herma.

Die Hand des Jungen ruht auf der Brust der toten Möwe, sucht nach einem Funken Leben, der noch vor gar nicht allzu langer Zeit in ihr gewesen ist. Vor einer Stunde ist sie noch kreischend durch die Luft gesegelt, hat sich am Wind erfreut. Der Wind streicht noch immer über den Himmel, treibt die Wolken an. Die Möwe ist fort, fliegt nicht mehr mit und es ist egal. Völlig egal. Sie fehlt nicht im Gefüge da draußen.

Ob die Kinder in seiner Klasse traurige Lieder singen würden, wenn er tot wäre? Vielleicht eines oder zwei. Und dann wäre auch da alles wie vorher. So gesehen, würde sich sein Tod nicht sehr von dem der Möwe unterscheiden.

Der Junge starrt noch immer auf den gerupften Vogel auf seinem Schoß. Warum ist er denn überhaupt in die Falle gegangen? Die Hand greift wieder nach dem leblosen Körper, rupft ruckartig die feineren Daunen ab. Dabei schleudert der Vogelkopf mit dem gelben Schnabel rhythmisch hin und her.

Als die letzte Feder zu Boden segelt, lässt er die Möwe fallen. Er tritt sie mit dem Schuh zur Seite.

Er weiß auch nicht, weshalb er das getan hat. Der Junge beginnt zu schluchzen und gräbt dem Vogel ein Grab.

Montag, 10.4

Es war doch schon richtig heiß hier. Kein Vergleich zu den zaghaften Frühlingstemperaturen, die noch in Norddeutschland herrschten. Dort freute man sich schon über einen regenfreien Tag und holte sich Zweige in die Wohnung, damit es zu Ostern wenigstens etwas nach Frühling aussah.

Hubert spazierte ohne Jacke am Plage de Pampelonne entlang. Linker Hand waren die Touristenströme auch um diese Zeit nicht mehr zu bremsen. Er wandte sich nach rechts, wo der Sandstrand in einer Felsenbucht endete und die Klippen von Cap Camarat begannen, auf denen der Leuchtturm abends sein Licht kreisen ließ.

Hubert kletterte schnaufend über einen schmalen Pfad, unter sich das ruhige Mittelmeer.

Die letzten drei Tage hatte der Mistral arg gewütet. Es war zwar nicht kalt, aber doch recht windig gewesen, sodass die weißen Schaumkronen mit Wucht gegen die Felsen donnerten. Hubert hatte die Wellentäler als bedrohliche Schlunde empfunden. Nachdem er fast vom Felsen geweht worden war, hatte er das Meer dann lieber von seinem Balkon aus betrachtet und seine Spaziergänge in die Weinberge verlegt, wo er etwas geschützter war.

Aber nun spiegelte die Landschaft den friedlichen Côte-d'Azur-Charakter wider, in den er sich spontan verliebt hatte.

Hubert gelangte zu einer kleinen Bucht, in der sich ein Liebespärchen vergnügte. Er setzte sich oberhalb der beiden, ein bisschen vom Felsen verdeckt, und schaute ihnen zu.

Die junge Frau und der Mann waren zu einem Knäuel geworden. Ihr hochgeschobenes T-Shirt gab eine kleine Apfelbrust frei. Hubert ergötzte sich an dem Gerangel, das ihm die beiden dort lieferten. Er spürte ein Kratzen im Hals, das sich zu einem Hustenanfall auswuchs. Als der erste Huster kam, sprangen sie erschrocken auseinander und liefen hinauf zu ihrem Haus.

Hubert kletterte noch ein bisschen weiter. Der Pfad endete

schließlich vor einem großen Zaun. Jenseits dieser Befestigung wohnte die High Society, deren Angehörige teilweise sogar mit Hubschraubern zu ihren Anwesen flogen.

Er spähte durch die Blätter der Büsche, die kleine dunkle Schatten auf dem Boden tanzen ließen. Ein Reigen der Fröhlichkeit und Unschuld. Der Wind spielte in dem Gewirr aus Ästen und Blättern zusammen mit dem Schnarren der Zikaden sein eigenes leise rauschendes Lied, wurde aber immer wieder vom Brechen der Wellen unterbrochen.

Eine Kinderstimme riss Hubert aus seinen Betrachtungen. Kleine, speckige Beine erklommen den Felsen. Hinterdrein krabbelte eine füllige Mami mit blumenbedrucktem Badeanzug, der ihre darunterliegenden Speckrollen nur schwer verbarg. Sie rief etwas auf französisch, das Hubert nicht verstehen konnte. Das Kind gehorchte sofort, und sie verschwanden hinter der Felskuppe.

Hubert war wieder allein. Es war seltsam, wie sehr er diesen Zustand auskostete. Nie hätte er sich vorstellen können, ohne seine Mutter zu sein. Aber hier am Meer genoss er es manchmal sogar. So lange, bis das schlechte Gewissen ihn packte und schüttelte, bis er irgendwo zusammenbrach und den Namen seiner Mutter stammelte.

Sie beide hatten einfach nicht so viel Zeit miteinander gehabt, wie es gut gewesen wäre. Aber jetzt, wo Hubert hier stand, den weichen und salzigen Geruch des Meeres in sich aufsog, war er sich gar nicht mehr sicher, ob er die Kraft gehabt hätte, noch viel mehr Zeit mit ihr zu verbringen. Er wäre irgendwann gegangen. Endgültig, weil er es nicht mehr ausgehalten hätte.

Ihre Worte waren oft spitz wie Nadeln gewesen. Sie konnte nicht zufrieden sein. Jedenfalls nicht mit ihm, sonst hätte sie ihn damals nicht allein gelassen. Wenn er ein gutes Kind gewesen wäre. Was hatte er sich als kleiner Junge nach ihr verzehrt … Als sie ihm dann, als fast erwachsenem Mann, endlich die Hand gereicht und ihn zur Kenntnis genommen hatte, war er ihr verfallen, hätte sein Leben für sie gegeben. Er durfte sogar in ihrem Bett schlafen, den Kopf an die üppige Brust gelehnt.

Aber auch da ließ sie immer wieder durchblicken, dass sie

ihn für einen Versager hielt. Vor allem, weil er sich wie ein Säugling an ihr festklammerte.

Hubert merkte, dass es nicht der Wind war, der ihm die Tränen in die Augen trieb. Mehr als die Berührung ihrer Brust hatte sie nie geduldet. Er verzehrte sich jedoch nach der ganz großen Liebe zu ihr.

Als er schließlich begriffen hatte, dass er seine Mutter nie so lieben konnte, wie er es wünschte, war er in die verschiedenen Bordelle gefahren, hatte versucht, sich dort auszutoben. Aber bei all den Frauen, die er ausgesucht hatte, weil sie seiner Mutter ähnlich waren, hatte er nie gekonnt. Es war, als hätte Elfriede Lambacher ihm eine sexuelle Sperre auferlegt.

Dann hatte er Tanja im Heim gesehen. Sie war ein anderer Typ als seine Mutter, zierlich, sportlich und schmal gebaut. Trotzdem hatte er sich zu ihr hingezogen gefühlt, ihre Wege verfolgt und sie beobachtet, wenn sie es mit diesem langhaarigen Bauern im Auto auf Parkplätzen trieb, obwohl sie doch ein Zuhause hatten. Sogar ihre Lustschreie hatte er durch das geschlossene Fenster gehört. Mit ein bisschen Glück hatte er manchmal sogar einen Blick auf die wunderschönen Brüste erhascht, die so einzigartig anziehend gewesen waren.

Hubert hatte kein schlechtes Gewissen gehabt, sie zu beobachten, schließlich waren sie ja nicht besonders vorsichtig gewesen.

Wenn er genug gesehen und sich für den Moment ausgeruht hatte, hatte er an der nächstbesten Bar gehalten und dort den süßen Atem der Frauen genossen, wenn sie ihn mit den roten Lippen streiften. Er nahm sich stets einen Tanja-Typ, und konnte endlich das sein, was einen Mann ausmachte. Aber trotzdem, ihm fehlte der Kick, das, was er sich unter Ekstase vorstellte. Und so hatte er ruhelos weitergesucht. Wie ein Wolf, der sein Rudel verloren hatte.

Durch Zufall war ihm in einem Club in Wilhelmshaven Larissa begegnet. Eine Nutte mit üppiger Oberweite, tiefer Stimme und einer Peitsche in der Hand. Sie hatte ihn erniedrigt, bis er so aufgeheizt war, dass ein einziger strenger Blick von ihr genügte und er die Befriedigung empfand, nach der er bislang vergeblich gesucht hatte. Hubert hatte seine Bestimmung gefunden und brauchte seitdem weder Tanja noch eine der blonden Prostituierten, die ihr so ähnlich waren.

Er war am Sandstrand angelangt und wandte sich zum Meer. Hubert zog seine Schuhe aus. Er ließ das Wasser mit seinen Zehen spielen. Immer tiefer grub sich der Fuß im Sand ein, das leise Kribbeln unter den Fußsohlen tat ihm gut. Eine stärkere Welle durchnässte sein aufgekrempeltes Hosenbein. Er fröstelte etwas, denn die See war noch nicht allzu warm. Hubert verließ das Wasser und setzte sich ein Stück strandaufwärts in den Sand. Die dicke Mami trampelte noch immer hinter dem speckfüßigen Kind her. Sie nervte ihn mit ihrem schnellen Gebrabbel, das er nicht verstand. Auch das Kind wirkte nicht so, als sei es von ihren Tiraden begeistert. Aber immerhin freute sie sich über die Sandkuchen, die das Kind ihr brachte, tat so, als würde sie essen und als schmeckten sie ihr sogar.

Das wäre seiner Mutter nie eingefallen. Sie hatte sich nie über irgendetwas gefreut, das Hubert gemacht hatte. Niemals war etwas gut genug gewesen. Es war kein Lob gekommen, als Hubert seinen Abschluss gemacht, keines, als er es zum Oberstudienrat gebracht hatte. Er hatte ihr nicht genügt, einfach nicht genügt.

Trotz allem hatte er seine Mutter geliebt und gehofft, dass sie ihm eines Tages einmal sagen würde, dass sie stolz auf ihn sei. Dass er ihr wichtig war, denn sie hatte ja nur ihn und er kümmerte sich um sie. Jeden Tag.

Doch nun war sie tot, konnte es nicht mehr sagen, aber bestimmt hätte sie es irgendwann einmal getan. Bestimmt.

***

Thiemo starrte in sein Bierglas, in dem sich langsam der Schaum verlor. Was musste dieser Sven Wichmann auch quasseln … Vermutlich, um seine eigene Haut zu retten. Das Verhör war äußerst unangenehm gewesen. Mit dieser Liaison steckte er, Thiemo, nun auch im Kreis der Verdächtigen. Er hatte kein Alibi, das war klar. Keiner hatte auf die Uhr gesehen, als er die interne Geburtstagsfeier in den *Sanften Wellen* verlassen hatte, und Cäciliengroden lag fast auf dem Weg. Er war spät nach Hause gekommen. Dazu an einem Tag, an dem sich jeder andere Ehemann Urlaub genommen hätte, weil der Umzug angestanden hatte. Sonderurlaub wäre sogar drin gewesen.

Aber er hatte keine Lust gehabt, den Umzug mitzumachen. Es wäre doch bloß wieder zum Streit zwischen Linda und ihm gekommen. Sie war in der letzten heißen Phase gereizt und hektisch gewesen. Da hatte er sich gedacht, sie könne es besser allein machen und er käme, wenn das Schlimmste vorbei war.

Dass er damit erst recht eine Krise heraufbeschwören würde, hatte er schließlich nicht vorhersehen können. Oder doch? Thiemo nippte an dem schalen Bier. Er deutete der Bedienung hinter dem Tresen an, dass ein Korn jetzt nicht das Schlechteste wäre.

Das Bier war bitter, es schmeckte ihm heute nicht.

Er hätte diese Eskalation ahnen können – wenn er nicht im Innersten noch Lebemann und Junggeselle gewesen wäre, sondern ab und zu begreifen würde, dass er nicht mehr allein auf der Welt war.

Linda und er – das war prickelnd gewesen, zu Beginn. Aber auch, als die erste Neugierde nachgelassen hatte, war da etwas geblieben, das ihn an sie fesselte. Sie war schon irgendwie seine Traumfrau, mal abgesehen von diesen esoterischen Spinnereien. Eigentlich hatte er sich ausgemalt, mit ihr noch ein Kind zu bekommen, ihrem Sohn ein guter Vater zu sein. Aber auf Dauer war es anstrengend geworden, weil Laurin ihn nicht akzeptierte. Jedenfalls nicht so, wie Thiemo es gern gehabt hätte. Niemals sagte er Papa zu ihm. Immer nur Thiemo. Dabei konnte er sich an seinen echten Vater gar nicht mehr erinnern. Thiemo hatte sich das alles so einfach vorgestellt. Er war Lindas Mann und so automatisch Laurins Vater. War aber nicht so. Vater war man nicht automatisch.

Als er deswegen mit Linda den ersten richtigen Krach gehabt hatte, weil sie meinte, es sei noch zu früh und er könne den Kleinen nicht so unter Druck setzen, da war er zu der Betriebsfeier gefahren und hatte das mit Tanja angefangen. Eine Zeit lang hatte er das gebraucht – und genossen. Trotzdem war es ein mehr als dummer Fehler gewesen, diese Affäre zu beginnen.

Thiemo kippte den Korn rein, schüttelte sich angewidert und bestellte gleich den zweiten. Er würde sich volllaufen lassen. Niemals durfte Linda von der Sache Wind bekommen. Es wäre das Ende. Das würde sie nicht aushalten. Zu Recht.

Die Befürchtungen, dass ihre Familie mehr mit dem Mord zu tun haben könnte, war ja so abwegig nicht. Immerhin hatte ihn mit der Toten doch mehr verbunden, als einen Chef mit seiner Angestellten verbinden sollte, verdammt.

Aber dieser Ausschnitt, den Tanja an dem Abend getragen hatte ... Die kleinen, dunklen Brustwarzen waren ihm ja fast entgegengesprungen. Dazu sein Alkoholnebel, der Blick dieser Augen ... Er hätte auch ohne den Streit mit Linda mit Tanja geschlafen. Gierig hatte sie sich ihm angeboten und er hatte zugegriffen. Ohne zu überlegen, aus der Situation heraus.

Solange der wohlig kribbelnde Schauer nach diesem Freiflug zu den Sternen angehalten hatte, war er der Ansicht gewesen, dass dieser kleine Ausrutscher mit Tanja genau das war, was er in dem Augenblick brauchte. Doch noch in Tanjas Bett hatte sich das schlechte Gewissen eingestellt. Er hätte damals aufstehen, einfach gehen und nie wiederkommen sollen. Doch Thiemo war eitel. Er liebte es, so angehimmelt zu werden. Deshalb war er immer wieder bei Tanja aufgekreuzt.

Hanno hatte ihm geholfen, den Spaß geheim zu halten. Er stellte Thiemo sein Auto zur Verfügung, während er sich mit anderen Kumpels im *Neustädter Hof* herumdrückte. Und Hanno hatte bis jetzt seine Klappe gehalten. Hauptsache, er tat es weiter, denn eigentlich kümmerte sich sein Freund ein bisschen zu viel um Linda. Die Blicke, die Hanno ihr zuwarf, gefielen Thiemo überhaupt nicht.

Aber der Sex das letzte Mal hatte ihn beruhigt. Linda hatte sich nicht anders benommen als sonst. Er würde es merken, wenn sie einen anderen hätte. Er selbst konnte sich verstellen, aber Linda? Nein, Linda bestimmt nicht.

Thiemo würgte sich den zweiten Korn rein. Er brannte heiß

in seiner Kehle, verätzte die Schleimhäute. Da musste er jetzt durch.

Wer wusste schon, wie diskret dieser Rothko sich verhalten würde? Er hatte Thiemo weder zu- noch abgesagt, seinen Mund zu halten.

Beim nächsten Korn schüttelte sich Thiemo schon nicht mehr so heftig. Alle weiteren Schnäpse glitten problemlos durch seine Kehle.

Es würde alles gut werden. Gleich nach Ostern waren die Ferien vorbei, dann musste dieser Lambacher nach Hause zurückkommen. Wenn er sich nicht vollends abgeseilt hatte, was dann aber einem Geständnis gleichkäme.

Thiemo schlürfte das schale Bier jetzt in einem Zug weg, bestellte noch drei Korn. Danach wusste er gar nicht mehr, warum er je an der Liebe zu Linda gezweifelt hatte. Er würde sie schwängern, wenn er wieder nüchtern war, und alles, alles würde gut.

***

„Wo bleibt Thiemo denn schon wieder?“, schimpfte Linda.

„Thiemo ist doof. Der soll bleiben, wo der Pfeffer wächst“, sagte Laurin und Linda blickte ihn erschrocken an. „Hanno ist viel lieber. Hanno soll mein Papa sein. Zu dem sag ich’s auch. Zu Thiemo nicht!“

Linda setzte sich zu Laurin auf den Boden. „Ich habe Thiemo ganz lieb, so was darfst du nicht sagen!“

„Sagst es ja selber. Dass er doof ist, weil er nie zu Hause ist.“ Laurin wandte sich wieder seinen Legosteinen zu. Linda fragte sich, ob sie vielleicht ein bisschen oft in Laurins Anwesenheit auf Thiemo geschimpft hatte.

„Ich liebe ihn trotzdem“, sagte sie leise.

Es klingelte. „Das ist Hanno!“ Linda wunderte sich wieder einmal, wie sehr sie sich über sein Erscheinen freute.

Laurin sprang auf und lief ihm entgegen. Er schlang seine dünnen Ärmchen um Hannos Hals und küsste ihn auf die Wange. „Bist du gekommen, weil du mich ins Bett bringen willst?“

Hanno lächelte. Er blickte Linda über Laurins Schulter weg an. „Auch", sagte er.

„Ich mach uns einen Tee", schlug Linda schnell vor.

„Ein Glas Rotwein wär mir lieber." Hanno hatte Laurin schon wie einen Sack über seine Schulter gehängt. Der Kleine trommelte mit seinen Fäusten auf Hannos Jeans herum, während er ihn nach oben trug.

Linda entkorkte eine Flasche Merlot. Von oben hörte sie das leise Brummeln von Hannos Stimme. Er las Laurin etwas vor. Linda räumte noch schnell die Wäsche aus dem Trockner, als wieder *Der Mond ist aufgegangen* ertönte und Laurin mit seiner heiseren Stimme einfiel.

***

„Das geht immer so fix bei dir mit dem Zubettbringen", sagte Linda, als Hanno bei ihr im Wohnzimmer saß. „Er mag dich!"

„Ich mag euch auch", sagte Hanno. „Viel zu gern mag ich euch!"

Linda wusste gar nicht, wo sie zuerst hinsehen sollte. Ihr Herz klopfte eine Spur zu schnell. Es war eine seltsame Mischung aus Abwehr und gleichzeitigem Hingezogensein. „Ist Sinje gar nicht da?", lenkte Linda ab.

Hanno räusperte sich. „Nein, sie ist unterwegs. Noch eine Kundin, weißt du …"

„Thiemo arbeitet heute auch wieder lange. – Hanno, darf ich dich mal was fragen?" Linda wusste auch nicht, welcher Teufel sie ritt, weshalb sie überhaupt an so etwas dachte, aber sie musste Gewissheit haben. „Weißt du, ob Thiemo eine andere hat? Er ist so … anders geworden, seit wir zusammen leben. Fremd, merkwürdig und eben immer weg."

Hanno stellte sein Glas ab und rückte näher. Dann umschlang er sie mit seinen Armen. Er küsste sie auf den Scheitel und wiegte sie hin und her. „Wie kommst du darauf?" Hanno streichelte über Lindas Schulter.

Groß und kräftig wie er war, verschwand sie fast in der Umarmung. Sie kuschelte sich noch etwas dichter an ihn. „Er ist so … kalt. Und so wenig hier!"

Hanno schwieg. Linda dachte, so könne man auch sagen, dass sie recht hatte.

Aber ihr fehlte die Kraft, weiter nachzuhaken, und so schlief sie in seinen Armen ein.

***

Linda erwachte, weil sie fror. Die Decke war von ihrem Körper gerutscht, sie lag auf dem Sofa im Wohnzimmer. Nur das Ticken der Uhr durchbrach diese merkwürdige Stille. Hanno war fort.

„Thiemo?" Linda stand auf. Aber auch von Thiemo war nichts zu entdecken, dabei war es bereits nach drei.

Linda sortierte ihre Gedanken. Sie war weinend in Hannos Armen eingeschlafen. Er hatte sie leicht geküsst, nicht wie ein Liebhaber, eher wie ein guter Freund – und sie hatte es genossen. Irgendwann war Hanno gegangen. Nach Hause, zu Sinje. Wo er hingehörte.

Lindas Gesicht spannte sich unter dem getrockneten Salz, das die Tränen hinterlassen hatten.

Sie legte sich auf den Rücken und starrte zur Decke, die sie im fahlen Mondlicht gut ausmachen konnte. Die Umrisse des Schrankes wirkten düster und warfen drohende Schattierungen auf den Laminatboden. Linda stand auf. Sie blickte aus dem Fenster in die Nacht. Die Bäume des Friedhofes streckten ihre noch nicht vollständig mit Blättern bestückten Äste in den Himmel, als wollten sie nach den Sternen greifen, um etwas mehr Freundlichkeit auf diesen Platz zu ziehen. Der Mond war schon gut gerundet, aber bizarre Wolkengebilde verzerrten seine Umrisse immer wieder und ließen ihn manchmal ganz verschwinden. Die Baustraße lag verwaist da. Eine übrig gebliebene Pfütze spiegelte einen schmalen Streifen Mond und gaukelte Licht vor, wo keines war.

Linda fröstelte bei der Stille, die sie umfing und einschloss wie ein klebriges Spinnennetz, aus dem sie sich nicht so rasch befreien konnte. Sie war so allein – und Thiemo war noch immer nicht zurück.

Linda war sich selbst nicht ganz im Klaren, ob sie darüber jetzt sauer oder eher verängstigt war. Es war eine Mischung aus beidem. Gepaart mit der bodenlosen Furcht, dass dies alles ein Ende sein könnte. Ein Ende von einem Traum, den sie beide gewagt hatten zu träumen. Den sie versucht hatten, umzusetzen, zu leben und aus dem sie schon so rasch aufgewacht waren. Warum funktionierten Träume nur bei anderen? Hanno und Sinje schafften es doch auch, obwohl ihr größter Wunsch, der nach einem Kind, nicht in Erfüllung gehen konnte.

Linda wollte gerade die Gardinen zuziehen, sich wieder hinlegen und einfach nicht weiterdenken müssen, als sie draußen einen Schatten sah. Es war nur ein Moment, nur kurz und nur im Winkel des Auges. Und doch war er so präsent, dass sie nicht daran zweifelte, dass er dagewesen war.

Die Metallringe an der Gardinenstange schepperten, als Linda an der Vorhängen riss. Dann hielt sie inne und merkte, dass ihre Hände zitterten. Sie hörte ihr Herz wie einen Bass, der alles, wirklich alles übertönte. Linda drückte sich in die Fensternische. Sie bemühte sich, ihren Atem wieder regelmäßig fließen und das Herz im Takt schlagen zu lassen. Vorsichtig steckte sie ihre Nase durch den Stoff, aber das Grundstück lag still und verwaist da. Es war keine Bewegung zu sehen. Trotzdem zitterten Linda die Beine. Sie schlich zum nächsten Fenster. Ruckartig riss sie wieder an den Vorhängen, wollte sich vor Blicken schützen, die sie von draußen wie mit tausend Augen zu durchdringen versuchten, sie lähmten. Und in ihr eine Angst hervorriefen, von der sie geglaubt hatte, sie niemals verspüren zu können.

Linda krabbelte jetzt auf allen vieren durch die Zimmer und zog die restlichen Gardinen zu. Sie stieß mit den Füßen gegen die Ecken, zerriss sich an einer nicht ganz hereingedrehten Schraube der Fußbodenleiste die Jogginghose und merkte nicht, dass die dabei entstandene Wunde zu bluten begann.

Als sie alle Gardinen und Rollos geschlossen hatte, ließ sie sich auf einen der Esszimmerstühle fallen. Sie lachte. Ihre Stimme klang hohl, touchierte die Wände. Es schien, als springe der Hall von einer Ecke zur anderen und attackiere sie in der

Mitte auf dem Schnittpunkt. Wieder musste Linda erst warten, bis ihr Herz nicht mehr aus dem Hals zu spingen versuchte und ihr Ausatmen nicht mehr dem Hecheln eines Hundes glich.

Schließlich konnte sie nicht mehr schlucken, ein dicker Kloß versperrte ihr den Hals, sog jeglichen neu gebildeten Speichel in sich auf, ließ ihre Schleimhäute vertrocknen.

Linda schlich in die Küche, wo noch keine schützenden Vorhänge angebracht waren. Sie hielt sich dicht an den Schränken, griff mit langem Arm zur Wasserflasche und zog sie zu sich herüber.

Das kalte Nass rann durch ihre Kehle und glättete die Spröde ihrer Mundhöhle. Mit jedem Schluck versuchte sie sich einzureden, dass es draußen doch nur ein Schatten, ein Spiel ihrer Gedanken gewesen war. Sie hatte tief geschlafen, war aufgewacht und sicher noch nicht ganz Herr ihrer Sinne gewesen.

„Quatsch, Linda Hanken. Alles Quatsch. Du lässt dich von den Fantasiegebilden deines Sohnes arg beeinflussen." Linda stellte sich bewusst vor das Küchenfenster und füllte das Glas noch einmal auf. Dabei warf sie einen Blick auf die Uhr. Es war gleich halb vier. Die Gedanken glitten jetzt ruhig und gleichmäßig durch ihren Kopf. Linda sah wieder klar. Ob sie Thiemo doch überhört hatte? Sie stellte das Glas auf die Spüle und rannte nach oben ins Schlafzimmer.

Die Decke lag sorgfältig gefaltet auf dem Bett, nicht eine Spur von Krausheit war zu erkennen. Einfach perfekt. Linda strich mit der Handfläche darüber, verharrte einen kurzen Augenblick.

Ein glattes Bett war eben kein Garant für ein glattes Leben. Wie von Sinnen zerwühlte sie es und schlug auf Thiemos Kissen ein. Es ging ihr verdammt mies in der letzten Zeit. Und er hatte den Schneid, eine ganze Nacht nicht nach Hause zu kommen, nicht einmal zu erwähnen, wo er sich herumtrieb. Linda schlug ein weiteres Mal zu. Der dumpfe Schlag nahm ihr ein bisschen etwas von der Ohnmacht, die ihr ein bohrendes Gefühl im Bauch verursachte und den Hals zuschnürte.

Sie lief weiter in Laurins Zimmer. Ihr Sohn schlief tief und fest. Linda setzte sich an sein Bett und verfolgte den ruhigen, leisen Atem. Hin und wieder huschte ein verstohlenes Lächeln über das Kindergesicht. Linda wünschte sich nichts mehr, allein schon für Laurin, als ein intaktes Familienleben. Vielleicht wäre Thiemo anders, wenn sie nicht immer so negativ denken, nicht hinter jeder Begebenheit einen Wink des Schicksals vermuten würde. Vielleicht überforderte sie ihn damit.

Draußen vor dem Fenster knackte es laut. Was war, wenn ... Linda sprang mit einem Satz vom Bett auf. Sie stürzte die Stufen nach unten, riss die Haustür auf und stolperte ins Freie. „Thiemo?“, rief sie halblaut. Es schien, als verschlucke die Nacht den Namen ihres Mannes. Es blieb still. Linda lief langsam um das Haus, als der Mond gerade wieder hinter einem grauen Wolkenband verschwunden war. Sie glaubte, jeder in der Nachbarschaft müsse ihren Herzschlag hören. Doch sie lief weiter, hoffte, das Thiemo irgendwo in der Ecke lag, ihretwegen gern auch sturzbetrunken, aber dann war er wenigstens da. „Thiemo?“, rief sie erneut. „Thiemo?“ Und wieder verhallte ihre Stimme.

Vom Friedhof her antwortete ein Kauz, und das kurze Krächzen einer Krähe schien den unheimlichen Ruf zu verspotten.

Linda zuckte zusammen und lief einen Schritt schneller. Dabei versank sie in einer modrigen Pfütze. Die Nässe überfiel sie so abrupt, dass sie sofort in kräftiges Zittern ausbrach. Linda zog den Fuß aus dem Nass und kämpfte sich weiter. Gleich hatte sie es geschafft, das Haus zu umrunden. „Thiemo!“, rief sie. Es klang hohl. Je näher sie der Haustür kam, desto sicherer wusste sie, dass der Schatten nicht Thiemo gewesen war. Wo auch immer er steckte, was auch immer er tat. Er war nicht hier.

Wie auch? Selbst wenn er betrunken gewesen wäre: Er hätte geklopft oder geklingelt, wenn er keinen Schlüssel gehabt hätte, sich nicht wie ein Dieb ums Haus geschlichen.

Als Linda wieder an der Haustür stand, sah sie sich noch einmal um. Aber da war nur der Wind, der die Äste der Friedhofsbäume umstrich und einige davon zum Singen brachte.

1978

Der Junge hat genug von ihr und von dem Mann. Der dreht ständig durch, nachdem er ihn die ganzen Jahre nur beachtet hat, wenn Herma Geld für ihn brauchte und er dann auf ihn schimpfen konnte.

Der Mann sieht ihn als Schmarotzer, als Schimmelpilz, der sich in seinem sauberen Heim eingenistet hat und nun einfach nicht mehr wegzubekommen ist. „Außerdem vergiftest du meine Frau", hat er zu dem Jungen gesagt. „Du machst sie krank."

Sonst redet er nie mit dem Jungen. Er ignoriert ihn. Wie man es halt macht, wenn man einer Sache nicht Herr wird und die Energie nicht in einem sinnlosen Kampf verschwenden will.

Aber nun bewacht der Mann den Jungen mit den Augen eines Tigers. Seine Schnurrhaare beginnen zu zittern, wenn der Junge sich auch nur die Jacke anzieht. Weil gleich Hermas hysterische Stimme ertönen und der Junge sie ignorieren wird.

Dann schlägt der Mann ihn, als wäre das ein Weg, ihn aufzuhalten. Keiner kann einen Menschen mit einer Handfläche aufhalten, nicht, wenn diese Handfläche nur den Nutzen hat, zuzuschlagen und zu zerstören.

Die Prinzessin ist mit ihrer Mutter nie mehr aufgetaucht. Aber der Junge hat noch die Stimme des Mädchens im Ohr. Jede Nacht begleiten ihn ihre Worte in den Schlaf. Jede Nacht schreckt er hoch von den Worten der bebrillten Frau: „Ich kenne dich nicht."

Es muss ein Missverständnis sein, sie hat ihn nicht erkannt. Also muss er die Prinzessin und seine Mutter suchen, alles klarstellen. Irgendwo müssen sie sein. Er wird nicht aufgeben, bis er sie gefunden hat.

Der Junge wälzt Telefonbücher, obgleich er nicht weiß, nach welchem Namen er sucht, hofft einfach, es zu spüren. Dann kramt er heimlich in den Aktenordnern, wenn keiner zu Hause ist. Doch er findet nichts. Oder er harrt stundenlang auf dem Schulhof aus. Aber sie kommen nie wieder vorbei.

Ablenkung findet er in der Clique, denn er gehört jetzt dazu. Es hat gedauert, bis sie ihn akzeptiert haben. Aber er hat sich angepasst. Der Junge raucht jetzt. Und ist als Mutprobe auf dem Dach der Turnhalle herumspaziert. Er hat sich alles getraut, obwohl er so schwach ist oder vielleicht gerade deswegen.

Wolfi hat ihn eingeschleust. Immer wieder Wolfi. Was hätte er ohne ihn gemacht? Wolfi hat ihm auch gesagt, dass er auf die Adoptiveltern nicht zu hören brauche. Weil sie ihm nichts zu sagen hätten.

Wenn sie Fußball spielen, gibt der Junge sich große Namen. Er ist Flohe oder Abramczik, Torschützenkönig. Manchmal.

Seitdem er in der Clique ist, mag der Junge auch essen. Er ist stärker geworden, gewachsen. Fast so groß wie Herma, die zudem immer kleiner zu werden scheint.

„Ich geb dich wieder ab!“, droht sie oft, aber das ist ihm egal. Er hat es bis hierher geschafft. Trotz allem. Alles hat er überlebt, da würde ihn auch das nicht mehr aus den Schuhen hauen.

Dienstag, 11.4.

Hubert Lambacher hatte etliche Stunden in ihrem Ohrensessel verbracht und den alten Geruch in sich aufgesogen. Der Stuhl roch nach seiner Mutter wie kein anderes Stück in ihrer Wohnung. Nicht mal die Nachthemden hatten sich ihr so angenähert wie dieser Sessel mit den seitlichen Kopfstützen und den goldenen Brokattroddeln am Sitz. Das kam wahrscheinlich daher, dass so ein Sessel nicht ständig gewaschen wurde, sondern Zeit seines Lebens mit den Ausdünstungen der darauf Sitzenden fertig werden musste.

Hubert kuschelte seinen Kopf tief in den roten Samt. Er dachte an seine Mutter, deren schöner Körper, dessen Geruch sich hier verewigt hatte, bereits ein Opfer von Mikroorganismen und schleimigen Erdbewohnern wurde.

Aber genau das geschah auch mit Tanja und das war gut so. Am Ende sahen sie nämlich alle gleich aus. Die Schönen, die Alten, die Hässlichen. Tot war tot.

Hubert holte sich ein Bier aus dem Kühlschrank. Es war gut, die Wohnung in diesem anonymen Hochhaus behalten zu haben. Sie lief noch unter dem Namen des Mannes, der hin und wieder vorbeigekommen war, und den Hubert nicht ausstehen konnte. Weil er dann nicht bei seiner Mutter im Bett schlafen durfte.

Eines Tages war der dann nicht mehr gekommen. Seine Mutter hatte gesagt, er sei zu den Wolken geflogen, hätte aber ein spendables Herz, das immer bei ihnen sei.

Da Elfriede als Untermieterin und später auch Hubert die Miete immer weiter pünktlich gezahlt hatten, sah der Vermieter, eine GmbH, wahrscheinlich keine Veranlassung, die Wohnverhältnisse zu hinterfragen. Und den Nachbarn schien hier eh alles egal. Es war ohnehin ein einziges Kommen und Gehen. Zwar war die Wohnlage nicht schlecht, aber welcher Mensch sehnte sich nicht danach, aus so einem Wohnsilo herauszukommen und die Luft und die Sonne nicht nur von einem winzigen Balkon aus zu schmecken.

Hubert jedenfalls genoss es, dass ihn hier niemand suchte – weil ihn hier keiner vermutete. Nicht einmal seine Schwester. Zu der hatte er ohnehin seit Jahren keinen Kontakt, es war einfach besser so.

Damals hatte er sich gefreut, sie kennenzulernen. Aber schon nach kurzer Zeit war dieses schale Gefühl aufgekommen, diese leise Abneigung, die man nicht offen äußern mochte, hatte man sich nach langer Zeit doch endlich gefunden.

Erst war es möglich gewesen, dem Gefühl mit einer gewissen Portion Humor zu begegnen. Aber Hubert war ihrer sarkastischen Art, die der seiner Mutter so unglaublich ähnlich war, nicht gewachsen gewesen. Er hatte ein derart devotes Verhalten an den Tag gelegt, dass sie sich immer mehr veranlasst gefühlt hatte, ihm ihre Spitzen in die Seite zu bohren. Schließlich war der Hass mit all seiner Hässlichkeit aus beiden herausgebrochen. Er hatte ein wütendes, nicht zu löschendes Feuer hinterlassen, das beiden nur die Möglichkeit gelassen hatte, einander vollends aus dem Weg zu gehen, wenn sie nicht darin verbrennen wollten.

Seine Schwester war dann nach Karlsruhe gezogen, hatte ihm zwar die Adresse für Notfälle gegeben, sich aber nie mehr hören lassen. Nicht mal zur Beerdigung war sie erschienen.

Er zog sich immer hierher in die Wohnung zurück, wenn er in dieser Stimmung war. Eine Stimmung, die ihn zerriss zwischen dem, was war, und dem, was nicht sein durfte. Und von dem er gedacht hatte, es würde mit dem Tod seiner Mutter nachlassen.

Hubert drückte seine Nase wieder in den Sessel. Er sehnte sich zurück ans Mittelmeer, wo ihn die verzehrenden Gedanken meist in Ruhe gelassen hatten, wo er sogar ein bisschen glücklich gewesen war.

Er war wegen des Fluges die ganze Nacht auf gewesen, nun brauchte er Schlaf. Die Rückreise aus Ramatuelle und die letzte Nacht forderten ihren Tribut. Hubert ging ins Schlafzimmer, von wo aus er einen guten Blick über die Stadt hatte. Ein großes Ehebett, mit einer gehäkelten Tagesdecke bedeckt, lud ihn ein, sich darauf fallen zu lassen und den verlorenen Schlaf nachzuholen.

Hubert machte sich nicht die Mühe, die Decke herunterzunehmen. Er plumpste hinein und umwickelte sich mit den Häkelmaschen.

***

„Ich bestelle Sie nur ungern her, aber ich wüsste schon gern ein paar Dinge über Ihren Mann", sagte Rothko.

Warum, fragte sich Linda. Warum wollte der Typ was über Thiemo wissen und warum von ihr? Sie sagte jedoch nichts, denn die letzte Nacht war der Horror gewesen. Thiemo war nicht mehr nach Hause gekommen, hatte aber gegen acht Uhr morgens angerufen, dass er nun im Büro sei, sie solle sich keine Gedanken machen.

„Wo warst du denn?", hatte sie Thiemo gefragt. Ganz ruhig, ohne Vorwurf in der Stimme. Das war Linda schwer genug gefallen. Sie hatte trotzdem nur eine lapidare Antwort erhalten: Es gäbe nichts in der vergangenen Nacht, das er ihr verschweigen müsse. Was aber wiederum nicht erklärte, weshalb er ihr dann nicht einfach sagte, wo er gewesen war.

Thiemo hatte aufgelegt und Linda allein gelassen mit dem Grübeln über nächtliche Schatten im Garten.

„Er kannte Tanja Wildbruch?", unterbrach Rothko ihre Gedanken.

„Das wissen Sie doch", sagte Linda und fand ihre Stimme so piepsig wie die einer kleinen Blaumeise. Sie räusperte sich, wollte einfach nicht noch kleiner werden. Schlimm genug, wie sehr sie sich seit dem Umzug nach Neustadtgödens verändert hatte. Es ging ihr beinahe noch schlechter als damals, als sie von Martin abserviert worden war.

Das lag an Thiemo und an seiner Art, sie neuerdings systematisch zu ignorieren. Und daran, wie er ihre Sachen, das Rutengehen, ihre Philosophien, aber auch ihre Ängste niedermachte. Es war ihre eigene Schuld, wenn sie sich klein machen, sich das gefallen ließ. Damit war nun Schluss.

Linda straffte ihre nach vorn gefallenen Schultern, holte Luft. Sie würde jetzt eigene Wege gehen, sich nichts mehr von Thiemo sagen lassen. Er sollte sie gefälligst so akzeptieren, wie sie war. Später würde sie mit ihrem Mann reden. Klartext. Sie liebte ihn, kein Zweifel, aber sie mussten wieder eine Linie finden und darauf gemeinsam entlanggehen. Aufgeben, nein, aufgeben wollte Linda nicht.

„Sie war eine seiner Angestellten. Eine von vielen", sagte sie schließlich mit wesentlich lauterer Stimme. Doch als der Blick des Kommissars sie streifte, wurde ihr sofort klar, dass er etwas anderes dachte. Rothko schaute sie an, schien jede kleinste Furche in ihrem Gesicht abzuscannen. Linda merkte, dass sie unter den kritischen Blicken wieder in sich zusammensackte. Sie sah heute verlebt aus, hexig und hohläugig, das wusste sie selbst. Aber musste dieser schreckliche Mann mit Augen, die Stecknadelköpfen ähnlicher waren als sonst irgendwas, ihr das so deutlich zeigen?

„Tanja war eine von fast hundert Mitarbeitern", versuchte Linda es wieder, aber ihre Stimme brach, klang lächerlich. Wieder schüttelte Linda über sich selbst den Kopf. Sie wohnten knapp drei Wochen zusammen und sie war wirklich dabei, als Mensch zu einer einzigen Katastrophe zu mutieren. Inhaltslos, armselig und marionettenhaft.

„Kannten Sie denn Frau Wildbruch?", fragte Rothko. Wieder durchbohrten sie diese Augen und blieben mit diesen dunkelblauen Stecknadelköpfen an ihr stecken. Jetzt merkte Linda, was dieser Mann wusste, aber nicht aussprach. Wahrscheinlich, um Thiemo zu schützen. Männer halt. So untereinander.

„Er hatte ein Verhältnis mit ihr?", fragte Linda.

Rothko wandte den Blick ab, durchwühlte verlegen seinen Ordner.

„Wann?"

„Schon im letzten Sommer", sagte Rothko. „Es ging nicht lange."

„Aber in jedem Fall zu lange!", sagte Linda. Sie piepste jetzt zwar nicht mehr wie ein kleines Vögelchen, aber auch diese dunkle Trostlosigkeit in ihrer Stimme war nicht geeignet, Selbstbewusstsein zu suggerieren.

Linda konnte es nicht mehr verhindern – sie begann zu schluchzen, leise und ohne Tränen. Es war einfach alles zu viel.

Rothkos Frage, wann ihr Mann denn an dem Mordabend nach Hause gekommen war, es sei ihr Umzugstag gewesen, wollte Linda nicht mehr hören. Das merkwürdige Weinen raubte ihr jede Möglichkeit zu sprechen und zu denken. Ihr Gehirn war leer, fühlte sich jeder Windung beraubt. Linda war froh, als der Kommissar ihr ein Taxi rief und sie zurück nach Hause bringen ließ.

***

Thiemo saß am Esszimmertisch und schaute Laurin zu, wie er seine lange Autoschlange aufreihte. Er spielte Stau. Die Polizei drängte sich durch die Automassen.

Thiemo hatte sich eher freigenommen, er musste mit Linda reden. Wegen der zerstörten Ruten. Und der Nacht. Es tat ihm schon leid.

Als er am Nachmittag nach Hause gekommen war, war das Haus verwaist gewesen. Aus einer Intuition heraus war Thiemo zu Sinje gelaufen und hatte dort Laurin vorgefunden.

Sinje hatte von gestern Nacht wohl nicht so viel mitbekommen, sie erkundigte sich nicht, wie es ihm ging oder Ähnliches. Vielleicht hatte sie auch nur keine Lust zu fragen.

Gestern Nacht war er abgestürzt, so schlimm wie noch nie in seinem Leben. Er hatte sich gar nicht nach Hause getraut und lieber immer mehr in sich reingeschüttet. Und dann: völliger Filmriss. Irgendwann war er bei Hanno im Gästezimmer aufgewacht. Der war die ganze Nacht an Thiemos Bett geblieben und hatte ihm die Eimer geleert. Als dann die Übelkeit nachgelassen hatte, war Thiemo eingeschlafen und pünktlich, wenn auch eher tot als lebendig, aufgewacht und ins Büro gefahren. Ohne bei Linda vorbeizufahren und „Guten Morgen“ zu sagen.

Ihre Ehe war ein Fiasko, von Beginn an. Mit seiner Verdrängungsmethode hatte er zumindest Linda eine Weile im Glauben lassen können, es sei alles okay. Er hatte noch immer die vage Hoffnung gehabt, alles mit dem Hausbau wieder ins Lot zu bekommen. Ein neuer Anfang halt.

Linda hatte mit ihren feinen Antennen trotzdem gespürt, dass etwas nicht stimmte. Der Tod von Elfriede Lambacher und der grausame Mord Tanja Wildbruch waren für sie ein Ventil für alle ihre Ängste und Befürchtungen gewesen.

Das Merkwürdige daran war nur, dass er Linda noch immer liebte. Sie fanden keine Basis, konnten aber auch nicht ohne einander sein.

In jedem Fall war er am Morgen mit seinem dicken Kopf einfach nicht in der Lage gewesen zu diskutieren. Sein Anruf aus dem Büro war das Höchste gewesen, was er hatte ertragen können. Er war ein Feigling.

„Du bist gar nicht mehr viel zu Hause, du Hornochse!" Laurin ließ zwei Autos aufeinanderkrachen. „Immer bist du woanders!"

Der Junge bekam mehr mit, als Thiemo gedacht hatte.

„Ich habe aber einen Freund, der dann kommt", sagte Laurin. „Und der hilft, wenn ich ihn brauche!"

Thiemo seufzte. Linda hatte sich Hanno und Sinje angeschlossen, es war schon fast unheimlich, wie sehr. Hanno kam oft hierher, um seine, Thiemos, Stelle einzunehmen. Er konnte es Linda nicht einmal vorwerfen, er hatte sich wirklich vor allem Wichtigen gedrückt. Weil er vor der Wahrheit, vor der Verantwortung, der Familie weglaufen wollte. Das sollte sich ändern. Wenn Linda gleich käme, dann würden sie reden, Dinge klarstellen.

Nur das mit Tanja wollte er für sich behalten. Es war besser, wenn es ungesagt blieb. Tanja war tot und es war vorbei.

Warum fanden die Deppen Hubert Lambacher denn nicht? Der war psychopathisch genug. Der ideale Täter.

Thiemo schlug mit der Faust auf den Tisch, dass Laurin erstaunt aufblickte. Verdammt, was war er für ein Idiot gewesen, sich mit dieser Pflegerin einzulassen! Die große Liebe wollte sie von ihm! Thiemo schnaubte leise. Große Liebe! Einmal exklusive Sahnetorte nach Obstboden, mehr hatte es für ihn gar nicht sein sollen. Dann war alles etwas aus dem Ruder gelaufen. Tanja hatte gedroht, es Linda zu sagen. Und im Heim zu erzählen. Da hatte er rotgesehen und eine eindeutige Ansage gemacht. In der Hinsicht fühlte Thiemo sich auch nicht schuldig. Er hatte ihr in der einen Beziehung gegeben, was sie wollte, und das andere war in seinen Augen nur eine Farce gewesen. Bestimmt hatte Tanja einen Lover nach dem anderen gehabt. Sie war irgendwie so ein Typ gewesen. Tanja Wildbruch, die mit ihren Kulleraugen jeden täuschen und verführen konnte. Er hatte, wie in seiner Junggesellenzeit, wieder nur mit dem Schwanz gedacht, dabei war Linda auf der Strecke geblieben. Und der kleine Zwerg da unten, der nichts nötiger brauchte als einen Vater. Der sich nun an den Nachbarn halten musste, weil Thiemo Hanken Fracksausen bekommen hatte.

Ein Taxi hielt vorn an der Straße. Linda stieg aus. Sie glich einem Nachtgespenst, das erschreckt worden war.

Thiemo öffnete ihr die Tür. Sie sah durch ihn hindurch, als sei er gar nicht da. Er nahm sie in den Arm, aber von Linda ging eine Kühle aus, die er an ihr noch nie erlebt hatte.

„Mami!“, schrie Laurin. „Thiemo hat mich schon von Sinje …“ Der Junge stockte, als er Lindas Gesicht sah.

Sie stieß Thiemo beiseite und ging nach oben.

***

Noch immer hatte sie nicht eine Träne geweint. Dieses haltlose und trockene Schluchzen machte ihr Angst.

Thiemo hatte nicht nur ein Verhältnis mit Tanja Wildbruch gehabt, er stand jetzt auch noch unter Mordverdacht.

Das Schlimmste aber war, dass nicht nur Rothko daran dachte – ihr selbst war die Idee sofort wie ein Blitz ins Gehirn geschossen und ließ sich einfach nicht mehr auslöschen. Linda hatte in Gedanken Thiemo mit Tanja gesehen. Und mit dem Blick, den er gehabt hatte, als er Lindas Rute und Pendel zerstörte. Nur, dass in ihrer Vorstellung stattdessen eine geknebelte, hilflose Frau am Boden lag.

Linda setzte sich im Bett auf und lehnte sich mit dem Rücken gegen das Bettgestell. Von wegen Hubert Lambacher! Da hatte ihr Ehemann wohl versucht, eine falsche Fährte zu legen. Thiemo war gerissen, verstand es meisterhaft, Dinge so zurechtzurücken, dass sie für ihn von Vorteil waren. Es hatte Zeiten gegeben, da hatte Linda genau das an ihm geliebt.

Dieser Lambacher war nur ein armer Irrer, der seine Mutter zu sehr vergöttert hatte. Sollte es ja geben, solche Ödipus-Typen. Aber ob die gleich die Pflegerin ermordeten, wenn die Mutter starb?

Linda legte ihre Arme um die Schultern. Ihr war so kalt wie noch nie.

Wie viel wahrscheinlicher war es, dass Thiemo sich mit seiner Ex- oder Noch-Geliebten getroffen hatte, es vielleicht zum Streit gekommen war und dann ... Linda merkte, dass das Schluchzen wieder losbrechen wollte. Thiemos seltsames Verhalten in der letzten Zeit, sein verändertes Wesen, wenn sie ihn auf den Mord ansprach, die negative Aura ... Alles ergab jetzt einen Sinn.

Und doch – er war ihr Mann. Der, mit dem sie eigentlich noch ein weiteres Kind haben wollte. Was sie sich da vorstellte, das konnte, es durfte nicht sein.

Linda versuchte, wieder ruhiger zu werden, aber sie konnte die quälenden Gedanken, die sie zerfraßen, nicht abschütteln.

Als Thiemo nach einiger Zeit klopfte, war sie trotzdem in der Lage, ihm die Tür zu öffnen.

„Komm runter, Linda. Ich habe Laurin schon ins Bett gelegt. Es ging ohne Schwierigkeiten. Ich habe es ihm erklärt. Dass wir reden müssen. Dringend."

Linda folgte Thiemo ins Wohnzimmer. Sie ließ sich mit verschränkten Armen auf den Sessel fallen. Auffordernd blickte sie ihren Mann an, suchte nach vertrauten Spuren in seinem Gesicht, nach dem einen Merkmal, das ihr deutlich machte, dass das alles nicht stimmte, es alles noch genauso war wie früher.

Aber sie fand es nicht. Seine Augen waren die eines Fremden.

1979

Herma hat ihn nicht weggegeben. Sie hat es irgendwann geschluckt, dass sie Fremde sind. Ihr Aufgeben in dieser Sache empfindet er als Erleichterung, obwohl es auch schmerzt. Weil er trotz allem gehofft hat, dass sie sich finden können. Aber er kann sie nicht so lieben, wie sie es möchte. Sie begreift einfach nicht, dass es nicht um sie geht.

Dann holt Herma sich eine Babykatze. Ein ähnlich armseliges Tier wie jenes, das damals im Baum vor dem Heim hing. Oft erwacht er nachts von dem kläglichen Miauen. Sie spricht zu dem Tier mit ihrer lieben und ruhigen Stimme. Er ist neidisch. Weil die Katze sie zurückliebt. Er versteht es selbst nicht.

Eines Tages hält er es nicht mehr aus, nimmt die Katze mit und bringt sie weit weg ins Silland zu einem Bauernhof. Er hofft, sie findet nicht zurück. Ihre gelben Augen fixieren ihn, als er davonradelt. Es bringt aber nichts. Die Katze kommt wieder. Schon drei Tage später ist sie wieder da und rollt sich auf Hermas Schoß zusammen. Sie liebkost sie und das Schnurren der Katze ist ein tiefes Brummen. Der Junge läuft hinaus und knallt die Tür.

Gleich nach dem Essen türmt er, um sich mit der Clique zu treffen. Sie machen Sachen, die nicht in Ordnung sind, aber das stört ihn nicht. Er hat zu oft Dinge erlebt, die nicht okay waren.

So manche Stunde sitzen sie auf dem Schulhof, rauchen und blödeln herum. Dabei muss er nicht an die Katze auf Hermas Schoß denken. Und an die Frau mit dem Tuch und der Brille. Und an das Mädchen, seine Prinzessin.

Doch dann kommt sie eines Tages wieder. Älter geworden, keine Mutter mehr im Schlepp, dafür eine Horde kichernder und kreischender Mädchen. Sie albern auf dem Gerüst herum. Er findet, sie ist die Schönste von allen. Vor allem, wenn sie rennt und ihre langen Haare rhythmisch auf dem Rücken hin- und herschwingen. Diese Bewegung beherrschen nur zwei Menschen. Sie und seine Mutter. Die Prinzessin ist ein Abziehbild.

Sie erkennt ihn nicht, denn schon lange rutschen ihm die Hosen nicht mehr über den Po. Er trägt die Haare jetzt schulterlang. Nicht mehr verwuselt, nicht mehr wie dieses Erdmännchen.

Der Mann findet die Frisur scheußlich, aber dem Jungen gefällt es gerade deswegen besonders gut. Sein aufreizendes Grinsen hat ihm ein paar Ohrfeigen eingebracht. Es ist ihm egal. Er hat längst gelernt, dass es schmerzhaft ist, auf der Welt zu sein.

Mittwoch, 12.4.

Linda hatte den ganzen Tag im Bett verbracht und sich erst eben erhoben, um sich etwas zu Essen zu machen. Laurin war schon morgens zu Jannes zum Spielen gegangen, er würde erst am Abend zurückkommen. Der Kleine wich ihr und Thiemo aus, flüchtete vor der Stimmung zu Hause

Linda hatte ein Brot gegessen und goss sich jetzt bereits die dritte Tasse Kaffee mit Cognac ein. Sie wusste, dass sie mit Sicherheit davon gleich auf die Toilette musste. Sie vertrug diese Kombination nicht. Magen und Darm würden rebellieren. Es war ihr egal.

Thiemo hatte gestern versucht, seine Sicht der Dinge zu erklären, ihr immer wieder gesagt, wie sehr er sie liebte. Aber er hatte auch nicht abgestritten, dass er mit Tanja geschlafen hatte.

Dabei hatte sich Linda bei Gedanken ertappt, die ihr bislang fremd gewesen waren. Hasstiraden waren ihr durch den Kopf geschossen, Genugtuung, dass diese Frau nun keinen Schaden mehr anrichten konnte. Aber auch Wut und Enttäuschung.

Sie konnte die Bilder nicht mehr loswerden, malte sich aus, wie er sich mit der Pflegerin vergnügte, Dinge tat, die allein Linda zustanden und vielleicht sogar Sachen sagte, die nur für ihr Ohr bestimmt waren.

Sie hatte noch keinen Entschluss gefasst, wie es weitergehen sollte. Schon das gemeinsame Haus gebot eine sorgfältige Abwägung. Auch wenn es für Linda kein Grund war, bei Thiemo zu bleiben.

„Wir können doch von vorn beginnen, noch ein Kind bekommen, endlich eine richtige Familie sein", hatte er gesagt.

Wie konnte Thiemo jetzt an solche Dinge denken? Es hing alles schief, sie standen kurz vor dem Absturz und er sprach von einem Kind und heiler Familie! Wo sie es doch schon zu dritt nicht hinbekamen!

Sie hatte ihn nicht mehr nach dem Mordabend gefragt, konnte sich einfach nicht der Tatsache stellen, dass er vielleicht doch bei Tanja gewesen war. Das allein wäre schlimm genug gewesen. An weitere Folgerungen wollte Linda einfach nicht denken. Immer wieder beruhigte sie sich damit, dass Rothko ihn ja laufen lassen hatte, es vielleicht gar nicht so schlimm war.

Es klingelte, als die Kirchturmuhr den fünften Schlag ausklingen ließ. Linda sah Hanno vor der Tür. Er hatte schon Feierabend. Wie machte er das bloß immer, genau im richtigen Moment aufzukreuzen?

„Du siehst nicht gut aus!“ Hanno ließ sich auf einen Sessel fallen und sah Linda besorgt an. „Was ist los bei euch?“

„Alles, nichts … Ich weiß nichts mehr.“

Hanno erzählte Linda von der Nacht, die er mit Thiemo erlebt hatte. „Das hat er noch nie gemacht. Nicht so. Jedenfalls weiß ich nichts davon.“

„Er hat einige Dinge getan, von denen ich dachte, dass er sie nie tun würde und von denen ich nichts wusste“, sagte Linda. Dann brach es aus ihr heraus, ließ sie übersprudeln wie eine Flasche Mineralwasser, die kurz vor dem Öffnen geschüttelt worden war.

„Und wenn Thiemo es wirklich war?“, schloss Linda ihre Ausführungen. „Wenn er an dem Abend noch bei Tanja Wildbruch gewesen ist? Er hat nach Alkohol gerochen und er ist spät gekommen, obwohl wir Einzug hatten. Das ist doch nicht normal!“ Bei Hanno traute sich Linda, diese bohrenden Fragen auszusprechen. Es war nicht einmal peinlich, obwohl sie sich zuvor schon beim Drandenken zu Tode geschämt hatte.

„Aber eigentlich ist es zu auffällig. Das weiß Thiemo doch, dass du dir genau das merkst. Hätte er dann nicht eher einen Tag gewählt, an den du dich nicht so genau erinnern kannst? Ich glaube, das würde besser zu ihm passen.“

„Und wenn es im Affekt war? Streit oder so?“

Hanno wiegte den Kopf, krauste die Stirn. „Thiemo ist aufbrausend, er kann echt ein Ekel sein. Eitel ist er, ein Schönling, alles. Aber Mord?“

Linda musste ein bisschen lachen. Hanno hatte recht. „Aber es ist doch schon schlimm genug, dass ich überhaupt denke, dass er es gewesen sein könnte. Das zeigt doch, dass kein, wirklich gar kein Vertrauen mehr da ist. Dass uns nur noch Negatives umgibt und wir eigentlich gar keine Chance mehr haben, selbst wenn er unschuldig ist."

Linda schlug die Hände vors Gesicht und endlich schmeckte sie das erlösende und salzige Nass.

***

Die Kirchenuhr schlug sieben Mal. Linda hörte sie nur ganz leise, aber jeder Schlag ließ ihren Körper vibrieren. Für einen Moment war sie versucht, den Hörer in die Hand zu nehmen. Sie wollte sofort den Kommissar sprechen, ihm sagen, wie spät Thiemo an dem besagten Abend nach Hause gekommen war. Und andeuten, dass noch andere merkwürdige Dinge geschehen waren. Aber sie konnte sich noch nicht durchringen. Nicht selbst gehörte Telefonate oder auch ein Schatten in der Nacht, das war nicht übermäßig glaubwürdig.

Ihr Gesicht spannte, vorsichtig kratzte Linda mit dem Daumennagel daran herum. Sie brauchte Wasser, um die Reste der Tränen abzubekommen. Linda wankte zum Spülbecken, in das sie sich heftig erbrach. Sie würgte, und es tat ihr fast gut, diese Kaffee-Cognac-Brühe im Ausguss verschwinden zu sehen. Als die letzten braunen Reste quirlend in den kleinen Löchern verschwanden, ging es Linda merklich besser. Ein Teil ihrer Ohnmacht war in der Kanalisation verschwunden.

Sie richtete sich auf und hielt sich den Rücken, der von dem langen Bücken schmerzte. Es musste weitergehen, irgendwie.

Thiemo war ihr Mann und trotz allem liebte sie ihn noch. Sie konnte jetzt, mit etwas Abstand, nicht mehr mit voller Überzeugung behaupten, dass sie ihm den Mord wirklich zutraute.

Hanno war vorhin lange bei ihr geblieben, hatte einfach zugehört. Ihren monotonen Sätzen Aufmerksamkeit geschenkt, auch wenn sie die ganze Zeit immer das Gleiche erzählt hatte. Dabei hatte sie ständig das braune Gesöff getrunken, bis Hanno die Karaffe schließlich zurück in die Bar gebracht und gesagt hatte, dass es jetzt reiche. Dann hatte sie ihm noch von ihren Rutengängen erzählt. Von ihrer diffusen Angst, wie an dem Abend, als Thiemo nicht nach Hause gekommen war. Hanno hatte sie ernst genommen, sie festgehalten. Nicht einen Moment war sie Gefahr gelaufen, durch irgendwelche Maschen zu rutschen und abzustürzen.

Linda war nämlich vorsichtig geworden, wem sie davon erzählte. Das kam vermutlich daher, dass sie stets um Anerkennung kämpfen musste, wenn sie ihre Ideen kundtat. Es war eben nicht immer für alle plausibel, wenn sie von Aura und negativen Strahlen sprach. Das waren Dinge, die man in einer nüchternen Zeit wie dieser oft besser für sich behielt. Obwohl Frauen dafür empfänglicher waren und sie nicht so leicht verspotteten wie Männer. Hanno war anders. Er hatte vorhin verstanden, wovon sie sprach.

Laurin war während ihres Gespräches mit Hanno von seinem Besuch bei Jannes nach Hause gekommen. „Ich schlaf bei Jannes. Hier ist es langweilig, kalt und dicke Luft!“, war sein Kommentar gewesen. Er hatte seinen kleinen Koffer geschnappt und war wieder davonmarschiert.

„Lassen Sie ihn“, hatte Jannes' Mutter gesagt, als Linda sie angerufen hatte. „Mein Sohn freut sich. Wirklich!“

Linda war dankbar gewesen, sich heute nicht auch noch mit Laurin auseinandersetzen zu müssen.

Thiemo hatte den ganzen Tag nichts von sich hören lassen. Er war wahrscheinlich froh, sie nicht sehen zu müssen. Linda hielt ihren Kopf noch immer über das Waschbecken. Thiemo war ein Feigling!

Es war so still im Haus. Plötzlich vermisste Linda Laurin schmerzhaft. Natürlich läge er inzwischen längst im Bett. Aber wäre er hier, hätte sie hingehen und seinem Atem lauschen, ihm über die dunklen Haare streichen und seine süßlich duftende Haut küssen können.

Linda glaubte zu ersticken, sie ging zum Fenster und öffnete es weit.

Die Sonne war verschwunden, das Schlaflied der Amseln verstummt. Diese unnatürliche Stille drückte Linda auf die Seele. Als ein Schwarm Vögel, von irgendetwas aufgeschreckt, kreischend über ihr Haus flog, schlug sie das Fenster wieder zu, hastete in den Flur und knipste den Lichtschalter an. Im Schein der Halogenlampe war alles nicht mehr so bedrohlich, obwohl Linda das Schattenspiel an der Wand vorher nie so deutlich aufgefallen war. Tanzende Schlangen wanden sich aufwärts und züngelten nach ihr. Linda rannte ins Wohnzimmer zurück und schaltete den Fernseher an. Trotzdem senkte sich die merkwürdige Atmosphäre wie eine Kuppel über das Haus. Linda war versucht, sich davon gefangen nehmen zu lassen, einfach darunter zu verschwinden.

Für den Moment schloss sie die Augen, atmete ruhig ein und aus.

Dann griff Linda nach ihrer Jacke, die an der Garderobe hing. Das Innenfutter war kühl, als sie es über den nackten Arm streifte.

Die frische Luft würde gut tun, ihr helfen, klare Gedanken zu fassen. Sie musste raus aus diesem Haus, das ihr bislang nichts als Unglück gebracht hatte. Einfach mal weg hier, den Kopf frei haben, nachdenken können. Ohne ständig auf Thiemos Gegenwart, die hier im Haus auch ohne seine Anwesenheit präsent war, zu stoßen.

Als Linda vor die Tür trat, schlug ihr der typisch süßliche Frühlingsduft entgegen. Der Wetterbericht hatte eine lange Schönwetterfront angekündigt, jetzt würde man zuschauen können, wie die Welt täglich bunter wurde. Ihr eigener Rasen begann auch langsam zu sprießen, aber Linda bezweifelte, dass Thiemo und Laurin dort je zusammen Fußball spielen würden.

Sie war froh, dass sie den dünnen Schal mitgenommen hatte, denn die Luft war, trotz des herannahenden Frühlings, recht feucht. Über den Abendwiesen tanzte das letzte Licht durch die Nebelschwaden und verabschiedete sich dann schnell. Hin und wieder piepste noch der ein oder andere Vogel.

Linda lief in Richtung Ostlandstraße. In den Häusern brannte Licht und bewirkte damit eine gewisse Idylle, die nur durch das Klackern von Lindas Absätzen gestört wurde.

Sie beschloss, in Richtung Timp, dann zur Wasserschöpfmühle und schließlich über den Neustädter Rundweg am Sportplatz zurückzugehen.

Dort war um diese Zeit sicher noch viel los. Es war Freitagabend, da trainierte der *FC Neustadt*. Danach saßen die Spieler bei solch einem Wetter wahrscheinlich noch am Grill zusammen. Vielleicht war Thiemo auch da. Bei seinen Kumpels. Aber er war lange nicht beim Training gewesen und gesagt hatte er nichts davon.

Sie waren wirklich weit voneinander entfernt, hatten sich völlig auseinandergelebt. Linda hätte nicht gedacht, dass so etwas in so kurzer Zeit möglich sein könnte.

Der Timpweg lag verwaist vor ihr. Linda überlegte für einen Moment, doch lieber direkt durchs Dorf zurückzugehen, statt den Schlenker durch die Wiesen zu machen. Frische Luft hatte sie auch hier. Im Ort würden jetzt die alten Kutscherlampen anheimelnd brennen und jedem Spaziergänger vorgaukeln, dass die Zeit vor ein ein paar hundert Jahren stehen geblieben war.

Es war ein so schönes Dorf. Linda liebte den alten Ortskern, in dem die Kirche mitten auf der Straße stand. Jeder, der heraustrat, musste erst schauen, ob kein Auto kam. Eigentlich erstaunlich, dass noch niemand überfahren worden war. Aber das lag vermutlich daran, dass sich nicht allzu viele Wagen durch den Ort schoben. Spaßig war es ja auch beileibe nicht, durch die engen, gepflasterten Straßen zu fahren, auf denen keine zwei Autos nebeneinander passten.

Linda entschied sich dann aber doch, durch die Wiesen zu spazieren. Sie wollte die Natur, den feucht-lehmigen Geruch der Marschweiden schnuppern, ihn sich tief in die Lungen pumpen. Vielleicht würde das viel von dem alten, unerträglichen Gedankenmief, der ihren Körper komplett besetzt hatte, verdrängen.

***

Thiemo war völlig aufgelöst, als Linda zu Hause ankam.

„Wo warst du, verdammt noch mal?“ Er wies auf den Hörer in der Hand. „Ich wollte gerade die Polizei anrufen, weil nämlich …“

Als Thiemo so vor ihr stand, konnte sich Linda nur schwer beherrschen, ihn nicht in den Arm zu nehmen und einfach alles zu vergessen. Aber die Dinge lagen anders, es ging nicht. „Ich war spazieren, den Kopf frei kriegen. Dachte, dich vielleicht beim Fußball anzutreffen."

„Ich spiele nicht mehr, habe mich vorerst abgemeldet. Aber …"

Linda trat in den Flur. „Was aber?"

„Man hat uns eine Scheibe eingeworfen!" Thiemo winkte sie ins Wohnzimmer und hob einen roten Klinkerstein auf.

„Der ist von uns", flüsterte Linda.

Thiemo wählte Rothkos Nummer.

***

Rothko betrachtete den Stein. Er fand es nicht sehr hilfreich, dass der Täter ihn direkt von Lindas und Thiemos Hof genommen hatte.

„Vielleicht ist der Lambacher wieder da", sagte Thiemo. „Suchen Sie den, dann haben Sie den Täter!"

„Langsam!", sagte Rothko.

„Der ist nun mal verantwortlich für das alles hier!" Thiemo machte mit der Hand eine ausholende Bewegung. Rothko runzelte die Stirn, aber Thiemo ließ ihn nicht zu Wort kommen. „Für das ganze Dilemma! Mit Frau Lambacher, Tanja … – und jetzt dieser Angriff!"

„Wir überwachen seine Wohnung. Er ist noch immer verschwunden. Er kann es nicht gewesen sein."

„Dann ist was durchgesickert im Dorf wegen Tanja und mir!"

„Selbstjustiz am Ehebrecher?", grinste Rothko. Linda fand das nicht witzig.

„Ich dachte eher an weitergehende Schlussfolgerungen, die man, genau wie Sie, gezogen haben könnte." Thiemos Stimme klang erstaunlich ruhig, fast als habe man sich gerade über das Wetter unterhalten. Aber Linda sah an den Verrenkungen seiner Fingergelenke, wie nervös er war.

„Haben Sie denn einen konkreten Verdacht, Herr Hanken?" Rothko schüttelte den Kopf. „So etwas gibt es nämlich eigentlich nur im Fernsehen. Selbstjustiz gegen einen vermeintlichen Mörder!" Er seufzte.

„Nein, aber Fakt ist, dass ein Stein geflogen ist. Wer weiß, was hier schon wieder rumgeht an Gerede!“ Thiemo raufte sich jetzt die Haare. Er rannte unruhig im Zimmer auf und ab. Die aufgesetzte Sicherheit war wie ein Kostüm abgeglitten. Thiemo erinnerte an ein Kaninchen auf der Flucht. Er schlug Haken, witterte mit zuckenden Bewegungen der Nasenflügel die aufkommende Gefahr.

„Was sollte denn hier schon rumgehen?“, fragte Rothko. „Wenn Sie nicht gequatscht haben …“

„Und dieser Wichmann? Der Ex von Tanja. Der hat Sie doch erst auf mich gebracht. Mit dem Verhältnis und so“, sagte Thiemo. „Wenn der Tanja ermordet hat, dann hasst er auch mich. Vielleicht ist er es, der uns terrorisiert! Hier hat ja auch abends schon jemand durchs Fenster gesehen!“

Linda schaute Thiemo erstaunt an.

Rothko verfolgte diesen Blick interessiert. Er setzte sich an den Wohnzimmertisch und zog den Kuli vom Notizblock ab. „Was war da los?“ Der Blick seiner Stecknadelaugen hüpfte von Gegenstand zu Gegenstand, als würde er dort den Schlüssel zu seinen Ermittlungen finden.

Linda richtete sich auf. Dank ihres Spazierganges hatte sie eine Distanz zu dem Geschehen gefunden, die Thiemo noch fehlte. Damit war sie ihm offensichtlich überlegen, und er schien auch das Gefühl zu haben, dass er ihr etwas schuldig war. Er zeigte es, indem er von sich aus schilderte, was Laurin gesehen haben wollte – obwohl er nicht daran glaubte.

Linda räusperte sich, hielt Rothkos Blick stand und berichtete ruhig und plausibel von den Vorkommnissen.

Thiemo wurde immer blasser, als er jetzt auch noch von dem Anruf und dem Schatten im Garten hörte. „Du hast mir gar nichts …“

Linda sah ihn nur an und er verstummte.

Rothko legte Block und Kuli nieder, nahm aber dann den Stift wieder in die Hand. Er kaute auf dessen Ende herum. „Fakt ist in jedem Fall, dass, bis auf den Stein und vielleicht den Anruf, nichts wirklich Nennenswertes geschehen ist. Schatten im Garten oder Gesichter vor Scheiben, die ein kleiner

Junge gesehen haben will, sind kein Tatbestand ..." Rothko grinste anzüglich. „Die Sache mit dem Stein ist schon übel, das gebe ich zu, aber die anderen Sachen? Wissen Sie, wenn man unter Druck steht ..."

Linda stand auf und trat einen Schritt auf Rothko zu. Diese Aussage war genau, was sie befürchtet hatte: Sie wurde als überdreht angesehen. Sinje hatte recht gehabt.

Thiemo fasste ihre Hand. Das verwirrte sie und hielt sie zurück. Doch als sie seine Haut an ihrer spürte, war ihr seine gepflegte, weiche Hand unangenehm und sie entzog sie ihm rasch wieder.

Rothko griff erneut nach seinem Block. „Also, wenn Sie Strafanzeige wegen des Anrufes erstatten wollen, zusätzlich zu der Sache mit dem Stein, dann ..."

Linda winkte ab. „Lassen Sie es! Hatte ich in Jever schon mal, so ein Theater. Am Ende ist es eine Arbeitsbeschaffungsmaßnahme, bei der doch nichts herauskommt."

Rothko ließ sich in den Sessel zurückfallen. „Ich werde mir aber verschiedene Personen noch einmal zur Brust nehmen. Ganz auf sich beruhen lassen wir das ja nun nicht."

„Wenigstens was", zischte Thiemo, aber so leise, dass nur Linda es verstand.

Rothko stand auf und steckte das Notizbuch umständlich in die Innentasche seiner Jacke. Er warf einen prüfenden Blick in den Garten, wo das Unkraut bereits dabei war, das neu angesäte Gras zu verdrängen. „Ist noch zu kalt für das Gras. Sie haben die Saat zu früh rausgebracht", sagte er und schien froh, etwas Belangloses von sich gegeben zu haben. „Im Haus selbst war ja augenscheinlich keiner", fügte er hinzu, als er sich zur Tür wandte. Thiemo hielt sie ihm weit auf.

„Nein, drinnen war wohl niemand", bestätigte Linda. Sie sah auf den zerborstenen Ziegelstein, der wie ein Klumpen Blut auf ihrem Wohnzimmerparkett lag.

1980

Einmal ist er ihr gefolgt. Sie ist nach Sanderbusch zum Bahnhof gelaufen und in den Zug Richtung Jever gestiegen. Sie wohnt in Schortens oder Jever, das weiß er jetzt. Ihre Freundin muss mit ihr auf die Schule gehen. Jever ist am wahrscheinlichsten, da ist das Gymnasium, woher sie sich kennen können.

Er kommt in die Lehre, hat wenig Zeit für seine Freunde. Nach Feierabend läuft er durch Jever. Hin und wieder sieht er sie im Eiscafé sitzen. Oder in einer der Kneipen in der Schlachtstraße. Er schaut nur von weitem. Es macht ihn glücklich, ihr zuzusehen. Wie sie trinkt, wie sie lacht, wie sie erzählt.

Manchmal ist er versucht, ihr bis nach Hause zu folgen. Aber jedes Mal ist sie, wie Aschenputtel, zu schnell für ihn. Er glaubt, dass sie es extra tut. Es ist ein Spiel.

Oft ist er nicht in der Lage, an etwas anderes als die Prinzessin zu denken.

Dann ist sie weg. Er weiß nicht, wohin sie gegangen ist, aber sie kommt nicht mehr. Sitzt nicht mehr in den Cafés, trifft sich nicht mehr mit ihren Freunden.

Er hat nichts in der Hand, kennt nicht ihren Namen. Aber er traut sich auch nicht, jemanden zu fragen. Zu groß ist die Furcht, dass er sich irrt, dass ihre Mutter recht hatte und sie alle einander so fremd sind wie nur was.

Trotz ihres Abtauchens quält ihn die Gewissheit, dass er nie aufhören kann, an sie zu denken. Die Gedanken an sie lassen sein Herz schneller schlagen. Diese Form der Liebe überflutet ihn mit einer Gewalt, die er so noch nicht kennen gelernt hat.

Es ist nicht so, dass sie ihn erregt. Es ist eine andere Form des Verlangens, die er nicht einzuordnen weiß.

Jetzt, wo er sie nicht mehr sehen kann, träumt er davon, den Duft ihrer Haut zu riechen. Ihr sacht über die kleinen Haare am Arm zu streichen, die sich in der Sonne auf dem Spielplatz aufgerichtet haben wie das Nackenfell einer Katze.

Herma schweigt, als er das Thema seiner alten Familie anreißt. Erst wirkt sie überrascht. Es ist das erste Mal, dass er selbst die Vergangenheit anspricht. Dann werden ihre Lippen zu einem schmalen Schlitz, ihre Wangen verhärten sich, als beiße sie die Zähne zusammen und ziehe dabei das Fleisch fest darüber. Das sei früher gewesen, presst sie dazwischen heraus. Sie seien jetzt seine Familie. „Die anderen sind so gut wie tot. Sie haben dich ja nicht gewollt."

Das weiß er. Doch er will das Loch in seiner Seele füllen, hofft, er würde festen Halt unter den Füßen bekommen, wenn er seine Mutter und seine Schwester wiederfände.

Hin und wieder zieht er das zerknitterte Bild und die blonde Locke aus der Tasche. Er betrachtet beides mit großer Liebe. Er kann seiner Mutter nicht böse sein. Sie muss einen Grund gehabt haben, ihn fortzugeben. Ganz bestimmt hat sie einen Grund gehabt. Dieser unerschütterliche Glaube peitscht ihn weiter durch sein Leben, hält ihn aufrecht und lässt ihn schließlich doch den Ehrgeiz entwickeln, etwas aus sich zu machen. Damit er gut dasteht, seine Mutter und seine Schwester sich nicht für ihn schämen müssen, wenn er ihnen eines Tages wieder gegenübersteht.

Donnerstag, 13.4.

Hubert Lambacher war nach der letzten Nacht erst spät zum Essen aufgestanden. Er merkte, dass er stank, hob den Arm und roch vorsichtig an seiner Achselhöhle. Ihm wehte ein Dunst von süßlich-ranzigem Schweiß entgegen. Das kam davon, wenn man sich irgendwo mit einem Taxi absetzen ließ und dann zu Fuß kilometerweit durchs Land lief. Geschwitzt hatte er und war, zurück in der Wohnung, sofort in einen komaähnlichen Schlaf gefallen.

Hubert ging unter die Dusche, wo noch das Shampoo und das Duschgel seiner Mutter standen. Er würde es gleich wegwerfen, ein hilfloser Versuch, sich endgültig von ihr zu befreien. Diese Wohnung war ein Museum, seine Gedenkstätte an die Frau, die er über alles in der Welt geliebt hatte. Er sollte sich davon trennen, aber Hubert wusste, dass er das noch nicht konnte.

Während das heiße Wasser auf seinen feisten Körper prasselte, merkte er wieder die Erregung, die er jedes Mal empfand, wenn er die Nähe seiner Mutter fühlte. Noch nie war ihm so klar gewesen, dass Larissa und seine Mutter zu einer Person verschmolzen, wenn er sich auspeitschen, demütigen ließ.

Hubert trat aus der Dusche und trocknete sich ab. Er würde ausprobieren, ob er schon ein Stück Freiheit wiedererlangt hatte. Ob sein Gefühl in Frankreich oder das hier in Wilhelmshaven das richtige gewesen war.

Jetzt und gleich würde er einen Schlenker bei Larissa vorbei machen. Ein Test, ob Elfriede Lambacher noch immer Macht über ihn hatte.

Der Frühling hatte in Wilhelmshaven Einzug gehalten, überall blühten die bunten Krokusse und Primeln. Zum Glück war das Etablissement schon am Nachmittag geöffnet, denn er wollte es schnell hinter sich bringen.

Die Frau war noch besetzt. Obgleich Hubert wusste, dass sie nicht nur auf ihn warten konnte, machte ihn die Vorstellung, dass sie es jetzt mit einem anderen machte, unvorstellbar wütend. Ein schmieriger Typ verließ grinsend die Bar. Als Hubert an der Reihe war, halfen auch ihre Erniedrigungen und Beschimpfungen nichts. Sie band sich extra noch die geblümte Schürze von Elfriede Lambacher um und schlug ihn mit dem Holzlöffel auf den blanken Po. Auch ihre Beleidigungen waren erfolglos. Hubert Lambacher konnte nicht.

Er warf ihr noch einen weiteren Geldschein auf den Tisch und stürzte nach draußen. Aber an Stelle der erwarteten Freiheit empfand er nur unbändige Wut und Hass. Er wusste nur nicht, worauf.

***

Sven Wichmann trat vor die Tür. Es wehte eine steife Brise, aber er hatte seine Kühe trotzdem gestern auf die Weiden gebracht. Das Gras war in den letzten zwei Wochen gut gewachsen und er hatte das Gefühl, die Kühe drängten nach draußen.

Sven ließ den Blick ruhig über sein Land schweifen.

Es gab in diesem Bereich nur wenig Industrie. In Wilhelmshaven hatte man vor Jahren zwar diese schrecklichen Bausünden mit der Ansiedlung der chemischen und ölverarbeitenden Industrie begangen, dabei war es aber geblieben. Bislang, denn was dieser neue Hafen bringen würde, wusste Sven noch nicht.

Nun fehlte ihm nur noch sein Hofladen. Dann war er am Ziel, hatte, was er wollte. Wenn auch allein, ohne Tanja.

Zu Beginn hatte er sie sehr vermisst. Er litt wie ein kranker Hund, weil er ausgetauscht worden war gegen diesen Anzug-Typen mit feschem Cabrio. Aber sollte er das dem gefühllosen Kommissar auf die Nase binden? Der hielt ihn doch sowieso für blöd. Sven hätte gar nicht so schnell gucken können, wie er eingebuchtet worden wäre.

Er zog seine Joppe über den Norweger und ging aufs Land, um die Zäune und Tränken erneut zu überprüfen. Die Luft hatte bereits das süßliche Frühlingsflair, das auch der noch scharfe Ostwind nicht vertreiben konnte. Er genoss das Abwandern der Weiden, es war eigentlich seine liebste Tätigkeit. Sven lächelte über sich selbst, wenn er wie ein Kater sein Revier abschritt.

Er ruckelte an den Pfählen, kontrollierte mit stetigem Blick den Draht. Seine Kühe lagen wiederkäuend im Gras und genossen die Freiheit. Sven freute sich jedes Mal mit, wenn der lange friesische Winter endlich vorbei war und er seine Tiere wieder herauslassen konnte. Der erste Löwenzahn blühte bereits. Bald wäre das gesamte Deichvorland eine einzige gelbe Fläche. Tanja hatte dafür einen Blick gehabt. Sie waren oft Hand in Hand über das Land gelaufen und hatten sich an der Schönheit der Farben berauscht. Es war gut gewesen, richtig gut – bis sie die Stelle in dieser feudalen Altenwohnanlage angenommen und sich sofort in Thiemo Hanken verguckt hatte.

Sven blieb stehen und drehte sich eine Gauloise. Er musste es sich bald abgewöhnen, die Raucherei passte eigentlich nicht zu seinem Lebensstil.

Thiemo Hanken hatte einen schlechten Einfluss auf Tanja gehabt. Sie war oberflächlicher geworden, interessierte sich immer weniger für ihre Mitmenschen. Nur ihre Salzwiesen und Vogelsachen, da ließ sie nichts drankommen, das war quasi ihr Baby.

Sven inhalierte einen tiefen Zug. Sie hatte ihn abgelegt wie eine alte Joppe, als sie ihn nicht mehr brauchte. Der Schmerz hatte lange gebohrt. Trotzdem konnte er nicht aufhören, sie zu lieben. Aber da war auch das zweite Gefühl, diese abgrundtiefe Wut. Es hatte Momente gegeben, da wäre er fähig gewesen, sie umzubringen.

Der Gedanke an Tanja verursachte noch immer ein dumpfes Bohren im Bauch, verlangsamte seine Gedanken.

Er war nicht einmal zu ihrer Beerdigung gefahren. Die hatte bei ihren Eltern in Hessen stattgefunden. Er hätte es unehrlich gefunden, am Ende ihrer Beziehung waren einfach nur noch Scherben übrig gewesen.

Aber nun fehlte ihm was. Abschied nehmen. Endgültigen Abschied. In Gedanken sah er noch immer ein geknebeltes Gesicht und angstvoll aufgerissene Augen; bis sie sich verdunkeln durften und nichts als Leere in ihnen war.

1982

Irgendwann hat er keine Kraft mehr. Er ist volljährig. Herma hätte ihm den Namen seiner Mutter geben müssen. Aber er fragt nicht, traut sich nicht. Die ganzen Jahre hat er nur für den Augenblick gelebt, dass sie sich nicht mehr sperren kann, dass sie ihm endlich reinen Wein einschenken muss. Ihm sagen, wer er war, bevor er von ihr adoptiert wurde.

Und nun, wo es so weit ist, fürchtet er, dass er sich all die Jahre geirrt haben könnte. Vielleicht ist es wirklich nicht seine Mutter gewesen, damals in Sande. Vielleicht sind diese Frau und seine Prinzessin nicht seine Familie, sondern wildfremde Menschen, die nicht einen einzigen Schnittpunkt mit seinem Leben haben. – Aber was ist, wenn sie es doch gewesen ist und sich herausstellt, dass sie ihn wirklich nicht sehen will?

Diese Furcht lähmt ihn, hindert ihn zu handeln. Oft fühlt er sich so unbeweglich, als habe man seinen ganzen Körper eingegipst.

Herma schneidet das Thema von allein nicht an, sie lebt in der Vorstellung, er müsse abgrundtiefen Hass gegen seine Ursprungsfamilie und bedingungslose Dankbarkeit ihnen gegenüber empfinden. Weil sie ihn errettet haben. Um sie zu beruhigen, kauft er ihr hin und wieder einen Strauß Blumen. Wenn sie ihn dann an sich drückt und sagt, er sei doch ein guter Junge, schämt er sich dafür, weil er ihr gegenüber nichts empfindet.

Nur manchmal erinnert er sich an die warmen Hände, die ihn gestreichelt haben, und an seine Gedanken, dass er sie auf ewig lieben wollte. Er weiß nicht, wann diese Liebe in eine solche Gleichgültigkeit übergegangen ist. Irgendwann ist es ihm auch egal.

Samstag, 15.4

Überall läuteten die Kirchenglocken am Abend das Osterfest ein. Morgen, am Ostersonntag, würden wieder ein paar Leute mehr in die Kirche gehen. Das hatte Huberts Mutter auch getan. Als sie noch konnte. Im Heim hatte sie sich beharrlich geweigert, an den Gottesdiensten teilzunehmen. „Wenn der liebe Gott mir die Beine nimmt, dann muss er sich nicht wundern, dass ich nicht vor Dankbarkeit auf den Knien rutsche", war ihr sarkastischer Spruch gewesen. Und meist hatte sie sich dann trotzig ein Stück Sahnetorte in den Mund geschaufelt.

Hubert Lambacher hatte in der Nacht einen Entschluss gefasst. Das mit Larissa war ein guter Beginn gewesen, auch wenn er sich darüber geärgert hatte, keine Befriedigung zu erlangen. Es war ein Schritt gewesen. Ein Schritt, nicht nur in Hypothesen und Abhängigkeiten zu denken. Er würde jetzt langsam alles hinter sich lassen und so den Tod seiner Mutter verkraften, sich von ihr verabschieden. Ihr gemeinsamer Weg hatte ein Ende.

Als Erstes wollte er den stinkenden Sessel zerstören. Als Akt des Abschieds. Ein Stück Stoff würde er seiner Schwester nach Karlsruhe schicken. Als kleines „Dankeschön" für ihre so „großzügige Hilfe" bei allem.

Es dauerte eine Weile, bis er den Sessel zerlegt hatte. Es war ein gutes Gefühl, das Ratschen des Brokats zwischen seinen Fingern. Es war einfach an der Zeit.

Als er fertig war, stapelte er die Einzelteile in der Ecke des Wohnzimmers, nahm nur den Stofffetzen für seine Schwester mit und schlich nach Hause in seine Wohnung, wo ihn abgestandener und nach Einsamkeit riechender Muff empfing. Aber das störte ihn nicht. Hubert Lambacher hatte noch viel zu tun.

***

Das Osterfeuer flackerte mit seinem roten Schein bereits hoch in den Himmel, als Sinje, Hanno, Linda und Laurin am Sportplatz ankamen. Hanno stahl sich sofort zu seinen Fußballkumpels davon, während Sinje mit Laurin näher an das Feuer heran ging. „Das ist was für den Kleinen!“, lachte sie mit ihrer dunklen Stimme. Wieder beneidete Linda sie um ihre selbstbewusste Ausstrahlung. Im Augenblick fühlte sie sich so klein, so unbedeutend.

Laurin wand sich recht bald aus Sinjes Hand, er hatte Jannes gesehen und viel mehr Lust, mit ihm um das Feuer herumzustromern.

„Geh nicht zu nah ran!“, warnte Linda, aber die anderen Mütter, die sich jetzt um sie und Sinje geschart hatten, lachten nur. „Wenn sie zu nah herangehen, ist es viel zu heiß. Da bleiben sie schon von allein weg!“

Linda nickte. Sie war schon wieder viel zu ängstlich. Immer wieder ertappte sie sich dabei, dass sie Laurin mit einem Auge beobachtete. Aber als sie Moni beobachtete, sah sie, dass die mit ihren Kindern das Gleiche tat, und musste grinsen. Oft redeten die anderen nur und waren doch nicht anders als sie.

Eigentlich wäre Linda am liebsten zu Hause geblieben. Ihr war nicht nach Feiern und Spaßhaben. Sie stand vor einem riesigen Wust aus Problemen, die sie nicht lösen konnte.

So bemühte Linda sich weiter, wenigstens ein freundliches Gesicht zu machen. Sie merkte allerdings selbst, dass sie heute einfach nicht ankam, dass ihr Lächeln als aufgesetzt erkannt wurde.

Laurin schien sich dagegen prächtig zu amüsieren. Sie sah, dass er mit Jannes Stöcke in die Glut warf. Gut, dass er das Ausmaß der Krise noch nicht begriff. Jetzt, wo er sich gerade so gut eingelebt hatte …

Linda bemühte sich weiter, dem Gespräch der Frauen zu folgen. Einmal stupste Moni sie in die Seite, fragte, ob Laurin noch weitere Mörder und Gespenster entdeckt hätte. Da Linda einfach nicht darüber lachen konnte, trat sie rasch beleidigt zur Seite.

Sinje trank mit den Frauen Kräuterschnaps. Linda entfernte sich in Richtung Feuer. Ihr war einfach nicht nach Tratsch und Klatsch, es ging ihr nicht gut. Das ganze Drumherum des

Osterfeuers spielte sich vor ihren Augen ab, aber ohne ihre Beteiligung. Linda war ein unscheinbarer Beobachter eines Dorffestes, zu dem sie nicht gehörte und, so wie es aussah, wohl auch nie gehören würde. Gedanklich hatte sie bereits gepackt. Das Abholen der Möbel und Kleidung war nur noch eine Frage der Zeit.

Linda wusste noch nicht genau, wohin sie gehen wollte. Sie hatte zur Zeit ja keine Arbeit und musste sich erst darum kümmern.

Als Hanno sie abseits stehen sah, schälte er sich aus der Masse seiner Fußballkumpel, kam zu ihr und legte den Arm um ihre Schultern. Linda sah das beifällige Grinsen seiner Freunde. Es war ihr peinlich. Vorsichtig befreite sie sich aus dem Griff. „Besser nicht", sagte sie lächelnd, und Hanno zwinkerte ihr zu.

„Magst nicht bei den Frauen sein? Ist zu viel, wenn es einem schlecht geht, oder?" Er nahm einen Schluck Bier aus der Flasche.

„Ich möchte am liebsten gehen", sagte Linda. Thiemo war nicht zu Hause und sie wusste auch nicht, wo er steckte. Vermutlich hatte er sich in seinem Büro hinter einem Berg Akten vergraben, damit er sich nicht mit ihrer Ehe auseinanderzusetzen brauchte. Thiemo war so feige. Da hatte er eine leitende Position, war der Machtmensch in den *Sanften Wellen*, und zu Hause brachte er es nicht einmal fertig, sich seiner Familie zu stellen. Das Einzige, was ihm einfiel, war, noch ein Kind in die Welt zu setzen. Als könne das seinen Verrat aus der Welt räumen und ihre tiefen Verletzungen heilen. Linda schluckte. Sie bemerkte, dass sie sich vor Thiemos Nähe zu ekeln begann. Und dass sie stärker war als er. Weil sie nicht weglief, nicht den Kopf in den Sand steckte, wenn etwas aus der Bahn rollte. Das hatte sie gelernt: sich den Widrigkeiten zu stellen und rechtzeitig zu darüber zu reden. Für Thiemo dagegen gab es unangenehme Dinge gar nicht, wenn man sie totschwieg.

Ein flüchtiges Lächeln glitt über Lindas Gesicht. Sie war nicht schwach und unsicher. Das hatte Thiemo ihr nur eingeredet, damit er zu Hause weiter der Macher war. Sie gab jedenfalls nicht gleich jeder Versuchung nach, weil es bequem und genussvoll für den Augenblick war. Linda straffte ihre Schultern und sah zu Hanno. „Es ist wohl vorbei mit Thiemo und mir. Das mit dem Stein hat unserer angeknacksten Ehe den Rest gegeben. Das war wie ein Zeichen, weißt du?"

Hanno sah Linda fragend an.

„Normalerweise schweißt doch ein Angriff zusammen, oder? Aber nichts dergleichen ist geschehen. Mich interessiert nicht einmal, wer das war und warum. Es kann ohnehin nur Thiemo gemeint sein, ich habe nichts getan, was mich irgendwie in die Schusslinie bringen könnte."

Hanno streichelte Linda vorsichtig über die Wange. „Ich bin ja da. Immer", sagte er. Seine Augen waren so warm. Spontan gab Linda ihm einen Kuss auf die Lippen, den er überraschenderweise erwiderte. Nur kurz, aber lange genug, dass ihr Herz wieder einen Tick zu schnell klopfte.

Linda sah sich suchend um. Sie hoffte einfach, dass niemand diesen Kuss gesehen hatte. Die Stimmen vermischten sich noch immer brummelnd untereinander. Nur vereinzelt kristallisierten sich Wortfetzen heraus, die sie jemandem zuordnen konnte. Das Flirren des Feuers ließ die Abendluft tanzen und das Knacken der Holzscheite gab dazu den Takt an. Ab und zu erhob sich ein glühender Funkenregen in die Luft, der aber bald verpuffte. Hanno hatte die Hand noch immer nicht von Lindas Schulter genommen, sie spürte ihre Wärme, die durch den Stoff der Jacke drang. Warum war Thiemo nicht so? Bei ihm hatte sie sich auch in den guten Phasen nie so sicher gefühlt wie bei Hanno, der eine Liebe zu ihr ausstrahlte, die nicht mehr nur kumpelhaft war.

Linda sah Hanno wieder an. Sie war dabei, sich zu verlieben. In den Mann ihrer Freundin.

Vorsichtig nahm sie seine Hand, genoss den Moment der Vertrautheit, trat aber dann einen Schritt zur Seite.

„Wo steckt eigentlich Laurin?", fragte sie zur Ablenkung und hielt Ausschau nach ihrem Sohn. Mit einem Mal konnte sie der Schönheit des Funkenregens und dem Tanzen der roten Feuerschatten nichts mehr abgewinnen. Das Gefühl, das sie seit dem Mord an Tanja Wildbruch gefangen hielt, kämpfte sich wieder durch, drängte sich mit aller Gewalt an die Oberfläche und drückte alle anderen Gefühle brutal zur Seite.

„Ich hole jetzt Laurin und gehe dann. – Hast du gesehen, wo er steckt?", fragte sie noch einmal. Sie merkte, dass ihre Stimme schon wieder brach. Sie hatte einfach zu nah am Wasser gebaut, derzeit nicht geeignet für Festivitäten dieser Art. Linda zog es nur noch weg von hier.

Hanno zuckte mit den Schultern. „Wahrscheinlich am Feuer, wie alle Jungs."

Linda hatte sich wieder gefangen. „Wahrscheinlich. Ich suche ihn und verschwinde dann."

Sie liefen beide zusammen um das Feuer. Linda genoss Hannos Nähe. Ein bisschen zu sehr, wie sie selbst wusste.

Laurin stand hinter einem Busch mit Jannes und zwei weiteren Jungen. Sie unterhielten sich fachmännisch über Brände.

„Da ist er", flüsterte Hanno Linda ins Ohr.

„Ich muss jetzt los. Das mit Thiemo hat mich zu sehr aus der Bahn geworfen."

„Thiemo ist ein kompletter Idiot, jemanden wie dich zu betrügen!"

Linda hielt Hannos Hand wieder einen Moment länger als notwendig. „Tschüss dann. Grüß Sinje schön!", sagte sie. Sie rief nach Laurin, aber der weigerte sich strikt, schon jetzt mitzukommen.

„Lass ihn hier! Wir passen auf", schlug Sinje vor, die sich durch den Menschenwust gekämpft hatte und zu ihnen gestoßen war. „Geh schon! Wirklich!"

Linda schüttelte energisch den Kopf. „Nein, er muss mit. Ich …"

Hanno nahm sie bei den Schultern. „Linda, Sinje und ich, wir passen auf, und du ruhst dich jetzt aus, okay?"

Eigentlich war Linda froh, Laurin bei den beiden lassen zu können. Hanno hatte sie mit dem Kuss durcheinandergebracht. Sie war wirklich durch den Wind, so stark sie sich auch vorhin noch gefühlt hatte.

1990

Er sitzt am Sander See und schaut auf das Wasser, auf dem sich die Blütenpollen der umliegenden Bäume sammeln und sich an der Oberfläche zu einer schlierigen Brühe vereinigen. Es ist ein warmer Frühjahrsabend. Er hat sich auf das Fahrrad gesetzt und ist wahllos durch die Gegend gefahren. Hier geht er oft hin, er mag das neu entstandene Gewässer, ein Abfallprodukt, das der Autobahnbau hinterlassen hat und das nun ein Freizeitgelände geworden ist.

Er nimmt einen Stein, lässt ihn über das Wasser tanzen, bis nur noch ein paar kleine Kreise inmitten der Blütenpollen sein Versinken anzeigen. Er fühlt sich eins mit dem Stein, weil er irgendwann auch sang- und klanglos versinken wird.

„Ich kann das nicht so gut", sagt eine dunkle Stimme zu ihm und als er aufsieht, steht sie vor ihm und scheint mit der untergehenden Sonne zu verglühen. Er verglüht gleich mit und ist von dem Augenblick an überzeugt, dass er angekommen ist, wo er hingehört.

Sie lässt ihn nicht mehr los. Er ist in ihrem Feuer gefangen, hat keine Angst vor ihrer Liebe, was ihn selbst überrascht. Die Geräusche in den Toiletten des Kinderheimes, die ihn all die Jahre verfolgt haben, sind plötzlich verstummt, und so lieben sie einander bedingungslos. Mit der Zeit entwickeln sie ein Wir-Gefühl, das sie zusammenschweißt. Keiner kann ohne den anderen sein. Seine Feuerblume löscht die rastlose Suche in den vorderen Gehirnwindungen aus, sorgt für eine Ruhe in seiner Seele, wie er sie nur zu Beginn seines Lebens kannte, als seine Mutter ihn noch in den Armen hielt.

Das Leben schaukelt ihn jetzt auf sanften Wellen, lässt ihm genug Luft zum Atmen. Nur hin und wieder schreckt er nachts aus einem Traum hoch. Er träumt von einem Sturm, der die kleinen Wogen zu Brechern macht und ihn darunter begräbt. Er überlebt jedes Mal, hat aber alles verloren und muss erneut beginnen zu suchen.

Ostersonntag, 16.4.

Das Knattern des Hubschraubers ließ die Häuser von Neustadtgödens erzittern. Immer wieder suchte der Scheinwerfer den Boden ab. Das ganze Dorf wurde von Polizisten und der freiwilligen Feuerwehr durchkämmt.

Laurin war verschwunden. Es war früher Morgen, die Dunkelheit war noch nicht gewichen. Ein paar Wolken hatten sich vor den Mond geschoben, so dass dessen Licht auch keine Hilfe brachte.

Linda saß in der Küche, vor ihr dampfte ein Becher heißen Tees, der jedoch unberührt blieb. Hanno und Thiemo hatten sich den Suchtrupps angeschlossen. Noch gab es keine Entwarnung. Niemand hatte auch nur die Spur von Laurin gesehen.

Sinje war nach Hause gegangen, fertig, blass und auf die Schultern von Moni gestützt. Sie hatte Linda in die leeren Augen geblickt, ein kurzes „Ich bin schuld" gestammelt und war dann in ihrem Haus verschwunden. Linda hatte gesehen, dass auch Moni kurze Zeit später die Straße hinuntereilte.

„Warum hat Jannes nichts gesehen?", fragte sich Linda wieder und wieder. Sie waren doch die ganze Zeit zusammen, hatten immer gespielt. Es konnte doch nicht sein, dass in diesem Dorf inmitten einer solchen Menschenmenge ein Kind einfach so verschwand!

Linda spürte, dass ihr das Schlucken schwer fiel. Sie musste den Tränen ihren Lauf lassen, ob sie wollte oder nicht.

„Der Laurin, der wollte Pipi machen", hatte Jannes erklärt. „Am Tief. Ganz weit reinpinkeln wollte er. In hohem Bogen. Aber ich hatte keine Lust. Ich wollte lieber mit dem Feuer spielen. Pipi machen kann ich auch morgen!" Das war alles, was er sagen konnte. Oder wollte.

Linda sah Laurin im Neustädter Tief liegen, mit dem schlickigen Untergrund kämpfen und jämmerlich ertrinken. Aber hätten sie ihn da nicht gleich finden müssen?

Linda weinte jetzt richtig.

Verlegen legte ihr die junge Polizeibeamtin, die sich um Linda kümmern sollte, die Hand auf die Schulter. Aber das war auch keine Trost. Was sollte Linda jetzt helfen, außer der Nachricht, dass Laurin nichts passiert war und er gesund zurückkommen würde …

Aber Linda glaubte nicht daran. Es war zu viel geschehen. Alle Warnungen hatten sie in den Wind geschlagen, nicht wirklich richtig reagiert. Und nun war das Schlimmste passiert, was einer Mutter passieren konnte. Ihr Sohn war verschwunden.

„Brauchen Sie noch etwas?", fragte die Polizistin. Linda fand, dass sie zu jung war, um hier Beistand leisten zu können. Wie sollte ein so junges Ding verstehen, was jetzt im Kopf einer Mutter vorging?

„Nein danke, ich brauche nichts", antwortete Linda höflich. Schließlich konnte das Mädchen nichts dafür.

Es war wieder ruhig, der Hubschrauber hatte sich woanders auf die Suche gemacht. Für Linda schien die Zeit stillzustehen. Langsam verrannen die Sekunden. Manchmal hielten sie, zusammen mit Lindas stockendem Atem, inne, um dann wieder schneller zu werden, die Verzögerung aufzuholen.

Endlich hörte sie Schritte. Linda sprang auf. Es war Hanno. Aber in seiner finsteren Miene war kein Schimmer von Hoffnung zu erkennen. Seine Augen lagen in tiefen Höhlen. Sie hätten alles getan. Bei Helligkeit wollten sie das Neustädter Tief noch einmal absuchen. Und das Naturschutzgebiet.

„Wir waren überall, an der Wasserschöpfmühle, an der Oberahmer Peldemühle, bei den Pferden hinter dem Sportplatz, gegenüber … Überall. – Die Fußballer, die Sportfrauen, alle haben Suchtrupps gebildet, wollten helfen!" Hanno schluckte, seine Stimme brach. „Er ist weg."

Linda sackte wieder auf ihrem Stuhl zusammen. Es war, als habe man ihr sämtliche Knochen herausgeschnitten und nur diesen Klumpen Mensch zurückgelassen.

„Er ist entführt worden", sagte Linda leise. „Laurin läuft nicht einfach weg. Nicht ohne Jannes. Und der ist ja noch da."

Hanno widersprach Linda nicht und legte seine Hand auf ihre Schulter. Sie stieß sie nicht weg.

„Die Autobahn ist so nah. Wie leicht ist man mit dem Wagen über alle Berge“, flüsterte Linda. Sie war sogar erleichtert, als Thiemo zur Tür hereinkam und fragend in die Runde blickte.

***

Sven Wichmann kam gerade vom Melken, als Rothko früh am Morgen mit seinem Assistenten mit durchdrehenden Reifen auf den Hof fuhr.

Sie begrüßten ihn gar nicht erst. Rothko verzog gleich angewidert sein Gesicht, als der süßliche Kuhduft von Svens Jacke an seine Wildlederjacke andockte und er wusste, dass der Gestank ihn heute nicht mehr verlassen würde. Rothko überlegte, ob er sein Deo vielleicht noch im Wagen hatte und er mit der Duftmarke die Kuh übertönen konnte. Oder ob sich daraus eventuell eine solch ekelerregende Mischung ergab, dass ein kompletter Kleidungswechsel nötig wurde.

Rothko beschloss, den Geruch vorerst zu ignorieren, und stellte die üblichen Fragen nach dem vergangenen Abend.

Sven Wichmann verzog sein Gesicht. Dieses Mal klebte ein Heuhalm an seinen ausgefransten Lippen. Wieder schüttelte sich Rothko und fragte sich, was Tanja an diesem Mann gefunden hatte.

„Ich habe gestern Nacht gefickt“, sagte Sven grinsend.

Rothko sah ihn an und kam zu dem Schluss, dass er hier wohl gewaltig an der Nase herumgeführt werden sollte. Tanja war die eine Sache gewesen, aber sollte es tatsächlich eine weitere Frau geben, die … Er schluckte und versuchte Sven Wichmann mit den Augen eines weiblichen Wesens zu sehen. Zumindest bemerkte er ein wohlgeformtes Gesäß unter der dreckigen Jeans. Es war sicher angenehmer zu greifen als sein eigenes, eher viereckig plattgewalztes Stück. Nur gut, dass seine Frau ihn auch in etwas besserer Form gekannt hatte.

Rothko trat sich in Gedanken selbst in den Hintern. Was für Ideen er heute hatte! Und das, wo ein Kind vermisst war und die Umstände im Vorfeld schon arg dubios waren.

„Drücken Sie sich bitte etwas gewählter aus!", forderte Rothko ihn auf, um Zeit zu gewinnen.

Die Stalltür öffnete sich ein weiteres Mal. Heraus trat ein schwarzgelocktes weibliches Wesen, die Bluse derart weit aufgeknöpft, dass Rothko sich auf einer bayrischen Alm wähnte, bei dem Dekolleté, das ihm daraus entgegensprang. So etwas hatte er zuvor nur im Komödienstadel gesehen.

„Wir waren zusammen am Osterfeuer hier im Ort und danach … Sven hat es ja schon gesagt!" Das Mädchen wischte sich die dreckigen Hände an ihrer nicht minder schmutzigen Jeans ab.

„Ich bin übrigens Edda, wohne in der Zeteler Marsch. Meine Eltern haben dort einen Hof. Und der Sven und ich", sie kicherte albern und zupfte ihm den Heuhalm von der Lippe, „na ja, wie das so ist …"

„Wir überprüfen das", sagte Rothko und fühlte sich von so viel Sex am Morgen überfordert.

***

Die Glocken der evangelischen Kirche läuteten schon früh zum Ostergottesdienst, aber Linda kam der freundliche Klang heute vor wie Hohn und Spott.

Gegen sieben war ein Arzt gekommen. Er hatte ihr etwas gespritzt. Sie war für zwei Stunden in einen traumlosen Schlaf gefallen, der ihr etwas Ruhe vor ihren Gedanken, aber keine Erholung geschenkt hatte. Kaum, dass sie die Augen geöffnet hatte, erinnerte sie sich an das, was geschehen war. Sofort setzte das Zischen und Züngeln ihrer Gedanken wieder ein. Sie bohrten sich tiefer und schmerzhafter als zuvor durch ihren Körper und höhlten ihn nach und nach aus. Thiemo sah ebenfalls arg übernächtigt aus. Sie hatte sich vorhin sogar in seine Arme geflüchtet, war einfach froh über seinen vertrauten Geruch neben ihr gewesen.

Als Linda in die Küche kam, hatte Thiemo Kaffee gekocht. Sie schluckte ihn heiß und bitter herunter, machte sich nicht die Mühe, Milch oder Zucker hinzuzufügen. Das Brötchen, das Thiemo, wie sie es gern mochte, dick mit Butter und Marmelade bestrichen hatte, ließ sie liegen. Sie fragte nicht, ob es was Neues gab. Linda sah auch so, dass das Morgengrauen keine weiteren Erkenntnisse gebracht hatte.

„Sie überprüfen gerade den Wichmann." Thiemo zerrupfte das Innere seines Brötchens und drehte es zu einer breiigen Kugel, die er von weitem in den Mülleimer schnipste. „Der hat kein richtiges Alibi für den Mord an Tanja. Und er ist nach wie vor nicht gut auf mich zu sprechen ... Sie werden Laurin finden, Linda, bestimmt!"

Sie nickte nur, war zu keiner weiteren Bewegung fähig. Zu sehr schmerzte jede Zelle ihres Körpers. Linda hätte nicht gedacht, dass es einen solchen Schmerz überhaupt gab. Weder der Betrug von Thiemo noch die Ängste der letzten Wochen waren auch nur annähernd mit dem zu vergleichen, was sie seit Laurins Verschwinden zermürbte.

„Kann ich was für dich tun?" Thiemo nahm sie spontan in die Arme. Als sie sah, dass ihm ein Tropfen die Wange herunterrann, erkannte sie wieder den Mann in ihm, in den sie sich einmal verliebt hatte.

„Da sein", sagte Linda, legte ihren Kopf auf seine Schulter und starrte aus dem Fenster. Draußen krabbelten ein paar Kinder über die Grundstücke, hielten Schokoladenosterhasen in der Hand. Das hätte Laurin jetzt sicher auch getan. Linda hatte ihm dazu einen Lego-Dino besorgt. Den hatte er sich schon lange gewünscht.

„Ich lauf ein Stück, ich kann hier nicht sitzen." Linda sprang auf und schlüpfte auch schon in ihre Jacke.

Kaum war sie an der Ecke zur Ostlandstraße, begegneten ihr ein paar Leute und musterten sie. Linda drehte wieder um und rannte nach Hause.

***

Rothko hatte überaus miese Laune, als er das Haus von Thiemo und Linda Hanken betrat. Es gab auch für einen Polizisten nichts Schlimmeres, als wenn Kinder verschwanden. Es war jedes Mal so eine Ohnmacht, eine Angst, dass die Kinder nicht wieder auftauchten, sie irgendwelchen Psychopathen in die Hände gefallen waren.

Hier war der Tatbestand auf der einen Seite eindeutig, auf der anderen verwirrender als zuvor. Er war sich sicher, dass das Verschwinden des Kindes mit den anderen merkwürdigen Dingen zu tun hatte. Was er aber absolut nicht sagen konnte, war, inwiefern alles wiederum in Zusammenhang mit der Familie von Thiemo Hanken stand. Die ganze Sache rankte sich um die zwei toten Frauen. Damit hatte es begonnen, nur fand er den Faden nicht, konnte ihn nicht greifen und ihm bis zur Lösung folgen.

Rothko sah Linda mit wehendem Haar auf das Haus zurennen, gehetzt, angstvoll. Sie sah schlimmer aus, als er sie bei der Konfrontation mit dem Betrug ihres Mannes erlebt hatte. Er würde einen Psychologen als Beistand rufen. Gestern Abend hatte sie das vehement abgelehnt, aber in diesem Zustand wäre es wohl fatal, sie nicht psychologisch zu unterstützen.

„Helfen Sie meiner Frau“, hörte er die Stimme von Thiemo, und zum ersten Mal fand er ihn sympathisch. Der machte sich wirklich Sorgen. Er liebte Linda, auch wenn er sie schamlos betrogen hatte. Rothko seufzte. Wie sollte er das verurteilen? So etwas war ihm schließlich auch schon passiert. Und seine Frau würde es nie erfahren. Es war schade, dass Linda es mitbekommen hatte, vielleicht wäre diese Ehe sonst nicht so am Boden. Obwohl es sicher fairer gewesen wäre, es zu lassen.

Thiemo hatte Linda die Tür geöffnet und hielt sie jetzt schützend im Arm.

„Ich kann nicht draußen herumlaufen. Es gucken alle.“ Lindas Stimme war entfärbt, blass, hatte keine Nuance irgendwelcher Höhen oder Tiefen. Sie wandte sich zu Rothko, sie hatte ihn erst jetzt bemerkt. Für den Moment schien in ihrem Blick ein Funken Hoffnung aufzukeimen. Aber sie brauchte nicht zu fragen, merkte auch so, dass sich nichts, aber auch gar nichts ergeben hatte.

„Warum sind Sie hier?“, fragte Linda.

„Ich wollte nach Ihnen sehen. War gerade bei Ihren Nachbarn, nachfragen, ob sie nicht doch irgendwas übersehen haben. – Wollen Sie Strafanzeige stellen? Wegen Vernachlässigung der Aufsichtspflicht? Frau und Herr Probst sollten schließlich nach Ihrem Jungen sehen, wollten aufpassen und …"

Linda fiel ihm ins Wort. Für kurze Zeit war wieder etwas Timbre in ihrer Stimme. „Sie wollten mir einen Gefallen tun, mich entlasten. Sie haben bestimmt aufgepasst. Für das, was passiert ist, können sie nichts! Es sind meine Freunde."

Rothko schwieg, gab Linda aber im Stillen recht. So etwas kam vor, auch wenn es nicht sein durfte.

Sein Handy klingelte. Er nahm das Gespräch an und eilte hinaus.

Das Dröhnen des Hubschraubers erschütterte von neuem die Luft. Sie suchten weiter und weiter.

***

Hubert Lambacher wurde vom Läuten der Kirchenglocken geweckt. Für einen Moment war er sogar versucht, dem Ruf zu folgen. Er liebte den klaren Geruch der Gotteshäuser, wo feste Rituale den Ablauf bestimmten und er nicht durch Unvorhergesehenes aus der Bahn geworfen wurde. In der Kirche gab es Parallelen zu seinen mathematischen Gesetzmäßigkeiten. Das war eine sehr beruhigende Tatsache, denn das Leben draußen war ein Horror mit all seinen Unberechenbarkeiten und Emotionen, die den Menschen durcheinanderbrachten, wie es Zeit seines Lebens mit ihm geschehen war.

Er warf einen Blick nach draußen. Dieses weiße Auto mit den Typen darin machte ihn nervös. Sie schielten immer wieder hoch zu seinem Fenster. Entnervt zog Hubert die Gardine zu und setzte Wasser für seinen Früchtetee auf. Er würde ihn heute exakt fünfeinhalb Minuten ziehen lassen. Diese Mischung verbreitete genau dann das optimale Aroma. Hubert hatte sich eigens dafür aus der Schule eine Stoppuhr mitgebracht. Heimlich. Sein größter Streich. Es war ja eigentlich Diebstahl. Das durfte man nicht. Aber die Uhr in der Tasche verschwinden zu lassen, war ein irres Gefühl gewesen. Er, der biedere Hubert Lambacher, war ein kleiner Krimineller – und seine Mutter hatte es nie erfahren, immer gedacht, er sei grundanständig. Ein flüchtiges Lächeln glitt über Huberts Gesicht, als er das heiße Wasser in die Kanne goss und den Knopf der Stoppuhr betätigte.

Erst in der letzten Nacht hatte er wieder Verbotenes getan. Ein Ausflug in die Vergangenheit. In die Zeit vor Larissa. Er war mit seinem Wagen von Feuer zu Feuer gefahren, hatte Liebespaare belauscht und erneut Gefallen an der Spannerei gefunden.

In Neustadtgödens hatten es zwei direkt am Tief getrieben. Es war ein Wunder, dass bei der Lautstärke nicht das halbe Dorf zum Zuschauen gekommen war. Er war nicht böse darüber gewesen, hatte sich allein an dem Hängebusen gelabt und ihn mit dem seiner Mutter verglichen. Dieser hier war jünger und hatte ihn sehr erregt. Doch dann war dieser Junge aufgetaucht. Die Laute des Paares waren augenblicklich verstummt und er hatte, nach dem Ratschen des Reißverschlusses, nur zwei Schatten gesehen, die in Richtung Wasserschöpfmühle verschwanden. Der Junge hatte ins Wasser gepinkelt und Hubert war unendlich wütend über die Störung geworden.

Es klingelte. Vor der Tür standen zwei grünbemützte Herren und dieser schweinsäugige Kommissar.

Hubert öffnete mit gesenkter Stirn. Man hatte ihn gesehen. Es war vorbei.

1995

Er taucht in ihr Haar ein, wird gehalten von ihren Armen und fühlt sich lebendig.

Sie leben eine Symbiose, die Außenstehende als nicht normal betrachten. Die ihnen beiden aber genau das gibt, was sie brauchen. Nur hin und wieder taucht das Gesicht der Prinzessin auf, ist dann so gegenwärtig, dass er innehalten und sich besinnen muss. Dann wieder kriecht der Geruch seiner Mutter durch die Rezeptoren seiner Nasenschleimhaut und hält so lange darin fest, bis er sich mit anderen, schärferen Gerüchen ablenken kann.

Danach merkt er, dass sein Herz besetzt ist. Aber in seiner Seele ist trotzdem Platz genug für seine Feuerfrau.

„Du kannst so viel, zeig es doch!“, fordert sie ihn auf und er traut sich, bekommt schon bald auch in seinem Job verantwortungsvollere Aufgaben.

„Lass uns heiraten“, schnurrt sie ihn eines Tages an. Er überlegt nicht lange, hat sie ihm doch erst das Leben zurückgegeben.

„Du bist alles für mich“, sagt sie abends beim Einschlafen, und er erfreut sich an der Wärme ihres Körpers. Er legt seine Arme um sie und genießt das ruhige Schlagen ihres Herzens, das synchron mit seinem den Takt ihres Lebens angibt.

„Sag mir auch, dass du mich liebst!“, flüstert sie in das dunkle, stachelige Haar seiner Armbeuge, und er taucht die Nase in ihr Feuer.

„Sag es!“, flüstert sie, aber das Ticken der Wanduhr ist das einzige Geräusch, das durch das tapetengeblümte Schlafzimmer klackert.

Ostersonntag, 16.4., nachmittags

Das Gelb der Löwenzahnblüten draußen vor dem Fenster war dermaßen dominant, dass man es kaum übersehen konnte, aber Linda hatte keinen Blick dafür.

Ihretwegen hätte es auch schneien oder weiße Mäuse regnen können, es wäre ihr nicht aufgefallen. Sie hätte es nicht für möglich gehalten, dass sie einerseits so tot und gleichgültig sein könnte, obgleich sie andererseits derart schmerzhaft am Leben teilnahm, dass sie innerlich lichterloh brannte.

Thiemo schmierte ihr einen Toast. Sie knabberte mit den Schneidezähnen nur eine kleine Ecke ab. Danach hatte sie sofort das Gefühl, sie müsse sich übergeben. Der schwarze Tee stimmte ihre Magenwände dann gnädiger und sie wagte einen zweiten, größeren Bissen.

Thiemo umsorgte sie mit einer Art, die Linda nicht an ihm kannte, die aber zur Zeit auch keine Gefühle in ihr auslöste. Der Moment gestern, in dem sie sich bei ihm geborgen gefühlt hatte, war verraucht und nur ihrer absoluten Starre zuzurechnen, nach der sie sich Sekunde für Sekunde mehr zurücksehnte.

Thiemo hatte diese Situation heraufbeschworen, die Ursache lag eindeutig in seinem Verrat und Betrug. Sie wusste nur noch nicht, wie sie alles zusammenbekommen sollte.

Es klingelte. Sinje stand vor der Tür. Linda war das erste Mal nicht erfreut über ihr Erscheinen. Sie gab Sinje nicht die Schuld an Laurins Verschwinden, aber ihr Auftauchen allein machte Linda den schmerzlichen Zustand noch deutlicher. Außerdem wäre ihr die absolute Zurückgezogenheit jetzt lieber gewesen.

„Hanno sucht schon wieder.“ Sinjes Stimme klang tief und blechern, als habe der Rost den Verfall eingeleitet. „Warum suchst du nicht?“, wandte sie sich an Thiemo. „Du bist doch der Vater!“

„Ich will bei Linda bleiben. Sie braucht mich jetzt.“

Sinje nickte. „Sie hätte dich die ganze Zeit gebraucht. Jede

Frau braucht ihren Mann. Immer." Sinje strich Linda über den Arm. Aber es war mehr eine hilflose Geste denn eine Liebkosung.

„Ich hätte ihn nicht aus den Augen lassen dürfen", sagte sie und griff nach einem Glas. „Aber er hat die ganze Zeit so schön mit Jannes gespielt. Ich habe mir nichts dabei gedacht. Ich fühle mich so schuldig, Linda!" Es plätscherte, als sie das Wasser einfüllte.

Linda sah den aufsteigenden Kohlesäureperlen zu, die sich an der Oberfläche in nichts auflösten. Und wie das Gas sich verflüchtigte, verflüchtigten sich auch ihre Gedanken wieder zu unzusammenhängenden Geistesblitzen. Linda nahm den verworrenen Zustand nur zu gern an. Sie konnte Sinje nicht antworten.

„Linda, ich ... ich ..."

Thiemo legte seine Hand auf ihren Arm. „Lass sie, Sinje. Sie weiß, dass du nichts dafür kannst, aber sie ist einfach nicht ..."

Die Tür wurde aufgestoßen, Sinje hatte sie nur angelehnt. Rothkos Vertreter schaute herein. „Sie haben den Lambacher", sagte er. Über Thiemos Gesicht glitt ein breites Grinsen.

***

„Herr Lambacher ..." Rothko lehnte sich in seinem Stuhl zurück und dachte wehmütig an das Osterfrühstück, das ihm durch diese Aktion durch die Lappen gegangen war.

„Endlich einmal in Ruhe Kaffee trinken morgen!", hatte seine Frau am Ostersamstag ausgerufen und einen schönen Hefezopf in die Röhre geschoben. Und dann, als sie es sich gerade mit einem Glas Rotwein auf dem Sofa gemütlich gemacht hatten, war der Anruf gekommen, dass das Kind verschwunden sei.

Trotzdem war es ein Erfolg, nach all der Zeit Lambacher hier vor der Nase zu haben.

„Wo waren Sie die ganze Zeit?", fragte Rothko und verfluchte seine Nachlässigkeit, die Kaffeemaschine nicht rechtzeitig angestellt zu haben. So hatte er bei seinem Eintreffen nur noch einen Restschluck aus der Thermoskanne trinken können. Fast kalt. Es hatte widerlich geschmeckt. Rothko nestelte an seiner Jacke. Er suchte nach der Packung Pfefferminz, die er immer bei sich trug. Der viele Kaffee machte doch einen schlechten Atem, den er seiner Umwelt nicht zumuten wollte. Wenngleich er sonst nicht allzu zimperlich war. Aber bevor die Leute sich vor ihm ekelten wie er sich vor diesem Wichmann geekelt hatte …

„Ich war in Südfrankreich, Urlaub machen, abschalten", sagte Hubert Lambacher leise.

Rothko sah, dass er sich wand wie ein Regenwurm auf trockenem Stein. Lambacher kam genauso wenig weg. Musste die Prozedur über sich ergehen lassen, in der Hoffnung, sich irgendwo hinzuschlängeln, wo er sich erneut vergraben konnte. Aber da konnte er lange drauf warten. Für Rothko war dieses Osterfest ohnehin versaut. Und nun würde er alles aus diesem Lambacher herausquetschen, was es zu quetschen gab.

„Laurin Hanken ist verschwunden, Herr Lambacher. Und Tanja Wildbruch ist ermordet worden. Was können Sie uns dazu sagen?"

Hubert blickte in Rothkos Augen und sank auf seinem Stuhl zusammen. Er rieb seine verschwitzten Hände aneinander. „Nichts", stammelte er dann. „Ich bin ja gerade erst wiedergekommen."

„Zu dem Zeitpunkt, als Frau Wildbruch starb, waren Sie noch hier, und der Junge ist erst gestern Abend verschwunden."

Hubert Lambacher verknotete seine Hände ineinander, wackelte mit der Nase. Er presste seine schmalen Lippen aufeinander. Aber er schwieg.

„Nun gut", versuchte Rothko es erneut. „Fangen wir mit dem Jungen an. Wo waren Sie am Ostersamstag abends?"

„Sie haben mich gesehen." Lambacher sackte förmlich in sich zusammen. „Ich … ich mach so etwas schon lange nicht mehr. Nur an dem Abend, da musste ich es tun."

Rothko rückte das Aufnahmegerät zurecht. „Was mussten sie tun?" Er verstand nicht.

Lambacher begann zu weinen. Erst nur mit leichten Zuckungen, die sein Gesicht wie Stromstöße durchliefen, sich dann aber über den gesamten Körper ausbreiteten. Schließlich schlotterte der ganze Mann, jeder Muskel vibrierte. Seine feisten Wangen hüpften auf und nieder. Dann schluchzte er, rang nach Luft.

Dieser Zustand hielt an und machte jede weitere Vernehmung unmöglich. Rothko versuchte immer wieder, noch etwas über den Jungen zu erfahren, aber Hubert Lambacher war nicht mehr zu erreichen. Aus seinem Mund liefen zähe Speichelfäden. Er schien es nicht zu bemerken, jedenfalls machte er keine Anstalten, sie zu entfernen.

Rothko ließ Lambacher abführen.

1998

Sie ist es. Er ist sich ganz sicher. Dieses Schwingen ihrer blonden Haare auf dem Rücken. Das kann nur sie!

Er folgt ihr. Einmal dreht sie sich um, verlangsamt den Schritt und starrt ihn an. Dann wirft sie ihr Haar wieder über die Schultern. Er täuscht sich wohl nicht in der Annahme, dass sie nun schneller läuft als zuvor.

Die Fußgängerzone in Jever ist so voll, dass es ihm schwer fällt, Schritt zu halten. Sie biegt am Ende in Richtung Bundesstraße ab und läuft zum Kirchplatz. Hin und wieder wirft sie einen Blick über ihre Schulter. Aber er versteht es jetzt, sich gut zu verbergen, genießt das prickelnde Gefühl, sie zu sehen. Ein Gefühl, das er überwunden, verloren geglaubt hat und das sich nun wie selbstverständlich wieder einstellt und ihn auffüllt wie guter Wein ein leeres Füllhorn. Sie verlässt den Kirchplatz, biegt rechts ab und hastet über das Kopfsteinpflaster. Ihre Schritte hallen in den engen Straßen. Von weitem sieht er sie noch in einer kleinen Gasse verschwinden. Dann hat er ihre Spur verloren. Er spaziert an der Prinzengraft entlang, wirft den bettelnden Enten ein paar Krümel einer vergessenen Brötchenecke aus seiner Jacke zu und setzt sich auf eine Bank.

Sie lebt noch. In Jever. Gar nicht so weit weg von Sande. Er sieht sie jetzt öfter, plant wieder einige Zeit am Tag ein, ihr zu folgen, sie zu suchen.

Seine Feuerfrau merkt die Veränderung, fragt immer häufiger, ob er sie denn noch liebe, und nie bekommt sie eine Antwort darauf. Dafür bringt er ihr Rosen mit. Weiße Rosen, weil sie rote nicht mag, da sie sich nicht mit ihrer Haarfarbe vertragen. Das stimmt sie eine Zeit gnädig. Aber er merkt, dass sie einen Kampf aufnimmt gegen etwas, das sie nicht kennt, nicht beeinflussen kann.

Nur will er ihr nicht sagen, was ihn treibt. Sie hätte es nicht verstanden. Und er spricht nicht gern, schweigt lieber. Wie er es sein ganzes Leben getan hat.

Irgendwann fährt er nach der Arbeit zu Herma. Sie sitzt auf der Terrasse und bürstet das Fell ihrer dicken, gelbäugigen Katze.

„Ich will den Namen. Ich will wissen, wie ich heiße!"

Sie setzt das Tier behutsam auf den roten Perserteppich und steht auf. Das Schloss im Safe knackt. Sie holt einen Ordner heraus. Ohne ein Wort zu sagen, reicht sie ihn herüber. Es sind Akten darin. Und ein Brief. Seine Mutter hat einen neuen Namen. Heißt jetzt anders, als er mit ihr geheißen hat. Aber er kennt sie nun. Beide.

Hermas Augen sind dunkel vor Schmerz. Er weiß, dass es ein Abschied für immer ist. So leid es ihm tut, aber er hat nie hierher gehört. Die zarten Fäden, die sie anfangs gesponnen hat und von denen er dachte, dass sie halten würden, haben sich als zu dünn und zu brüchig erwiesen und der Realität nicht standgehalten.

Gleich darauf fährt er nach Jever und studiert das Klingelschild.

Ihr Name ist der Gleiche wie der seiner Mutter. Er hat sich nicht geirrt, damals in Sande.

Was ihn auf der einen Seite mit Freude erfüllt, weil er sie nun endlich gefunden hat, bohrt auf der anderen so heftig und schmerzhaft. Weil er erkennt, wie unwichtig er seiner Mutter gewesen ist. So nebensächlich, dass sie es damals geschafft hat, ihn wegzustoßen. Ihn, ihren Sohn. Er sackt in sich zusammen.

Eine Träne tropft auf seine Hand. Er verfolgt ihre Spur. Langsam rollt sie über den Knochen des Mittelfingers, hinterlässt dabei ein leises Streicheln, fast, als wolle diese eine Träne ihn trösten, ihm zeigen, dass er noch fühlt. Er ist trotzdem nicht ganz allein. Er hat seine Schwester, die Prinzessin. Sie hat ihm zugewinkt, hat ihn kleiner König Kalle Wirsch genannt, und sie hat liebe Augen. Er wird versuchen, ihr näher zu kommen. Als Freund, nicht als Bruder. Und wenn sie ihn dann irgendwann mögen wird, einfach so, weil er ein netter Kerl ist, erst dann wird der Augenblick gekommen sein, ihr die Wahrheit zu sagen. Blut ist nicht immer dicker als Wasser.

Das hat er geglaubt. Sein Leben lang hat er das geglaubt. Aber es gilt nicht für jeden. Denn er hat sich daran festgehalten, dass seine Mutter kommen würde, ihn nicht vergessen hat. Was auch immer geschehen ist, sie hat ihn abgelegt wie ein altes Paar Schuhe und gegen die Prinzessin getauscht.

Eine weitere Träne bahnt sich ihren Weg. Sie rollt schneller über den Handrücken und stürzt auf das Pflaster.

Die Haustür öffnet sich und eine Frau mit blauer Kittelschürze schüttelt ihren Mopp aus. „Was lungern Sie denn hier herum?“, herrscht sie ihn an. Es knallt, als sie den Mopp mit Wucht gegen die Hauswand schlägt. „Wenn Sie zu der jungen Frau wollen, die hier wohnt, kommen Sie zu spät. Die ist weggezogen. Vor ein paar Tagen schon.“

Dienstag, 18.4.

Es war stockdunkel, als Linda einen Blick nach draußen wagte. Schon bald würden die ersten Vögel den neuen Tag mit einem Optimismus bezwitschern, um den Linda sie beneidete. Die Tiere hatten es gut. Für sie gab es kein Gestern und kein Morgen, sie nahmen den Tag, den Augenblick, wie er kam. Fiel eines ihrer Vögelchen aus dem Nest, vergaßen sie es rasch, trauerten nicht. Vielleicht war ihnen in dem Augenblick, wo es verschwunden war, nicht einmal mehr bewusst, dass es ein Kind mehr gegeben hatte.

Sie konnte ohne Laurin nicht leben.

Auf jeden anderen hätte sie verzichten können. Der Tod ihrer Mutter hatte ihr die Beine weggezogen, aber sie war wieder aufgestanden. Thiemos Verrat hatte ihre Seele verletzt, aber die würde heilen, genau wie sie nach Martins Vertrauensbruch geheilt war, aber das mit Laurin …

Linda entdeckte jetzt ein gewisses Verständnis für ihren trauernden Vater, der sich in seiner Gefühlswelt eingeschlossen hatte. Wohl, weil es außerhalb zu kalt für ihn war. Aber dieser Funke des Verständnisses reichte nicht, um ihn zu lieben. Zu sehr hatte er sie unterschwellig bedroht, ihr das Leben zur Hölle gemacht. Nicht, dass er sie je beschimpft oder geschlagen hätte, aber dieser ewige Konkurrenzkampf, den er mit ihr um ihre Mutter führte, war einfach unerträglich gewesen, hatte ihr die Selbstachtung, das Gefühl, etwas wert zu sein, geraubt.

Sie war froh, dass er sich nie meldete. Eigentlich war sie ohnehin Vollwaise, weil er nie für sie da gewesen war.

Für den Moment hatte sie, trotz allem, daran gedacht, ihn anzurufen, um Hilfe zu bitten, wegen Laurin. Doch sie hatte einfach nicht die Kraft, ihn jetzt zu ertragen. Und so wusste er nichts davon, dass sein Enkel verschwunden war. Thiemos Vater hatte natürlich versucht, Einfluss zu nehmen, andere, verborgenere Hebel in Bewegung zu setzen, und war gescheitert. Thiemos Mutter war zusammengebrochen und wurde im Krankenhaus getröstet. Und sie, Laurins Mutter, saß Nacht für Nacht, Tag für Tag in diesem kalten Haus und wartete auf eine Gelegenheit zu handeln.

Immer wieder kreisten ihre Gedanken um die Frage, wohin Laurin vielleicht allein gegangen sein könnte. An all diesen Orten waren die Suchtrupps schon gewesen. Laurin war wie vom Erdboden verschluckt. Er hatte keine Spur hinterlassen. In diesem Augenblick hätte Linda gern mit der Amselmutter getauscht, um den tiefen Schmerz nicht empfinden zu müssen.

Linda starrte weiter durch die Scheibe auf die Straße. Von oben dröhnte Thiemos Schnarchen. Er hatte sich erkältet und brummte sein Unwohlsein lautstark durch das Haus. Dieses Haus ... Linda taxierte die Wände, suchte nach vertrauten Spuren, die ihr Sicherheit geben sollten. Selbst in der Dunkelheit wirkten die geweißten Wände kalt und unnahbar.

Sie beneidete Thiemo um sein Schnarchen. Eine Handvoll Schlaf wäre genau das, was sie jetzt bräuchte. Sich zumindest für eine Weile betäuben ...

Ein Lichtschein flackerte auf der Straße. Linda zog sich etwas vom Fenster zurück und schaute seitlich hinaus. Sinje lief schnellen Schrittes mit einer Taschenlampe und einer Baumwolltasche durch die Nacht. Um ihr Haar hatte sie ein dunkles Tuch gebunden. Was tat Sinje da? Ob sie eine Idee hatte, wo Laurin sein konnte, und es jetzt auf eigene Faust herausfinden wollte? Das schlechte Gewissen hatte ihr ja im Gesicht gestanden.

Linda griff nach ihrer Jacke, schlüpfte in die Turnschuhe und trat leise vor die Tür. Sie würde Sinje folgen. Wenn die etwas über Laurins Verbleib wusste oder eine Idee hatte, dann wollte Linda dabei sein und ihr helfen. Sie war froh, endlich etwas tun zu können.

Als Linda die Horster Straße erreicht hatte, sah sie Sinje über den Gehweg eilen. Für den Augenblick kam es ihr affig vor, ihre beste Freundin zu verfolgen. Trotzdem riet ihr eine innere Stimme, sich noch nicht zu erkennen zu geben.

Im Schatten der alten Friedhofsbäume hastete sie hinter Sinje her. Aus den Wipfeln der Eichen zischte es leise zu ihr herunter. Erst dachte Linda, es sei wieder dieses merkwürdige Flüstern der Krähen. Dann merkte sie, dass es nur der leichte Wind war, der durch die Blätter strich. Eilig lief sie weiter. In der

Brückstraße drückte sie sich eng in die Hauseingänge, damit Sinje sie nicht bemerkte.

Linda hatte ein paar Mal Mühe, sie überhaupt zu erkennen. Ab Mitternacht brannte im Ort nicht eine Straßenlaterne mehr. Wenn wenigstens etwas Mondlicht da gewesen wäre ... Aber die Nacht war schwarz, wie sie nicht schwärzer sein konnte.

Sinje bog am Utrooper in die Pferdeschwemme ein und verschwand auf dem Wanderweg. Linda merkte, dass ihr Atem kürzer wurde, wie immer, wenn sie nervös war. Was hatte Sinje vor? Warnglocken schrillten unüberhörbar in Lindas Kopf, verursachten einen plötzlich einsetzenden Kopfschmerz, der kaum zu ertragen war. Sie sollte umkehren, warum sollte Sinje hier nach Laurin suchen ... Wie sollte Laurin überhaupt in Richtung Lehmbalje gelaufen sein? Über die Wiese vielleicht. So weit war es vom Sportplatz aus ja nicht. Aber doch recht beschwerlich, es gab ja keinen Weg.

Schließlich hielt Linda kurz inne und atmete erleichtert aus. Es war alles ganz harmlos: Das Haus von Sinjes Eltern mit der Ferienwohnung lag hier. Wahrscheinlich hatte Sinje über all dem Stress eine Ankunft vergessen und musste jetzt, früh am Morgen, alles für Gäste vorbereiten, die womöglich schon bald eintrudelten. So würde es sein. Um sich die Richtigkeit ihrer Theorie zu beweisen, folgte sie Sinje weiter.

Aber die Haare auf ihren Unterarmen richteten sich auf. „Wie bei einer Katze die Nackenhaare", hatte ihre Mutter immer gesagt.

Ein Kater jaulte in einem Garten, als Linda um die Ecke bog. Die Lehmbalje zog rechts von ihr schwarz und ruhig durch ihr schlickiges Bett. Eine Ente quakte erschrocken auf und flog mit lauten Flügelschlägen über das Wasser.

Sinje blieb stehen. Sie sah sich um.

Linda hielt kurz die Luft an, drückte sich seitlich in die Büsche des Eckhauses. Kurze Zeit später sah sie Sinjes Schatten gerade noch durch das Tor in einem der Gärten verschwinden.

Am Horizont entstand gerade ein heller Streifen, die Sonne würde bald aufgehen. Linda wusste, sie sollte schnell nach Hause zurückgehen, gucken, ob es etwas Neues von Laurin gab. Sie war schon viel zu lange weg, womöglich suchte man sie bereits.

Doch sie verlangsamte den Schritt, tastete sich an das Gartentor, hinter dem Sinje verschwunden war, und weiter. Die Hintertür des Hauses stand offen. Linda lächelte unwillkürlich.

Sie würde Sinje überraschen, sagen, dass sie gehofft hatte, ihr wäre eine Idee in den Kopf geschossen, wo sie vielleicht Laurin finden könnte. Dann würde sie rasch einen Schluck Wasser trinken und schnell wieder verschwinden. Die Verfolgungsjagd hatte sie zumindest eine Weile von den furchtbaren Gedanken abgelenkt.

Linda betrat das Haus. Ein abgestandener, süßlicher Geruch umfing sie, eher an einen Altbau erinnernd. Leise tapste sie durch den Flur. Sie stieß sich den Knöchel an einem alten Eichenschrank, der als Garderobe diente. Von Sinje war nichts zu hören. Linda tastete sich weiter durch das Haus. Dicke Perserteppiche verschluckten ihre Schritte.

Sie wollte gerade nach Sinje rufen, da fiel eine Tür ins Schloss. Der Schlüssel wurde umgedreht. Dann leuchtete ihr eine Lampe mitten ins Gesicht.

„Du hier?" Sinjes dunkle Stimme klang in diesem Raum mit seinen dicken Tapeten, Polstern und Vorhängen dumpf.

Linda schrak zusammen. „Ich … ich …", stammelte sie.

„Verfolgen musst du noch üben, das war nicht gut!" Sinjes grüne Augen glitzerten.

Linda riss sich zusammen, schluckte und bekam sogar einen normalen Tonfall hin. „Sinje, ich dachte, du hast vielleicht eine Spur von Laurin entdeckt …"

„Hier? In meinem Elternhaus?" Sinje lachte. Sie klang gelöst, man merkte nichts mehr von der Schwermut, die sie bei Linda im Haus an den Tag gelegt hatte. Es passte nicht. Linda wich einen Schritt zurück.

„Ich muss die Ferienwohnung vorbereiten. Für den Gast, der kommt", plauderte Sinje munter weiter und dirigierte Linda zur Treppe.

„Also nur Feriengäste?" Linda wollte stehen bleiben, aber Sinje nötigte sie, weiterzugehen.

„Nur zwei Gäste."

„Dann ist ja gut“, lächelte Linda.

„Mir scheint, sie kommen doch eher, als ich erwartet habe.“ Sinje zog die Brauen hoch. „Ich zeige dir die Ferienwohnung, komm!“

„Lass mal, ich muss zurück. Wegen Laurin. Falls es was Neues gibt, weißt du? War eine blöde Idee, dir zu folgen, aber man klammert sich an alles.“ Linda kam sich so lächerlich vor, wie sie hier am Fuß der Treppe stand und nach Worten, nach einer Erklärung suchte. „Ich habe nur etwas Durst.“

„Dann komm mit hoch, da steht etwas. Und sonst: Es gibt nichts Neues. Bestimmt nicht.“ Sinje lachte leise. Ihr Lachen schien wie ein Bumerang zurückzukommen, es klang unwirklich und seltsam.

„Ich geh doch lieber.“ Linda hatte das Gefühl, es sei besser, sich jetzt zu beeilen.

„Komm schon!“ Sinje ging die Treppe hinauf. Linda folgte ihr Fuß um Fuß. Oben stieß Sinje die Tür auf, knipste im Flur ein kleines Licht an und winkte Linda, ihr zu folgen.

Linda zögerte noch. Die Ferienwohnung erschien ihr wie ein dämmriges Loch, das sie verschlucken würde. Aber es war Sinje, ihre Freundin, mit der sie hier war. Sinje!

„Ich denke, du hast Durst?“

Sinje war weitergegangen, und Linda hörte hinter einer der Türen das Zischen einer Flasche, die geöffnet wurde. Sie gab sich einen Ruck. Linda betrat den Flur. Aus dem Zimmer, das rechts abging, hörte sie Sinje mit einer Schranktür klappern. Linda setzte einen Fuß auf die Schwelle.

„Ich trink nur was und geh …“

Etwas Weiches, Stinkendes wurde auf ihren Mund und ihre Nase gepresst. Das Letzte, was Linda sah, war das entsetzte kleine Gesicht von Laurin, der mit aufgerissenen Augen auf dem Boden saß.

***

„Linda?“ Thiemo setzte sich im Bett auf. Seine Glieder waren schwer wie Blei und die Nase fühlte sich an wie eine übergroße Kartoffel. Verdammt, was musste er sich jetzt auch eine Grippe einfangen! Einen ungünstigeren Zeitpunkt gab es wohl nicht. Thiemo schleppte sich ins Bad und stellte die Dusche an. Als er fertig geduscht hatte, schlugen seine Zähne klappernd aufeinander und die Oberschenkel wackelten. „Lächerlich", schalt er sich. „Ich kann keine Grippe brauchen." Er riss den Medizinschrank auf, suchte nach Aspirin und löste eine Brausetablette in Wasser auf. Dann legte er sich noch einmal aufs Bett.

Er schreckte hoch, als es an der Tür klingelte, und ging nachsehen. Thiemo war nass geschwitzt. Er strich sein Haar flüchtig nach hinten. „Du ...?"

Hanno schob ihn beiseite. „Leg dich bloß wieder hin, du siehst grauenvoll aus. Einfach grauenvoll. Ist Linda nicht da?"

Thiemo sah sich mit seinen fiebrigen Augen um und zuckte mit den Schultern. „Ich weiß es nicht", sagte er dann kleinlaut. „Ich brauch erst einen starken Tee, du auch?"

Hanno schüttelte den Kopf. „Findest du es nicht komisch, dass sie weg ist?"

„Ich finde es komisch, dass du schon wieder nicht arbeiten musst."

„Es ist Feiertag, Thiemo. Ich will jetzt weiter mit nach Laurin suchen", antwortete Hanno fahrig. Er rannte unruhig in der Küche auf und ab. „Warum suchst du nicht nach Linda?"

„Wo soll sie schon sein? Spazieren, Kopf frei kriegen. Wahrscheinlich brauchte sie etwas Abstand." Thiemo gähnte. „Mein Gott, geht es mir beschissen."

Hanno kratzte sich am Kopf. Er sah Thiemo zu, wie er den Wasserkocher füllte. „Weißt du was? Leg du dich wieder hin, ich gehe los, Linda suchen."

Thiemo nickte. „Wenn du meinst, dass das nötig ist ..."

„Ich hau dann ab", sagte Hanno und lief los.

Thiemo schüttelte den Kopf. Er kannte Linda. Sie brauchte Luft, hatte den frühen Morgen genutzt, wo ihr noch nicht so viele Leute begegneten. Aber Hanno machte sich ja ständig Sorgen um sie.

Thiemo warf sich rasch wieder in sein Bett. Es war fatal, aber er musste sich eingestehen, dass er nicht mehr konnte. Diese vermaledeite Grippe hatte ihm den Rest gegeben.

***

Hubert Lambacher hatte die ganze Nacht in seiner Zelle auf der Pritsche gesessen und die Wand angestarrt. Auf den Betonsockel mit der harten Matratze wollte und konnte er sich nicht legen. Die braune, filzige Decke lud auch nicht gerade zum Einkuscheln ein. Wie er die Häkeldecke seiner Mutter vermisste!

Hubert verspürte einen Druck im Darm und griff zur Klingel.

„Ich muss", sagte er.

Der Beamte führte ihn in die nahe gelegene Toilette. Das leise Stöhnen, als er sich entleerte, erniedrigte ihn aufs Tiefste, hörte er doch das Räuspern seines Bewachers auf dem Flur. Er hatte nicht gewusst, wie furchtbar es in diesen Polizeizellen war. Er wollte nur eines: wieder hinaus.

Nach dem kargen Frühstück, das er in der Zelle eingenommen hatte, wurde er erneut verhört.

„Und Sie waren an dem fraglichen Abend in Neustadtgödens?"

Hubert Lambacher nickte.

„Warum?"

„Bin rumgefahren. Von Feuer zu Feuer." Er konnte dem Mann doch nicht sagen, was er dort getan hatte. Er war Lehrer an einem renommierten privaten Gymnasium, das ging einfach nicht.

„Und? Weiter!", forderte Rothko ihn auf. Seine Stimme hatte wieder diese überhebliche Art, dieses *Ich weiß doch sowieso schon alles*. Was fragte er dann noch ...!

Hubert schrumpfte auf dem harten Stuhl zusammen. Er hatte gestern schon fast zu viel gesagt.

„Was mussten Sie tun? Was meinten Sie gestern?" Rothkos Stimme klang ungeduldig.

Hubert Lambacher merkte, dass sich Unmengen von Speichel in seinem Mund ansammelten. Während bei anderen Menschen der Mund bei Aufregung trocken wurde, litt er hin und wieder unter der paradoxen Reaktion des Speichelüberflusses, wenn er nervös wurde. Er konnte diese Mengen nicht herunterschlucken, würde daran ersticken, wenn er sie nicht irgendwo ausspucken konnte. Er stürzte zum Waschbecken und ließ den weißen Schaum ins Becken rinnen. Rothko wandte sich angewidert ab.

„Haben Sie den Jungen von Thiemo Hanken dort getroffen?", fragte der Kommissar, als Hubert Lambacher sich wieder auf den Stuhl kauerte.

Es ging nur um den Jungen. Hubert atmete auf. Sie wollten gar nicht wissen, ob er den anderen beim Sex ... Stimmt, der Kommissar hatte ja gesagt, dass der Kleine von diesem Hanken verschwunden war. Er schluckte, wobei sein Adamsapfel fast vollständig verschwand.

„Da war ein Junge. Am Tief. Er hat reingepinkelt."

Rothko setzte sich auf. „Da war ein kleiner Junge, der ins Tief gemacht hat?"

Lambacher nickte. „Aber der sollte das wohl nicht. Jedenfalls kam da eine Frau und hat ihn weggezogen. Er müsse mitkommen, schnell, hat sie gesagt." Seine Speichelproduktion ging merklich zurück, als er das zufriedene Gesicht des Kommissars sah. Das war die richtige Antwort. In der Schule wären das mindestens vierzehn Punkte, dem Strahlen nach zu urteilen.

„Wie sah die Frau aus?", bohrte Rothko.

Keine Frage nach dem Pärchen, das ihn so angeheizt hatte. Der Kommissar wusste es nicht. Er wusste nichts von seinen Leidenschaften. Er interessierte sich nur für die Mutter, die nicht wollte, dass ihr Kind in das stinkende Tief pinkelte.

„Ein hübsches Gesicht hatte sie. Die Haare konnte ich nicht erkennen. Sie trug ein Tuch um den Kopf. Aber ich kenne sie. Ganz bestimmt", sagte Hubert Lambacher. Er war sich bei dieser Aussage zu hundert Prozent sicher. Er kannte die Frau, wusste nur nicht so genau, woher.

„Denken Sie nach!", forderte Rothko ihn auf.

Hubert kam sich vor wie angefeuert. Aber er zuckte mit den Schultern. „Keine Ahnung. Vielleicht hat sie ein Kind in Jever auf meiner Schule?"

„Was hat sie mit dem Jungen gemacht?"

Hubert lächelte jetzt ganz entspannt. „Sie hat ihn mitgenommen. In Richtung Straße, wollte wohl nach Hause. Es waren ja alle schon ziemlich voll und es braute sich eine Schlägerei zusammen. Wie das so ist auf dem Land."

„Eine Frau ..." Rothko überlegte. Eine Frau, die Hubert Lambacher schon gesehen hatte ... Die Frau des Pflegeheimleiters könnte ihm bekannt sein. Sollte etwa Linda Hanken selbst ...? Zuzutrauen wäre es ihr. Eine kleine Rache an ihrem untreuen Mann?

„Kann ich gehen?", fragte Hubert Lambacher. „Ich möchte noch zum Friedhof. Zu meiner Mutter."

Rothko winkte ihn mit dem Handrücken hinaus. „Noch reicht es nicht für einen Haftbefehl. Aber halten Sie sich zu unserer Verfügung."

***

Linda taten die Hände und Füße weh. Sinje hatte sie viel zu fest zusammengebunden. Wahrscheinlich waren sie schon dunkelblau angelaufen. Laurin war ähnlich verschnürt. Sinje hatte ihm eine Decke über die Beine gelegt. Seine Jeans lag, an den Beinen mit Matsch verschmiert, auf dem Boden. Linda versuchte ihn mit ihren Blicken zu trösten, aber es gelang ihr nicht.

Sie sah durchs Fenster, dass an der Oberahmer Kornmühle die Wartungsarbeiten weitergingen. Nachdem die Mühlenkappe jetzt wieder installiert war, warteten alle darauf, dass auch die Flügel anmontiert wurden. Auf der Galerie turnten drei Männer herum, gaben einander mit viel Gestik Anweisungen. Warum war sie nicht näher am Fenster, warum war alles fest geschlossen? Sie konnte nur hinaussehen, war aber zu weit entfernt, um sich irgendwie bemerkbar zu machen.

Gehört hätten die Männer sie auf diese Entfernung allerdings ohnehin nicht. Zumal sie geknebelt war und nur Grunzlaute ausstoßen konnte. Linda fixierte die drei Gestalten, wollte sie mit ihren Gedanken dazu zwingen, herüberzusehen, zu bemerken, dass auf der anderen Seite der großen Weide etwas nicht stimmte. Aber sie arbeiteten in Ruhe, als sei die Welt noch in Ordnung. Später tranken sie Bier. Es war zwecklos.

Der Tag schleppte sich dahin, Linda hatte furchtbaren Durst. Das Einschnüren der Seile verursachte ihr Schmerzen. Sie hoffte, dass Sinje bei Laurin etwas gnädiger gewesen war. Sie ruckelte immer wieder mit den Händen und Füßen herum, was die Seile aber nur noch fester zusammenzog.

Nach und nach verstärkte sich auch ein eindeutiger Druck in der Blase. Es war unerträglich. Von Laurins Platz drang penetranter Uringeruch zu ihr herüber. Sinje ließ ihn auf die Erde machen und in seinem Urin liegen. Wie konnte sie nur …!

Linda musste immer dringender. Ihre Gedanken kreisten einzig und allein um den Drang, diese Last loszuwerden. Unruhig ruckelte sie auf dem Stuhl herum. Über ihre Haut liefen unangenehme Schauer. Als der Druck auf die Blase stärker wurde, stellte sich Übelkeit ein. Sie konnte sich hier doch nicht einfach in die Hose machen! Aber je mehr Zeit verstrich, desto klarer wurde Linda, dass sie gar keine andere Möglichkeit hatte. Sie presste den Beckenboden zusammen, versuchte Gänsehaut und Übelkeit zu ignorieren. Aber gegen diese Wucht in ihrem Unterbauch war sie hilflos – wenn sie nicht nachgab, würde ihre Blase platzen. Linda wusste nicht, wann das geschehen konnte. Sie hatte ohnehin keine Chance, gleich würde sich der aufgeblähte Ballon schwallartig entleeren, ob sie wollte oder nicht.

Laurin wimmerte leise vor sich hin, soweit das mit dem Knebel im Mund ging. Immer wieder versuchte Linda ihn mit ihren Blicken aufzumuntern, aber es ging nicht.

Zwischen seinen nackten Füßen breitete sich ein kleiner See aus. Und mit jedem Zentimeter, den das Rinnsal sich sein kleines Flussbett bahnte, wuchs in Linda ungeheure Wut, wuchs ein gewaltiger Hass auf die Frau, die sich als Freundin in ihr Leben geschlichen hatte und nun dabei war, es zu zerstören.

Endlich schepperte unten die Tür. Sinje kam herein, mit etwas Wasser, Broten und einer Milchtüte für Laurin. Sie öffnete Laurins Knebel, legte aber gleichzeitig ein Messer an seinen Hals. „Nur zur Vorsicht“, sagte sie und lachte ihr volles Lachen.

Linda fragte sich, was sie daran einmal gemocht hatte.

Während er aß, holte Sinje mit der Fußspitze einen Feudel unter dem Tisch hervor und ließ ihn das gröbste Nass aufsaugen.

„Ich werde ihn umbringen“, sagte Sinje, als sie den Lappen wieder unter den Tisch trat. „Vor deinen Augen!“ Sie taxierte Linda mit ihrem Katzenblick. „Danach bist du dran. Bei ihm wird es schnell gehen, aber du sollst elendig verrecken.“ Sie lachte wieder. „Hat Spaß gemacht, deine Angst zu sehen. Ein paar Anrufe, gut platziert, einmal nachts durch deinen Garten …“ Sinje leckte sich die Lippen. „Und wie passend, dass deine Brut so viel Fantasie hat und noch was von Gesichtern erzählt. Es war zum Brüllen, wie du da rumgependelt bist vor lauter Angst.“ Sie verließ das Zimmer kurz und kam mit etwas Spray wieder, mit dem sie den Raum einsprühte. „Hier stinkt es. Wie in diesem Altenheim. Da mufft es auch so. Nach Tod und all diesen Sachen. Morgen wirst du auch tot sein. Mausetot. So wie die Schlampe aus dem Heim.“

Sinje beugte sich zu Laurin und gab ihm etwas zu trinken. Er schluckte gierig mit weit geöffneten Augen. Bevor Sinje ihn wieder knebelte, sah er noch zu Linda. Er konnte vor Angst nicht sprechen, bewegte nur für den Moment seine Lippen.

Danach kam Sinje herüber und nahm ihr kurz den geknoteten Stofffetzen vom Mund. „Ich muss mal, bitte!“, stotterte Linda, was Sinje aber nur zu einem weiteren Lachen reizte. Sie stopfte Linda ein Stück trockenes Graubrot in den Mund und schüttete etwas Wasser hinterher.

„Toilette“, stammelte Linda mit vollem Mund.

Sinje ignorierte sie. Sie behandelte Linda wie einen Gegenstand, der versorgt werden musste. Linda hatte kaum den letzten Bissen hinuntergeschluckt, als ihr der Mund schon wieder zugebunden wurde.

„Du weißt schon, warum ich das alles mache. Bald. Freut euch drauf!“ Sinje sang ihr irres Lachen und ging.

Als draußen der Motor ihres Autos ansprang, wurde es warm an Lindas Beinen. Erst wollte sie nur das Schlimmste herauslassen, aber dann entlud sich der unerträgliche Druck im Bauch in einem See, der sich noch lange den Weg vom Stuhl auf den Boden suchte. Linda schämte sich für die Seufzer der Erleichterung, die diese Reaktion begleiteten.

***

„Wo könnte Linda sein?“ Thiemos Kopf fühlte sich an wie kurz vor der Explosion. Nun machte er sich doch massive Sorgen. „Weiß Sinje nichts?“

Hanno schüttelte den Kopf. „Ruf den Kommissar an. Nicht, dass sie sich etwas angetan hat ...!“

Das war überflüssig, denn Rothko fuhr bereits in einer Staubwolke auf den Hof. Er hielt sich gar nicht erst mit höflichen Floskeln auf, fragte nicht einmal nach Thiemos Befinden. Obwohl unübersehbar war, wie schlecht es ihm ging.

„Linda ist weg!“, brach es aus Thiemo heraus. Er wurde von einem Hustenanfall geschüttelt.

„Seit wann?“

„Sie war heute Morgen nicht mehr in ihrem Bett.“

Rothko schlug mit der Faust gegen den Türrahmen. „Kann es sein, dass Ihre Frau etwas überspannt ist und den Jungen vielleicht selbst ...“

Thiemo schüttelte den Kopf. „Sie ist nicht überspannt. Sie ist völlig normal und das“, er machte eine wegwerfende Handbewegung, „das können Sie ausschließen.“

„Aber wo steckt sie dann?“ Rothko überlegte fieberhaft. „Der Lambacher hat eine ihm bekannte Frau gesehen, die den Jungen mitgenommen hat. Er weiß aber nicht, woher er sie kennt.“

„Und das glauben Sie?“ Thiemo war entsetzt.

„Ja“, sagte Rothko schlicht. „Ich glaube ihm, habe da so meine Erfahrungswerte. Er ist ein armer ... Lassen wir das, das steht jetzt nicht zur Diskussion.“ Rothko seufzte. „Sie haben für den Mord an Tanja ja auch kein Alibi. Ich konnte Ihnen nur nichts nachweisen. Bislang“, fügte er hinzu und grinste. „Wer im Glashaus sitzt ... Wir müssen Ihre Frau finden. Sofort.“ Er stürzte aus dem Haus, drehte sich aber noch einmal in der Tür um. „Ich werde eine Fahndung nach ihr einleiten. Eine durchgedrehte Mutter ist eine Gefahr. Für sich selbst, aber vielleicht auch für ihr Kind.“

***

„Warum?“, stieß Linda hervor, als Sinje ihr den Knebel später wieder vom Gesicht riss und angewidert auf den angetrockneten Urin starrte.

„Später, meine Liebe. Jetzt muss ich euch vorerst am Leben erhalten.“ Sinje lachte wieder. Es war ein ganz anderes Lachen als früher. In den sonst so angenehmen sonoren Ton hatte sich etwas Wahnsinniges gemischt.

Sinje zog den Knebel wieder fest zu, nachdem sie Linda etwas zu trinken eingeflößt hatte.

Als die Tür ins Schloss fiel, war es still. Nicht einmal die Abendgeräusche drangen in das jetzt dunkle Zimmer. Am liebsten hätte Linda geweint. Das wollte sie jedoch nicht vor Laurin, dem die Todesangst in sein kleines Gesicht geschrieben stand.

Wie er dort saß, wurde Linda noch deutlicher, wie sehr sie ihren Sohn liebte. Und dass sie nicht kampflos aufgeben wollte. Wenigstens Laurin wollte sie retten, ihm die Möglichkeit geben, ein Mann zu werden und zu leben. Er hatte noch gar keine Chance gehabt. Das konnte sie nicht zulassen.

Den See auf dem Boden hatte Sinje zwar grob mit dem stinkenden Feudel beseitigt, aber der Urin an Lindas Hose war erkaltet. Sie fröstelte in der Nässe. Laurin saß sogar in den Resten seiner Exkremente. Das ließ ausgerechnet Sinje zu, die Vorzeigehausfrau, bei der nicht einmal ein Grashalm im Garten schief wuchs. Alles Theater, alles Show.

Linda versuchte, die negativen Gedanken zu drehen, positive Energie zu bündeln. So, wie sie es von Martin gelernt hatte. Es war nicht aussichtslos. Es war eine prekäre Lage, aber es gab Hoffnung.

Thiemo würde sie suchen. Bestimmt kam Hanno auf die Idee, dass sie hier in der Ferienwohnung saßen. Wenn Hanno nicht auch mit Sinje unter einer Decke steckte … Seine Blicke waren vielleicht doch alles andere als liebevoll gewesen. Wenn sie nur wüsste, was überhaupt los war!

Laurin atmete jetzt ruhig. Sinje hatte ihm etwas zur Beruhigung gegeben. Linda beneidete ihn um seinen Schlaf. Sie selbst würde nichts bekommen, hatte Sinje gesagt. Sie sollte Angst haben vor morgen. Die ganze Nacht Angst haben.

Wenn kein Wunder geschah, war das hier wirklich die letzte Nacht in ihrem und Laurins Leben. Linda wusste nicht, ob es besser wäre, die Zeit mit gnädigem Schlaf zu überbrücken, oder sich jede Sekunde einzeln einzubrennen und auszuleben. Und zu überlegen, wie sie das Schicksal noch wenden konnte. Es gab wenig Hoffnung. Sinje war wahnsinnig vor Hass und Linda wusste nicht, warum.

Dienstag, 18.4.

„So, nun ist es so weit." Sinje zerstampfte etwas. „Eibe. Wirkt schnell und zuverlässig. Schaun wir mal, wie viel wir brauchen." Sie kippte auf die Krümel etwas Cola und wandte sich an Laurin, dessen Augen unnatürlich groß wirkten. Linda versuchte, sich aus den Fesseln zu befreien, gurrte unter dem Knebel.

„Du guckst so hektisch, siehst aus wie ein Fragezeichen … Gibt erst noch was Leckeres." Sinje zog eine Tüte mit großen, weißen Schaumzuckermäusen aus der Tasche. „Eine bekommt Laurin gleich. Kinder mögen das. Und ich auch." Sie steckte sich den Schwanz der Maus in den Mund und zog ihn mit den Zähnen in die Länge. Dann lutschte sie den Rest des Körpers langsam zwischen ihre großen Lippen, bis sie den Kopf mit den Zähnen umfassen konnte. Mit einem kräftigen Biss trennte sie ihn vom Rest des Körpers und steckte ihn dann mit den rot lackierten Fingernägeln in den Mund.

„Und nun muss Laurin trinken, nicht, mein Kleiner?" Sinje wuschelte durch seine Haare.

Der Junge schüttelte den Kopf.

„Erst die Maus?" Sinje band ihm den Knebel los und hielt sie Laurin hin. „Iss!", befahl sie. Der Kleine knabberte an der Nasenspitze der Schaummaus.

„Hanno ist scharf auf dich." Sinje klang gleichgültig. „Schon seit Ewigkeiten. Ich denke, sogar der Knirps da ist von ihm." Sie zeigte mit dem Daumen auf Laurin. „Hab's auch erst nicht glauben wollen. Weil er mir kein Kind machen wollte. Er könne nicht, pah!" Sinje rührte noch einmal die Cola um. „Klar wollte er nicht noch ein Kind. Er hatte ja schon diesen Bastard da."

Linda riss an den Fesseln, wollte protestieren, aber es kamen nur komische Laute durch den Knebel. Laurin war nicht Hannos Sohn, er war es nicht!

Sinje nestelte eine Zigarette aus der Handtasche, die sie neben den dunklen Eichentürrahmen gestellt hatte. Sie stopfte Laurin eine zweite Maus in den Mund, obwohl er noch an der anderen herumkaute. „Und zwischendurch hat er diese Altenheimschlampe gehabt. Weil du einfach Thiemo geheiratet hast! Männer!“ Sinje spuckte das Wort samt etwas Speichel aus. Dann suchte sie nach ihrem Feuerzeug. Sinje benutzte nur Feuerzeuge, nie Steichhölzer, und immer mit Motiv. Das wusste Linda. Es war schon seltsam, dass ihr solche Banalitäten gerade jetzt einfielen. Es war wohl ein Schutz – die Kleinigkeiten gestochen scharf zu sehen, um die alles verschlingende Angst unter Kontrolle zu halten.

„Männer stehen ja auf solche Modeltypen wie dich und Tanja.“ Sinje hatte das Feuerzeug gefunden. Ferrari-Design, leuchtend rot. „Kriegt Laurin mit in den Sarg. Kleine Jungs stehen ja auf Schumi!“ Sinje wackelte mit dem Kopf und zündete eine Zigarette an. Ihre Stimme hatten einen merklich höheren Klang: „Falls ihr einen bekommt.“

Linda begann den Kopf erneut hin und her zu schütteln, riss an den Fesseln, die sich immer tiefer in ihre Haut fraßen und sie verletzten.

„Du glaubst, ich hätte deine verliebten Blicke nicht gesehen? Und vor allem seine. Und euren Kuss am Osterfeuer? Ich weiß nicht, wann er sich in dich verguckt hat, aber es ist lange vor meiner Zeit gewesen. – Nie, hörst du …“ Der Anschein von Gleichgültigkeit war völlig gewichen, Sinje wurde merklich lauter. Sie zog hastig an der Zigarette. „Nie hat er mir gesagt, dass er mich liebt!“ Sie sackte ein wenig in sich zusammen. „Weil er immer nur dich wollte.“ Sinje sprang auf und sah hinaus. Die Sonne würde bald untergehen, leichte Nebelschwaden bedeckten die Kuhweide hinter dem Haus. Es klang fast, als spräche Sinje mit sich selbst, als sie weiterredete. „Ich weiß, dass ihr euch schon ewig kennt. Aber ich weiß nicht, warum er dich wieder ausfindig machen wollte.“ Sie schnellte herum und kam mit ihren vollen Lippen Lindas Gesicht so nah, dass sie ihr den Zigarettenatem unangenehm in die Augen blies. Sinje betonte jedes Wort einzeln, als sie fragte: „Was hast du mit ihm gemacht?“ Sie richtete sich wieder auf, inhalierte den Rauch tief in ihre Lungen, schloss ganz kurz die Lider und pustete ihn wieder aus. „Was, dass er dich nicht vergessen konnte?“

Ihre Stimme klang jetzt ruhig und für den Augenblick wirkte sie wieder ganz selbstvergessen, als sie in den vergehenden Tag sah. „Ich brauche Hanno. Ohne ihn bin ich allein. Er hat so schöne Augen, Hände, die mich zerfließen lassen. Wir haben uns gebraucht. Beide haben wir uns gebraucht …" Sinje schnellte wieder herum. Sie glich in ihrer Bewegung einer zupackenden Otter. Dann hielt sie inne und taxierte Linda, die sofort die Augen schloss.

Das war doch alles nicht wahr … Sie und Laurin sollten für etwas sterben, das sich Sinjes krankes Hirn ausgedacht hatte. Das durfte nicht sein. Sie hatte nichts mit Hanno. Nur ein bisschen verliebt war sie, aber es war doch gar nichts passiert!

„Es passte ihm gut, dass du mit Thiemo Stress hattest und er dich trösten konnte." Sinje wirkte jetzt wirr und fahrig. Sie raufte sich die Haare. „Erst wusste ich ja nicht, dass du es bist, nach der er sich seit Jahren verzehrt. Ich habe nur gemerkt, dass da eine andere war, eine, die sein Hirn besetzt hielt. Sie wohnte im Thronsaal in seinem Herzen und ich hatte die Kammer neben der Küche."

Sinje wurde wieder lauter, ein gewitterähnliches Grollen dröhnte in ihrer Stimme mit. „Als er dann mit dieser Tanja rummachte, dachte ich, sie sei es. Sie sei diejenige, die mir das nehmen wollte, was mir gehörte, was ich aufgebaut hatte, um nie wieder vor die Hunde zu gehen. Ich habe sie gepeinigt mit meinen Anrufen. Jede Nacht habe ich ihre ohnmächtige Furcht gespürt." Sinje lachte, doch es erstarb so plötzlich, als habe man ein Radio abgestellt. „Hanno war eine armselige Kreatur, als wir uns kennen lernten. Aber ich war für ihn da. Immer war ich für ihn da. Obwohl er mir nie, nie gesagt hat, warum er so am Boden war, konnten wir zusammen alles überwinden … – Bis du wieder aus irgendwelchen Katakomben in sein Leben getreten bist." Sinje lehnte sich gegen die Wand, schloss die Augen. „Ohne dich hätte er auch diese Pflegerin nicht genommen. Aber so hat er es ausgelebt, seinen Frust mit ihr ausgelebt!" Sinjes Stimme überschug sich, fast klang es wie ein Schluchzen. Aber da war nichts mehr an Gefühl, als sie weitersprach: „Sie hatte wohl Qualitäten, so oft wie er da gewesen ist. Immer wieder stand sein Auto vor ihrer Lasterhöhle." Sinje stieß jetzt ein seltsames Jubeln aus. „Ich wollte sie leiden sehen, in den Knast bringen, damit sie dort vor die Hunde geht. Ich weiß, wie es dort ist. Keine Intimsphäre, sogar beim Scheißen bewachen sie dich. Dann das Gehacke untereinander. Jede Krähe dort hackt der anderen die Guckäuglein aus, wenn man sich nicht wehren kann. Und so ein kleiner Singvogel wie Tanja Wildbruch hätte es nicht überlebt. Das wären dann nicht nur die Augen gewesen. Sie hätte sich bald von dort verabschiedet, unsere kleine Todesschwester." Sinje lehnte sich wieder erschöpft gegen die Wand, Schweiß rann ihre Schläfen hinab.

„Aber nichts ist passiert, als ich die alte Frau getötet habe. Diese alte Schreckschraube im Heim, ohne Beine, aber stolz wie die Königin von Saba. Hat mir den Nerv getötet. Mit ihrer Nörgelei, weil ich ihr bestimmt die Haare verfärben würde. Das wusste die schon vorher! Ha!" Sinje sackte auf den Boden, wischte sich mit der Hand über die feuchte Stirn. „Dabei war ich nur einmal kurz mit dem Kamm in ihren Zotteln. Habe gar nicht weitergemacht. Da lässt man sich von dem Sohn ein einziges Mal beknien ... ein einziges Mal geht man noch ins Heim ... Erst wird man zugetextet, was den Diabetes und so angeht, und dann noch angemacht für nichts." Sinje schüttelte den Kopf, in Gedanken offenbar ganz in der Vergangenheit, bei dieser Frau. „Zuckerkrank war die. Wie meine Mutter. Mit den verdammten Pens und Reflos kenne ich mich aus. Das ist für mich wie Kuchenbacken für Hausfrauen."

Sinje stand auf, drückte die Zigarette auf der Fensterbank aus und zündete gleich eine neue an. Ihre Hände zitterten. Erst im dritten Versuch klappte es. „Es war ganz leicht. Dem seltsamen Herrn Sohn habe ich die Reifen zerstochen, der war so hilflos. Es war klar, dass er das nicht gebacken kriegen würde, im Heim zu erscheinen." Sinje machte eine Pause, in Gedanken offenbar immer noch in den *Sanften Wellen*. Ihre Augen funkelten, als sie sagte: „Ich dachte, sie würden sofort die Pflegerin verdächtigen, dass sie ihr zu viel Insulin gespritzt hat, wie halt die Todesschwestern das tun. Ein Anruf von mir würde genügen." Sinje blies den Qualm heftig aus. „Aber nicht mal unterlassene Hilfeleistung ist dabei herausgekommen!"

Sinje zerquetschte die Zigarette nur angeraucht in dem Glas, aus dem Linda zuvor getrunken hatte. „Du brauchst jetzt nichts mehr."

Sinje hatte die Augen wieder geschlossen, ihr Brustkorb wölbte sich beim Atmen heftig, als habe sie sich völlig verausgabt.

Nach einer Weile öffnete sie ihre Augen und griff nach der Tüte mit den Mäusen. Langsam stopfte sie sich eine in den Mund und wischte sich mit dem Ärmel Speicheltropfen von der Wange, bevor sie weitersprach. „Also musste diese Pflegerin von mir beseitigt werden. Wenn schon nicht jahrelange Knasthölle, dann wenigstens langsamer Tod." Sinje machte eine Pause, legte den Kopf schief wie ein Maler, der sein Kunstwerk kritisch betrachtet. „Den hat sie gehabt." Sie rührte die Cola mit den Eibensamen um und wandte sich zu Laurin. „Trink jetzt, Kleiner. Cola ist lecker. Mama ist auch gleich dran. Und dann ...", sie sah sich um, „dann wird es hier brennen und nichts wird übrig sein."

***

Hubert Lambacher war direkt zur Wohnung seiner Mutter gefahren. Er hatte dort den Abend und den Tag verlebt. Jetzt, wo sich auch dieser dem Ende zuneigte, sah Hubert klarer.

Der Kommissar hatte geahnt, warum er dort am Tief gewesen war, aber er konnte ihm nichts beweisen. Und es war ihm wohl auch egal. Trotzdem musste Hubert in Zukunft vorsichtiger sein.

Heute hatte er den ersten Tag in der Schule verpasst; hatte sich krank gemeldet. Da er mit all den schrecklichen Dingen nichts zu tun hatte, musste der Direktor auch nichts von seiner Festnahme wissen. Es würde ja nichts nachkommen. Aber er war nun ein wichtiger Zeuge. Oder doch nicht? Außer dem Pärchen, dem pinkelnden Jungen und der Mutter hatte er ja nichts gesehen.

Er war sich fast sicher, nicht mehr so sehr, wie noch auf dem Kommissariat, aber doch einigermaßen, dass ihm das Gesicht der Frau bekannt vorgekommen war. Es war schlimm, dass er sich nie festlegen konnte.

Hubert setzte sich an den Schreibtisch seiner Mutter und schrieb der Hausverwaltung die Kündigung für die Wohnung. Er würde sie aufgeben, brauchte sie nicht mehr. Er konnte sich nur vollständig befreien, wenn er nicht nur den Sessel zerstörte, sondern wirklich alles abgab, was ihn permanent an seine Mutter erinnerte.

Hubert brauchte keine Frau mehr, die ihn erniedrigte, es war vorbei. Er atmete durch. Jetzt würde er neu beginnen. In einer anderen Stadt. Wo ihn weder die Leute noch die Prostituierten kannten. In Frankreich war es auch so gegangen, ohne das. Dort hatte er sogar an eine Beziehung gedacht. Er hoffte, dass ihm, fern von hier und den Ereignissen, vielleicht doch einmal eine Frau über den Weg laufen würde. Eine nette, die ihn mochte, feist und kurzgeschoren wie er war. Hoffen konnte er ja. Und sonst gab es für ihn ja doch wieder die anderen Möglichkeiten.

„Der Krug, der geht so lange zum Wasser, bis dass der Henkel bricht, bis dass der Henkel bricht …“, sang er und lächelte.

Als er die Kündigung fertig geschrieben hatte, sah er sich um. Er musste schlucken, war froh, das alles los zu sein. Jetzt konnte er atmen, jetzt, wo sie ihn nicht mehr erdrückte, weil er sich von seiner Liebe zu ihr erdrücken ließ. Sie hatten nur eine so kurze Zeit wirklich zusammen gehabt. Aber die hatte gereicht, um aus ihm einen willenlosen Mann zu machen.

Elfriede Lambacher war sehr lange im Sanatorium gewesen. So war er bei seiner Tante aufgewachsen. Wenn er seiner Mutter dann sporadisch begegnet war, hatte sie ihn schon damals mit Füßen getreten. Seine Schwester war wiederum in München bei einer anderen Tante untergekommen. Als es Elfriede Lambacher später schlechter ging, hatte sie so etwas wie Familienzusammenführung versucht, was schon mit dem Scheitern der Beziehung zu seiner Schwester böse in die Hose gegangen war. Und als sie nur noch ihn gehabt hatte … Hubert schluckte wieder.

Er durfte gar nicht daran denken, wie seine Mutter stets alles zunichte gemacht hatte. Auch das, wo große Mühe dahintersteckte. Es war oft furchtbar gewesen. Er hatte seine Mutter so sehr geliebt, dass er das alles ohne zu fragen hinuntergeschluckt hatte. Wenn er jetzt daran dachte, wie sie die nette Friseurin ... Hubert hielt inne, sortierte die Mosaiksteine des Gesichtes, das ihm vor den Augen tanzte. Er war sich sicher. Hundertprozentig sicher. Die Frau am Neustädter Tief war die rothaarige Friseurin aus dem Pflegezentrum *Sanfte Wellen* gewesen!

Hubert Lambacher griff nach demTelefon und nestelte umständlich die Nummer des schweinsäugigen Kommissars aus der Westentasche.

***

Thiemos Fieber war weiter gestiegen. Er sah Hanno nur wie durch einen Nebelschleier.

„Thiemo, steh auf. Ich muss dir etwas sagen!"

Thiemo erhob sich ächzend. Er war kaum in der Lage, einen klaren Gedanken zu fassen. Und das, wo sein Sohn und seine Frau verschwunden waren. Der Arzt hatte ihm eine echte Virusgrippe bescheinigt. Er müsse im Bett bleiben, sich schonen. Machen könne er ohnehin nichts und Aufstehen sei lebensgefährlich. Von wegen Herzmuskelentzündung und so weiter. Aber diese Warnung wäre völlig unnötig gewesen. Es ging ihm so übel, dass er gar nicht in der Lage war, sich irgendwohin zu bewegen.

Hanno reichte ihm eine Aspirin. „Schluck und hör zu!"

„Hab ich schon", ächzte Thiemo, schluckte die Tablette aber trotzdem. Sein Kopf schmerzte zum Bersten. Er bemühte sich, Hanno zu verstehen, der vor dem Bett auf und ab lief und eine wirre Geschichte erzählte. Dass er Linda und ihn verkuppelt hätte. Weil er in ihrer Nähe sein musste.

„Ich verstehe das nicht", sagte Thiemo. Das lag eindeutig nicht nur an seinem hohen Fieber. Er griff nach einem Glas Wasser. Sein Mund war so trocken, dass er am Rand des Glases kleben blieb.

„Wenn du Linda so sehr liebst, warum …“ Thiemo räusperte sich, „warum bist du dann nicht selbst zu ihr gegangen, hast versucht, sie herumzukriegen. Du hättest dich doch von Sinje trennen können!“

„Ich liebe sie … anders. Sie ist … sie ist … meine Schwester.“ Jetzt blieb Hanno stehen, atmete tief aus und stierte in den Sonnenuntergang.

Thiemo setzte sich auf, fiel aber gleich wieder auf das Kissen zurück. „Deine Schwester … Linda soll deine Schwester sein? Sie hat keinen Bruder, sie ist Einzelkind.“

„Sie weiß nichts von mir. Meine Mutter hat mich weggegeben, nenn es meinetwegen auch aussortiert. Vor ihrer Zeit.“

Nun hangelte sich Thiemo doch aus der Decke. „Das ist mir jetzt zu verrückt und ich verstehe gar nichts.“

„Unsere Mutter hat mich ins Heim gegeben, als ich vier war. Sie hätte mich auch gleich in die Hölle schicken können. Sie hat gesagt, sie würde mich bald abholen kommen …“ Hanno stockte. „Sie ist nicht gekommen. Nie mehr.“

„Und woher weißt du dann, dass Linda deine Schwester ist?“

„Seit ich sieben war, habe ich in Sande mit meiner neuen Familie gelebt. Adoptiert. Da habe ich Linda und meine Mutter mit dem neuen Mann gesehen. – Sie hat gesagt … sie kenne mich nicht.“

„Vielleicht war es nicht deine Mutter. Überleg doch mal, wie lange du sie nicht gesehen hattest.“ Thiemo schniefte in sein Taschentuch. Das war zu dick, was Hanno da auftrug. Und doch, es war zu echt, als dass er es sich ausgedacht haben konnte.

„Es war meine Mutter, ich wusste es sofort.“ Hanno hielt kurz inne. „Ich habe es später bestätigt bekommen.“

Thiemo schüttelte wieder den Kopf. Das war jetzt alles zu viel.

Hanno achtete gar nicht auf ihn. Er redete weiter, ganz leise, aber mit einer solchen Inbrunst, dass Thiemo förmlich die Haare zu Berge standen. „Wenn du ohne Wurzeln aufwächst, dann fehlt dir was, verstehst du? Der Halt, deine Identität, alles. Du bist nur halb. Und du suchst, suchst, suchst. Weißt gar nicht genau, was." Hanno schluckte, machte einen Augenblick Pause. „Linda hatte liebe Augen, als sie mich damals ansah. Und da war etwas zwischen uns. Sofort. Danach wusste ich, was und wen ich suchte."

„Und du hast sie die ganze Zeit beobachtet?" Thiemo trank noch etwas. Es gruselte ihn ein bisschen.

Hanno strich sich übers Haar. „Nein. Ich habe sie aus den Augen verloren. Ich wollte irgendwann auch nichts mehr wissen von der Sache, dachte ich. Ich hatte ja Sinje, ich glaubte, es ginge auch so. Aber dann habe ich Linda in Jever wiedergetroffen und ich konnte nicht anders. Bin ihr wochenlang gefolgt, wollte sie kennen lernen, wusste aber nicht, wie. – Als ich gerade ihren Namen herausgefunden hatte und wusste, dass ich mich all die Jahre wirklich nicht geirrt hatte, da ist sie weggezogen."

Thiemo nickte. „Nach Köln." Er lachte hohl. „Und dann bist du ihr vor knapp zwei Jahren wieder begegnet, stimmt's?"

„Den Rest kennst du." Hanno wischte sich über die Augen.

„Das ist doch aber alles irgendwie krank. Warum bist du nicht einfach zu ihr hingegangen, *Hallo, ich bin dein Bruder, den du nicht kennst*, anstatt so ein Theater mit so vielen Komplikationen zu inszenieren!"

„Sie sollte mich erst mögen, weißt du. Meine Mutter hat mich nicht genug gemocht, der neue Mann war ihr wichtiger ..."

„Das dürfte dann ja wohl wirklich Lindas Vater sein. Dieser seltsame Typ, der nur auf dem Friedhof rumgeistert, weil er sich quasi mitbeerdigt hat."

Hanno nickte. „Sie ist tot. Ich kann ihr nicht einmal böse sein, weißt du. Sie ist meine Mutter."

Thiemo wurde von einem schmerzhaften Hustenanfall durchgeschüttelt, bis er würgend in ein Taschentuch spuckte.

Dann griff er das Ende des Fadens wieder auf. „Aber, meinst du nicht, Linda hätte sich gefreut, wenn du ihr gesagt hättest, dass du zu ihr gehörst, ihr Bruder bist?"

Hanno schluckte. „Ich wollte einfach erst, dass sie mich mag. Als Mensch. Dann würde sie nicht einfach gehen, mich nicht allein lassen. Nur Bruder sein reicht nicht." Hanno flüsterte jetzt. „Wenn es nicht einmal reicht, der Sohn zu sein."

Thiemo sah, dass Hanno eine zerknitterte Tüte aus der Jeanstasche zog und sie öffnete. Er legte Thiemo eine blonde Strähne auf die Knie. Es hätte Lindas Haar sein können, aber er wusste, dass es die Haare ihrer Mutter waren. Hilflos nahm er Hanno in den Arm. „Und deine neuen Eltern? Ich meine, sie haben dich aus der Hölle geholt und ..."

Hanno winkte ab. „Mein neuer Vater konnte mich nie leiden und Herma ..." Hanno hielt kurz inne, als schmerze ihn etwas heftig. Dann sprach er weiter. „Sie war überfordert. Hatte gedacht, erwartet, ich sei ewig dankbar für das alles. Aber so ist das nicht. Zwischen uns konnte einfach nichts wachsen. Jedes Pflänzchen ist so schnell wieder vertrocknet, keines war stabil genug für den Alltag."

„Und sie hätten nie, niemals eine Chance gehabt?", fragte Thiemo röchelnd. Er sah das kleine Gesicht von Laurin vor sich. Das ablehnende Gesicht, die bodenlose Verachtung in seinen Augen.

„Doch, Thiemo. Sie hätten eine Chance gehabt. Anfangs habe ich sogar daran geglaubt. Aber so etwas hätte nur klappen können, wenn sie mich und nicht nur sich gesehen hätten. Das ist eigentlich ganz einfach."

Es war einen Moment still. In Thiemo erwachte so etwas wie ein vorsichtiges Begreifen. Er hatte gewollt, dass Laurin Papa zu ihm sagte, aber hatte er sich auch so benommen? Uneigennützig, das Kind im Blick? Nein, seine Ruhe war ihm wichtiger gewesen. Und dass es alle toll fanden, dass er eine Frau mit Kind genommen hatte. Und wie leicht er es schaffte, Vater zu sein. Thiemo legte sich einen Augenblick zurück, er musste seine Gedanken erst ordnen.

Was war er für ein Idiot! Der Kleine hatte eine Familie so nötig und er, Thiemo, ließ zu, dass alles den Bach runterging. Ließ es sogar jetzt zu, dass eine Grippe ihn ans Bett fesselte und die anderen die Kohlen aus dem Feuer holten. Verdammt, es war seine Pflicht, Laurin das zu geben, was er brauchte. Zu kämpfen und vor allem einfach nur zu lieben. Bedingungslos.

„Lass uns Linda und Laurin suchen. Auf eigene Faust!" Thiemo stieß die Decke weg. Er beschloss, den aufkommenden Schwindel zu ignorieren, was ihm aber nicht ganz gelang. Er sprang in seine Jogginghose, musste sich aber am Schrank abstützen. Ein plötzlicher Schweißausbruch zwang ihn auf die Bettkante zurück. „Eine Frage habe ich doch noch: Warum hast du zugelassen, dass ich sie betrogen habe? Obwohl du wusstest, wie sehr sie das verletzen würde. Du hast mir doch sogar das Auto gegeben."

Hanno schluckte. „Ich hätte dich umbringen können, weil du ihr wehtust. Erst dachte ich, wenn ich dich decke, dann erfährt sie es nicht, dann bleibt es ihr erspart. Verhindern hätte ich es ja nicht können. Aber als ich dann später kapiert habe, dass die Tote deine Exgeliebte war und dass du dich Linda gegenüber immer blöder benommen hast, dachte ich, dass ich es für mich nutzen kann. Ich war da, als sie am Boden lag, verstehst du? Ich, der Freund, war da. Tag und Nacht."

In Thiemos dumpfem Kopf blitzte ein furchtbarer Gedanke auf, der ihn sofort wieder hochschnellen ließ. „Weiß Sinje das alles?"

Hanno schüttelte den Kopf.

„Wenn sie jetzt aber denkt, du hättest was mit Linda, weil du so oft dort warst …" Thiemo sprach nicht weiter.

„Sinje ist verdammt eifersüchtig, aber …" Hanno stockte.

„Denk mal nach!", presste Thiemo hervor. „Ich war doch immer bei Tanja, während wir eigentlich mit den Fußballern irgendwelche Treffen hatten. Du warst folglich nicht zu Hause. Was ist nun, wenn Sinje auf einer ihrer Kundentouren dein Auto öfter … "

„Nein", stieß Hanno hervor. „Nein." Er schien langsam zu begreifen, was Thiemo meinte. „Nein, das kann nicht …"

Für Thiemo begann das Schlafzimmer sich zu drehen wie ein Karussell. Tanja war tot, Laurin und Linda verschwunden – und Sinje hatte ihn so manches Mal gefragt, ob er an Lindas Treue glaube. Und behauptet, dass Männer wahrscheinlich niemals nur eine Frau hätten. „Sie ist doch sehr eifersüchtig, oder?"

„Das wohl“, gab Hanno zu. „Sie … reagiert oft arg überzogen. Manchmal dachte ich, es ist schon krank. – Aber ich konnte ihr ja auch nie sagen, dass ich sie liebe. Es ging nicht. Wegen Linda, weißt du?“ Hanno stützte den Kopf in die Hände, fuhr sich wirr durchs Haar.

„Ist Sinje zu Hause?“ Thiemo bemühte sich weiter, den Schwindel zu ignorieren. Er stützte sich an der Kommode ab.

„Sinje wollte in die Ferienwohnung. Da kommen heute Abend Gäste.“

„Sicher?“

Hanno zuckte mit den Schultern. „Ich kümmere mich nie darum, wer da kommt oder nicht. Das ist Sinjes Sache.“

Thiemo griff nach Hannos Arm. „Lass uns dorthin fahren! Bitte! Auch wenn es für dich jetzt eher … Ach, Mist. Ich will auch nicht, dass es stimmt, was ich glaube!“

Hanno stand wie angewurzelt im Schlafzimmer. Schließlich duldete er, dass Thiemo sich an seiner Schulter festhielt und sie zu seinem Wagen stolpern konnten.

***

Laurin klagte über Mundtrockenheit und Übelkeit. Er weinte still. Wenigstens hatte Sinje ihm den Knebel abgenommen. Wie gern hätte Linda ihren sterbenden Sohn jetzt in den Armen gehalten. Es gehörte zu Sinjes Rache, sie damit zu quälen, nur zuschauen zu können.

„Ich gönne dir ein Wort.“ Sinje zog den Knebel von Lindas Mund. „Aber nicht zu deinem Sohn!“

„Laurin, es wird alles gut. Bestimmt wird alles gut“, stieß Linda aus, aber dann versagte ihre Stimme.

Sinje schlug ihr auf den Mund. „Nicht zu deinem Sohn, habe ich gesagt!“

„Du irrst, Sinje!“ Linda hatte sich wieder gefasst. Sie sprach jetzt mit einer seltsamen Stimme, die ihr so fremd und unwirklich vorkam wie das alles hier. „Du irrst mit allem! Gib auf!“

Laurin übergab sich auf die nackten Beine, von denen die Decke gerutscht war.

Sinje hörte ihr nicht zu. „Es wird heute Nacht einen Großbrand in Neustadtgödens geben. Wenn ihr weg seid, hat Hanno nur noch mich. Ich werde für ihn da sein. Wie früher! Auf mich wird keiner kommen, wie denn auch? Die anderen Sachen hat ja auch niemand rausgekriegt." Sinje warf einen kleinen, roten Stein in die Luft. Sie lachte wieder ihr irres Lachen, das für Außenstehende sicher leicht und sympathisch geklungen hätte. So wie Linda es all die Monate auch empfunden hatte. Nicht einmal war ihr der keckernde Unterton aufgefallen, nicht einmal hatte sie in den grünen Augen etwas Krankhaftes gesehen.

***

Die Tür an dem Haus An der Lehmbalje war abgesperrt, nichts deutete auf Sinjes Anwesenheit hin. Auch die Fenster waren fest verschlossen.

„Hast du keinen Ersatzschlüssel?" Thiemo wunderte sich, wie akzeptabel es ihm zur Zeit ging. Nur hin und wieder zog ein Schwindelanfall ihm die Beine weg.

„Brauchen Sie den Schlüssel, Herr Probst?" Die Nachbarin lugte neugierig über die Hecke. „Ihre Schwiegermutter hat mir ja einen dagelassen." Sie hatte eine fette, schwarze Katze auf dem Arm, die laut schnurrte. „Kommen wieder Gäste? Sie wollen nach dem Rechten sehen, was? Ist Ihre Frau krank? Weil sie das doch sonst macht …? Wann kommen die Spanienreisenden zurück?"

„Bald", sagte Hanno und Thiemo hoffte, die Frau würde sich möglichst schnell trollen. Hanno nahm den Schlüssel dankend entgegen. Sie schlüpften in den Flur und verschlossen die Tür hinter sich.

Hanno rümpfte die Nase. „Hier stinkt es ekelerregend."

Die Luft war nicht nur abgestanden, ihnen schlug auch der Geruch von Exkrementen und Urin entgegen.

Hanno verlangsamte seinen Schritt, wollte augenscheinlich nicht wahrhaben, was immer deutlicher wurde. Aber er ging weiter. Thiemo zupfte ihn an der Jacke, es lag nicht an seinem Fieberkopf, dass er fühlte, wie faul die ganze Sache hier war.

Sie hatten sich nicht geirrt. Ihre Theorie war richtig gewesen. Jetzt war der Zeitpunkt gekommen, „Stopp“ zu sagen und Rothko anzurufen.

Er zog heftiger an Hannos Jacke. Der legte nur den Zeigefinger an die Lippen und schlich die Treppe hinauf.

Thiemo schüttelte den Kopf. Ein Schwindelanfall vernebelte ihm die Sicht und er musste sich für den Moment am Geländer festhalten. Als er den ersten Fuß auf der Stufe hatte, knallte es. Er sah, wie eine große Bodenvase auf Hannos Kopf niedersauste. Ein Schatten sprang an ihm vorbei.

***

Rothko hasste Blut. Nicht, dass er davon umfiel oder in Würgeattacken ausbrach. Aber Blut und Tod waren in seinem Kopf eine Einheit, die sich im Laufe der Jahre untrennbar miteinander verknüpft hatte. Nun stand er am Fuß der Treppe und von oben tropfte es. Lautlos, aber eindeutig klebrig und rot.

Die Tür des Hauses war verschlossen gewesen. Doch eine überaus geschwätzige Nachbarin mit einem mordsmäßigen schwarzen Panther hatte ihm bestätigt, dass Herr Probst und ein anderer Mann vor etwa fünf Minuten, es könnten auch vier gewesen sein, in das Haus gegangen waren. Hinausgegangen sei keiner. Aber es gäbe ja auch noch den Hintereingang.

Rothko hatte nicht gezögert. Es war vielleicht verkehrt, dass er ohne andere Vorkehrungen gleich zu brachialer Gewalt gegriffen und die Tür aufgebrochen hatte. In seinen Augen war diese Aktion unvermeidbar gewesen.

Als nämlich weder Sinje und Hanno noch Thiemo Hanken zu Hause anzutreffen gewesen waren, hatte er sich die erstbeste Nachbarin geschnappt und gefragt, ob es hier im Dorf eine Möglichkeit gäbe, wo Frau Probst mit ihrem Mann hingegangen sein könnte. Die Frau hatte etwas von einer Ferienwohnung der Eltern gefiept. Da hatte Rothko das Puzzle gesehen und die Teile aneinandergefügt. Es fehlte noch das entscheidende Stück, aber er war sicher, es jetzt zu finden. Und er wusste auch, wo.

Eine Wolke von Gestank war ihm entgegengewallt, als er ins Haus getreten war. Und nun das.

Hanno Probst lag auf den oberen Stufen der Treppe, seine Haltung war unnatürlich verdreht. Aus einer riesigen Kopfwunde sickerte Blut. Rothko entsicherte die Dienstwaffe. Unten hörte er die Kollegen, die er alarmiert hatte, winkte ihnen aber mit der Hand ab. Er ging weiter. Als er durch die offene Tür der Ferienwohnung trat, vernahm er ein leises Wimmern. Seine Atemzüge wurden hektisch. Er wusste, dass er seine Nasenflügel dabei blähte, was überaus affig aussah, und er war froh, seine Mitarbeiter noch unten zu wissen. Rothko spähte vorsichtig um die Ecke. Dort sah er Thiemo, der sich vergeblich abmühte, seinen schlafenden Sohn von den Fesseln zu befreien.

***

Linda war noch wackelig auf den Beinen, aber sie wollte keinen eigenen Krankenwagen. Sie zog es vor, bei Laurin zu bleiben, dem es furchtbar schlecht ging.

Aus Gründen, die Linda nicht verstand, redete Thiemo auf die Sanitäter ein. Schließlich erklärten sie sich bereit, den schwer verletzten Hanno nicht ins nächstgelegene Krankenhaus zu bringen. Er wurde nach Wilhelmshaven gebracht, zusammen mit Linda und Laurin, der in die dortige Kinderklink eingeliefert werden sollte.

Rothko war recht schnell vom Tatort verschwunden. Nachdem sämtliche Hilfskräfte aufgekreuzt waren, hatte sein Handy geklingelt. Sein „Scheiße!“ hatte alles andere als erfreut geklungen. Linda hatte den mitleidigen Blick, den er Hanno zugeworfen hatte, durchaus registriert. Irgendwie war ihr klar, dass dieser Anruf mit Sinje zu tun gehabt hatte.

Linda setzte sich neben die Trage und strich ihrem Sohn über das Gesicht. Er war blass. Sein Atem ging schwer und schnell. Eine Infusion tropfte stetig in seinen schmalen Handrücken. Linda dachte, solange es tropfte, solange gab es Hoffnung, trieb sein kleines Leben noch im Strudel mit.

„Volle Pulle gegen den Baum. Direkt an der Brücke auf der

B 436. Harrejasses nej", hörte Linda.

Jetzt wusste sie, worum es in dem Anruf gegangen war. Sinje hatte sich totgefahren. Einfach ihr Leben ausgelöscht. Linda schluckte. Sie wusste im Moment nicht, wie sie die Tatsache aufnehmen sollte, dass ihre Freundin nicht mehr am Leben war. Die Zwiespältigkeit ihrer Gefühle ließ eine Deutung nicht zu. Da war die eine Sinje, die Freundin, die ihr zur Seite gestanden, ihr geholfen hatte. Aber dann gab es auch die andere: die irre, durchgedrehte Frau, in der die Liebe zu bodenlosem Hass geworden war. Die ihren Mann so sehr geliebt hatte, dass sie in ihrer Eifersucht die Realität verkannte, wahrscheinlich einfach krank war. Trotz allem tat Linda Sinjes Tod weh. Auch, weil Sinje nicht mehr mitbekommen hatte, dass Hanno sie nicht verletzt, nie betrogen, sondern aufrichtig geliebt hatte.

Linda wurde übel.

Laurin stöhnte leise. Linda unterdrückte das aufkommende Würgegefühl und strich ihm über den Kopf. Sie schnüffelte an seinem Haar. Es stank bestialisch nach dem, was er in den letzten Tagen mitgemacht hatte. Und doch gab es wohl kaum etwas, das Linda jetzt lieber roch.

Die Übelkeit verschwand, machte Platz für Wut. Im Geheimen war Linda froh darüber, dass die Ursache dafür ihr nie wieder über den Weg laufen würde.

Im Mai

Der Rotor des Hubschraubers knatterte laut, als er das Gelände des Krankenhauses verließ. Die Haare auf Lindas Unterarmen richteten sich unwillkürlich auf. Die Katze sträubt sich immer noch, dachte sie. Das Geräusch eines Hubschraubers löste zu viele schlechte Erinnerungen in ihr aus.

„Lass uns zum Spielplatz gehen!“, maulte Laurin. Draußen im Garten des Krankenhauses befand sich eine schöne Spielanlage, die jetzt einladend in der Sonne lag.

„Okay“, sagte Linda. Es hatte lange genug gedauert, bis Laurins Vergiftungserscheinungen verschwunden waren. Er war noch in psychologischer Betreuung. Aber in den nächsten Tagen durfte sie ihn mit nach Hause nehmen. Er konnte jetzt ambulant weiterbehandelt werden.

Thiemo hatte Laurins Zimmer ganz neu gestaltet und das ganze Haus von innen „in einen Tontopf verwandelt“, wie er lächelnd gesagt hatte.

Linda atmete die klare Frühlingsluft ein, als sie aus der Klinik trat. Vielleicht gab es doch einen Neubeginn für sie drei und vielleicht sogar einmal zu viert, wer wusste das schon. Man musste abwarten, ob Thiemo wieder in seine alten Gewohnheiten verfallen würde. Die Sache mit Hanno hatte ihn arg nachdenklich gemacht.

Wenn Laurin schlief und Linda für Stunden nach Hause kam, hatten sie so viele gute Gespräche geführt, versucht, ihre Basis, ihren Ursprung wiederzufinden. Auch über Tanja hatten sie gesprochen und Linda spürte inzwischen, dass der Schmerz darüber zurückging. Sie versuchte, sich Thiemo gegenüber zu öffnen.

„Was mich froh macht “, hatte sie gesagt, „ist, dass ich mir alles nicht eingebildet habe. Der ewige Konkurrenzkampf mit meinem Vater hat mich empfindlich gemacht, verunsichert. Aber nach dem, was Hanno erzählt hat, hat er mich wirklich eine lange Zeit verfolgt. Ich habe ihn nie bewusst bemerkt, aber ich habe es gespürt. Ganz deutlich gespürt.“

Thiemo hatte sie in den Arm genommen. „Der arme Hanno. – Was wirst du jetzt tun?“

„Reden. Einfach mit ihm reden. Ich glaube, da gibt es viel Nachholbedarf. Auf beiden Seiten.“

Nach diesem Gespräch waren sich Thiemo und Linda das erste Mal wieder nahe gekommen.

Linda schaute in den wolkenfreien Himmel und dachte an den wohligen Schauer, der sie bei Thiemos Berührung durchlaufen hatte. Ganz sacht war er mit den Fingern ihren Oberarm hinaufgefahren, hatte sich weiter über ihre Wange getastet. Schließlich hatten sich ihre Blicke aneinander festgeklammert, auf der verzweifelten Suche nach den Ursachen für die Fremdheit und all die Verletzungen der letzten Monate. Dann hatten sich ihre Lippen gefunden, miteinander gespielt, bis sich ihre Zungen verschlangen und es kein Halten mehr gab. Von Anfang an waren sie dieses Mal gemeinsam geflogen, mussten ihren Rhythmus nicht suchen.

„Kommst du, Mami?“ Laurin zupfte sie an der Hand.

Linda folgte ihm. Sie genoss die rosa blühenden wilden Kirschen, die mit der Schönheit der ersten Tulpen in bunter Konkurrenz standen.

Linda ließ sich auf einer Bank nieder und lauschte dem ärgerlichen Rufen der Rauchschwalben, die sich mit ihren Artgenossen um irgendetwas zu zanken schienen. Dann setzte der Gesang eines Amselmännchens ein. Er sang so laut und schön, dass es Linda direkt unter die Haut ging.

Sie zupfte ihren Pferdeschwanz zurecht.

Hanno hatte gestern die Intensivstation verlassen, lag jetzt in einem normalen Zimmer. Es hatte lange schlecht um ihn ausgesehen. Nachdem Laurin über den Berg gewesen war, hatte Thiemo ihr erzählt, was Hanno ihm an dem besagten Abend gestanden hatte. Viele Dinge waren jetzt so klar, so logisch, fügten sich nahtlos ineinander und gaben ein glattes, wenn auch nicht immer gelungenes Bild.

Sie hatte Hanno täglich besucht, seine Hand gehalten und ihn gebeten zu bleiben, diese Welt nicht zu verlassen. Linda wusste nicht, ob er sie hörte, so weit weg wie er schien.

Manchmal hatte sie das Gefühl gehabt, gegen Sinjes Kraft ankämpfen zu müssen, mit ihr zu ringen, wer jetzt mehr Macht über ihn hatte. Oft glaubte Linda ihr dunkles Lachen durch die monotonen Geräusche der Station zu hören. Aber dann war es doch immer nur wieder das Lachen einer der Schwestern gewesen, die unauffällig und lindgrün gekleidet über die Flure huschten.

Irgendwann hatte sie ein Flackern unter den geschlossenen Lidern bemerkt. Es verstärkte sich, wenn sie mit ihm sprach. Über ihr Verhältnis zu ihrem Vater, dem sie nun nicht mehr in die Augen sehen konnte. Und dass sie ihm Zeit seines Lebens ein Dorn im Auge, ein Klotz am Bein gewesen war, er sie aber nicht abservieren konnte wie Hanno. Weil sie seine eigene Tochter war.

„Und Mama?", hatte sie ihren Bruder gefragt, mit dem Blick kurz an seinem Brustkorb verharrend, der von der Maschine stetig angehoben und gesenkt wurde. „Wie konnte sie das zulassen? Selbst, nachdem wir dir, dem kleinen, dünnen Hanno, in Sande an der Schule begegnet waren, und ich sie nach dem Jungen gefragt habe. Nach dir, dem König Kalle Wirsch." Linda musste schlucken. Sie streichelte Hannos fahle Wange. Ihr Bruder war ihr so nah und doch so fremd.

„Die Liebe ist schon komisch, Hanno. Sie kann so schön sein, aber sie kann auch auffressen. Wie bei dir und Sinje. Eine furchtbar destruktive Liebe. Und wie bei meinen Eltern. Es ist fast gleich." Linda hatte einen Augenblick innehalten müssen, um das zu sagen, was ihr jetzt durch den Kopf schoss. „Um zu lieben, haben sie alle verletzt. Und getötet. Was anderes war es auch bei Mama und Papa nicht. Sie haben ein Stück von dir getötet." Linda hatte dann so sehr geweint, dass die Schwester sie vom Bett weggezogen und auf den Gang hinausgeschickt hatte.

„Mama, komm, rutschen!" Laurin erklomm die Rutsche, sauste hinunter und sprang danach gleich auf die Wippe. Linda setzte sich auf die andere Seite. Noch gab es ein Ungleichgewicht zwischen ihnen, noch konnte sie bestimmen, wann es hoch und runter ging. Aber Linda schwor sich, dass sie es nicht ausnutzen würde. Laurin sollte immer mitwippen. Wann immer er es wollte.

Andere Kinder kamen auf den Spielplatz. Linda wurde überflüssig. Sie lief ein bisschen herum und entdeckte eine Weide, die sehr schöne Zweige hatte. Fachmännisch ließ sie ihre Finger darüber gleiten. Heute Nacht war Vollmond und es war schon Abend. Sie zog ihr kleines Messer aus der Tasche, schnitt sich eine Astgabel ab. Thiemo würde damit leben müssen. Linda war sich sicher, dass er das tun würde.

Wenn Laurin entlassen wurde, musste sie irgendwann mit Hanno noch zu Sinjes Grab gehen. Erst war sie unsicher gewesen, ob sie es wirklich tun sollte.

„Sie war lange Zeit meine Weggefährtin. Und ich habe sie geliebt, meinen Feuervogel", hatte er gesagt, nachdem er endlich von den Geräten befreit worden war. „Ich hätte sie nie betrogen, sie hätte es wissen müssen."

„Sie hat Angst gehabt", sagte Linda. „Weil du dich zurückgehalten hast, nicht mal Kinder wolltest."

Hanno war es schwer gefallen zu reden, aber er hatte weitergesprochen: „Ich kann keine Kinder in die Welt setzen. Ich habe zu große Angst, dass es schieflaufen würde. – Sinje wollte alles besser machen als ihre Eltern, die sie als Jugendliche lange in ein Internat gesteckt hatten, weil sie so schwierig war. Sie sagte, sie hätte eine blöde Kindheit gehabt. Immer die kranke Mutter, die zudem nur daran dachte, wie sie sich das Leben selbst angenehm gestalten konnte. Ich habe ihr das nie ganz geglaubt, ihre Eltern sind sehr nett, sehr umsichtig." Hanno schluckte kurz. „Sinje hatte wirklich schon immer einen starken Geltungsdrang, musste im Mittelpunkt stehen. Sonst wurde sie ausgesprochen aggressiv." Er räusperte sich. „Jedenfalls wollte sie mit einem eigenen Kind alles besser machen." Hannos Augen waren danach zugefallen. Er war sehr erschöpft gewesen.

„Wieso hat eigentlich keiner mitbekommen, dass Sinje Laurin entführt hat? Es waren doch so viele da!" Linda musste von Hanno diese Antwort haben.

„Keine Ahnung. Du weißt doch, wie das ist. Man klönt,

trinkt Bier ... Sinje hatte gesagt, sie passe auf Laurin auf und war ja dann nicht bei mir. – Das konnte niemand bemerken. Und so weit ist es über die Wiesen zur Lehmbalje ja nicht, sie wird nicht lange weg gewesen sein."

„War sie denn wirklich mal im Gefängnis?", hatte Linda gefragt. „Hat sie nämlich gesagt."

Hanno schüttelte den Kopf. „Stimmt nicht. Als Gefängnis hat sie das Internat bezeichnet. Und das dann wohl ausgeschmückt. Ich sag ja ..." Er lachte trocken. „Sie hat schon immer viel fantasiert. Und maßlos übertrieben. Ich glaube, sie war verdammt krank!" Dann begann er zu weinen. „Ich habe sie trotzdem geliebt. Geliebt, verdammt!"

„Ich gehe mit dir zum Friedhof", hatte Linda versprochen, obgleich sie wusste, wie schwer ihr das fallen würde.

Sinje war in Sande anonym begraben worden, keiner hatte sich an eine große Trauerfeier, schon gar nicht im Dorf, herangewagt. Eine Doppelmörderin und Kindesentführerin, die fast auch noch Laurin auf dem Gewissen gehabt hätte ... Das ganze Dorf war ratlos, unbeholfen, niemand wusste damit umzugehen. Auch Linda nicht.

Sie hoffte nur, dass es Hanno gelang, dort weiterzuleben, sie wollte ihn in ihrer Nähe haben. Vielleicht konnte er das Haus verkaufen und sich eine kleine Wohnung in Neustadtgödens suchen. Sie glaubte daran, dass er gut aufgenommen werden würde. Das Gerede würde irgendwann verstummen und es würde eine gewisse Normalität einkehren. Irgendwann.

„Mama!", schrie Laurin. „Mama, guck doch!"

Ihr Sohn balancierte über die Wippe, lachte sich kaputt, als sie umschwenkte. Linda lächelte und verstaute die Rute in ihrem Rucksack, den sie an Stelle einer Handtasche immer bei sich trug.

„Gehst du gleich noch zu Hanno? Meinem Freund?" Laurin hüpfte von der Wippe und hängte sich an Lindas Arm. Sie hob ihren Sohn hoch, schnüffelte einmal hinter seinem Ohr, wo er wieder durch und durch nach Laurin duftete, und sagte: „Ja, mein Spatz. Es geht ihm wieder richtig gut und heute darfst du mit."

Nachwort

Die Romanhandlung und die darin vorkommenden Figuren sind frei erfunden. Eventuelle Ähnlichkeiten mit noch lebenden oder verstorbenen Personen sind rein zufällig und nicht beabsichtigt.

Ich bedanke mich ganz herzlich bei all den Menschen, die mir bei der Recherche für den Roman, bei der weiteren Entstehung und bei der Korrektur hilfreich zur Seite gestanden haben.

Ein ganz besonderer Dank gilt dem Kriminaloberkommissar Onno Folkers für seine außerordentliche Geduld, meine ständigen Fragen zu beantworten.

Meiner Kollegin Christiane Franke danke ich für die tolle Unterstützung und meiner Lektorin Maeve Carels für die gute Zusammenarbeit und den „letzten Schliff".

Und ein „Danke" geht an Hilke Heeren, Nina Axnick, Lilo U. Heimann und den Informanten, der nicht namentlich genannt werden will, aber entscheidend zu einigen Szenen beigetragen hat.

Regine Kölpin

geb 1964, lebt mit der Familie in Neustadtgödens, Friesland. Sie ist Mitglied im Verband deutscher Schriftsteller (VS), im Syndikat, dem AK Ostfriesischer Autoren und bei den Mörderischen Schwestern.
2002 und 2005 gewann sie den Jahrespreis des AK Ostfriesischer Autoren und im Jahr 2003 war sie Dritte beim OZ-Kurzkrimipreis. Sie veröffentlichte zahlreiche Beiträge in Büchern und Literaturzeitschriften.
Im Leda Verlag erschienen:
„Der Huchen" (in *Flossen höher*, 2004); „Graupen und Gedichte" (in *Schiefer als Pisa*, 2003); „Jene Nacht in Neustadtgödens"(in *Fiese Friesen*, 2005), „Sturm über Wangerooge" (in *Inselkrimis*, 2006), „Ein paar Zeilen" und „War lange nicht da" (in *Strandkorbgeschichten*, 2006), „Janosch" (in *Tee mit Schuss*, 2007).
Unter ihrem Mädchennamen Regine Fiedler schreibt sie Kinder- und Jugendbücher. Sie leitet Schreibwerkstätten für Kinder und Jugendliche.
www.regine-koelpin.de

Ulrich Hefner
Die Wiege des Windes
Inselkrimi
Taschenbuch
978-3-934927-69-8
336 Seiten; 9,90 Euro

Ulrich Hefner
Trevisan und der Tote am Kai
Krimis
978-3-934927-97-1
8,90 Euro

Ulrich Hefner
Der Tod kommt in Schwarz-Lila
Inselkrimi – TB
978-3-939689-04-1
392 Seiten; 9,90 Euro

Tatjana Kruse
Wie klaut man eine Insel?
Inselkrimi
Borkum
978-3-934927-96-4
8,90 Euro

Christiane Franke
Blutrote Tränen
OstFrieslandkrimi
Wilhelmshaven
978-3-934927-94-0
8,90 Euro

Regula Venske
Juist married
oder Wohin mit der Schwiegermutter?
Inselkrimi
978--934927-85-8
8,90 Euro

Peter Gerdes
Der siebte Schlüssel
Ostfrieslandkriminalroman
978-3-934927-99-5
ca 320 S.; 9,90 Euro

Peter Gerdes
Ebbe und Blut
Ostfrieslandkrimi
Taschenbuch
978-3-934927-56-8
224 Seiten, 9,90 Euro

Peter Gerdes
Der Tod läuft mit
Ostfrieslandkrimi
Taschenbuch
978-3-934927-86-5
192 Seiten; 8,90 Euro

Peter Gerdes
Fürchte die Dunkelheit
Kriminalroman
978-3-934927-60-5
11,90 Euro

Martin Kleen
Psychiatrie
Kriminalroman
978-3-934927-92-6
276 S.; 8,90 Euro

Martin Kleen
Anästhesie
Kriminalroman
ISBN 3-939689-05-x
224 Seiten; 8,90 Euro